Johannes Reb
Prekestolen

AF175962

Zu diesem Buch:

Der Bildhauer Lutz Vonholtz lebt seit Jahrzehnten in Norwegen, als er 1995 von einem Journalisten mit seiner Vergangenheit konfrontiert wird, die er eigentlich hinter sich lassen wollte.

Als Kriegskind in Weimar aufgewachsen verliebt er sich in den 60er Jahren in Marianne, die die Invasion der Alliierten in der Normandie als jungeFrau erlebte. Ihre Ehe scheitert trotz Liebe und Leidenschaft katastrophal und Lutz findet sich Anfang der 70er unter mysteriösen Umständen in Norwegen gestrandet wieder. Während er dort sein Überleben organisert, versucht er sich in seinem Tagebuch über sich und seine Anteile an der Katastrophe klar zu werden. Warum mussten Marianne und die Kinder sterben?

20 Jahre später sucht ihn der Journalist auf, um den vermeintlichen Familienmord als Sensationsgeschichte zu enthüllen. Zwischen den beiden Männern entfaltet sich eine spannungsgeladene eskalierende Beziehung um die Frage nach Schuld und Verantwortung, die schließlich in einem dramatischen und überraschenden Höhepunkt auf der berühmten Felsplattform 'Prekestolen' über dem Lyse-Fjord mündet.

Über den Autor:

Unter dem Pseudonym Johannes Reb schreibt der Autor Romane, Kurgeschichten, Gedichte und Essays. Der Roman ist erstmals 2010 unter dem Titel "Norwegian Woods" bei artislife/Hamburg erschienen, für die Neuauflage wurde er durchgesehen und geringfügig verändert.

Johannes Reb

Prekestolen

(Norwegian Woods)

Roman

Impressum

Die Deutsche Nationalbibliothek verzeichnet diese Publikation in der Deutschen Nationalbibliografie; detaillierte bibliografische Daten sind im Internet über dnb.dnb.de abrufbar.

Herstellung und Verlag: BoD - Books on Demand, Norderstedt

Copyright: Andreas Pernice, Bremen

Umschlagbild: Privat / Entwurf des Autors

Neuauflage 2023 (1. Auflage 2010 bei Artislife Hamburg unter dem Titel *Norwegian Woods*)

ISBN: 9-783757-800406

Meiner lebensklugen Frau
und meinen wunderbaren Töchtern gewidmet

Norwegian Wood

I once had a girl
Or should I say
She once had me
She showed me her room
Isn't it good?
Norwegian wood.
She asked me to stay and she told me to sit anywhere
so I looked around and I noticed there wasn't a chair
And when I awoke
I was alone
This bird has flown
So I lit a fire
Isn't it good?
Norwegian wood.

(John Lennon)

Inhalt

Vorspiel

Es war in dem Jahr der Wahl von Barack Obama zum Präsidenten der Vereinigten Staaten. Eine neue Stimmung zog um die Welt, voller Erleichterung, Hoffnung und Zuversicht. Obwohl jeder den Unterschied zwischen Wunsch und Sachzwang kannte und wusste, dass früher oder später Ernüchterung und Enttäuschung folgen mussten, waren die Menschen in den meisten Teilen der Welt dankbar für diesem Wahlausgang, für dieses Zeichen. Es geht doch, schienen sie zu rufen. Mir ging es ähnlich.

Träume gehören wohl zu den stärksten Antriebsfedern im Weltgeschehen, auch wenn manche nicht ohne Berechtigung sagen: it's the economy, stupid. Könnte es nicht auch heißen: it's dream and hope, stupid? Oder sogar: it's love, brother? Es bleibt ein Beigeschmack der Dialektik individueller und gesellschaftlicher Kräfte. Erstens kommt es anders und zweitens als man denkt.

Ich befand mich im Frühjahr auf einer literaturwissenschaftlichen Tagung in Frankfurt/Oder. Diese Stadt an der Grenze zu Polen ist, wie so viele andere auch, gezeichnet von den Hoffnungen und Verletzungen der Geschichte Europas. Einstmals blühende Handels- und Hansestadt, Garnisonsstadt des großen Friedrich, verkümmert im Schatten Berlins, Aufmarschstätte für Hitlers Polenfeldzug, DDR-Grenzstadt zum verbrüderten, dann Schengen-Grenzstadt zum nicht dazugehörigen Nachbarn, jetzt mühsam animierte

Brückenstadt der Verständigung. Die Viadrina, deutsch-polnische Universität, Aushängeschild und Zukunftsbeschwörung, fragt in einem workshop der Tagung nach den Spuren der Geschichte in der postmodernen Erzählung. In Zeiten von Kon- und Dekonstruktivismus will sie zu einer geistigen Ortsbegehung zwischen Wunschfantasie und Dokumentation in der Literatur herausfordern.

Kluge Beiträge aus allen relevanten Fakultäten waren zu hören. Sie betonten in verschiedensten Stimmen Notwendigkeit wie Unmöglichkeit, Eindeutigkeit wie Zwiespältigkeit des gesellschaftlichen Auftrags an die Literatur, dem Menschen in seiner Zeit eine individuelle Stimme zu geben. Das Humanum wurde beschworen und relativiert, Ernsthaftigkeit und Ironie als streitende Geschwister des Geistes ins Feld geführte, alte Meister gestürzt und re-inthronisiert. Nach inspirierten Vorträgen und leidenschaftlichen Debatten war ich aufgewühlt, angeregt und zutiefst verwirrt.

In einer Kaffeepause machte ich die Bekanntschaft einer polnischen Studentin, die nicht ganz so verwirrt war wie ich. Wir verabredeten uns für den Abend in einem Restaurant an der Oder, sie wolle mir etwas erzählen. Am Ende ihrer Geschichte, die die Geschichte ihrer Familie voller Schmerz und Trauer, Schuld und Sehnsucht, Liebe und Lebenskraft war, fragte sie mich: „Ich möchte das alles aufschreiben. Nacherfinden, um den Träumen anderer etwas Nahrung zu geben. Vielleicht auch, um mich selbst vor den Gespenstern unserer Geschichte zu retten. Was hältst Du davon?"

10

Ich wusste nicht, was ich sagen sollte. Sie war nett, ihr Eifer rührte mich. Aber ich fand es auch lächerlich, vielleicht aus Neid auf ihren Enthusiasmus. Ich kam mir alt vor. Was wäre wahr, was erfunden? Was wäre hineinprojiziert, Eltern und Großeltern von sich in den Mund gelegt? Wovon ernähren sich unsere Träume eigentlich, wenn wir lesen? Ich stellte mir ein Kinderbuch vor, in dem ein Fantasietier von den Figuren der Lieblingsbücher eines Jungen mit Sätzen gefüttert wird und ihm, so gestärkt, hilft, gegen seine Gespenster zu kämpfen.

Sie lachte über meine Idee und fragte, woher das Tier denn wisse, was gute und was schlechte Gespenster sind. Ich riet ihr zu, ihre Geschichte aufzuschreiben, sie lächelte dankbar, sie hatte nichts anderes erwartet.

Am nächsten Tag machte ich mich an die Arbeit mit der Geschichte von Lutz Vonholtz.

Intro

Lutz Vonholtz, Beginn seines Tagebuches, Norwegen 1971

Wie soll ich dies hier anfangen? Ich will schreiben. Über mich. Wie ein Tagebuch. Nicht nur über meine jetzige Verfassung, sondern über die Vergangenheit. Ich muss schreiben, um mir klar zu werden über mich und mein Leben. Über das, was mein Leben hin und her geworfen hat. Seit einem Jahr bin ich nun hier in dieser Hütte in Norwegen. An der Küste, über die Felsbacken hinweg geht der Blick über den Skagerrak. Als ich vor 12 Monaten hier ankam, völlig am Ende von allem, habe ich mich gefragt, was denn jetzt werden soll aus mir. Ich war gestrandet und hatte alles verloren. Ich hatte in all den Tagen meiner eigenartigen Flucht hierher niemals weiter als bis zu diesem Moment gedacht. So war ich angekommen in Kristiansand, am 24. August letzten Jahres.

Kapitel 1

Brief von Lutz Vonholtz (15) an einen imaginären
Freund. Weimar, 10.1.1945

Lieber Jo!

Ich schreibe dir diesen Brief, obwohl es dich gar nicht gibt. Ich muss aber jemandem schreiben, ich halte es anders kaum noch aus.

Der Krieg wird immer schlimmer. Ich habe dauernd Angst, aber ich darf es nicht zeigen. Von Papa haben wir seit Monaten nichts mehr gehört, vielleicht ist er tot, in Russland gefallen. Mama hat auch Angst davor, was soll dann werden? Man darf nicht darüber sprechen, es ist „Wehrkraftzersetzung". In der Hitlerjugend und in der Schule müssen wir zuversichtlich sein und an Deutschlands Zukunft glauben. Das ist aber dumm, wenn schon so viele tot sind und dauernd Bomben fallen. Neulich ist das Nachbarhaus völlig zerstört worden. Es sieht komisch aus: Die Badewanne von Schneiders hängt in der dritten Etage halb in der Luft.

Was soll bloß werden, wenn das alles vorbei ist? Ich muss ja auch erwachsen werden. Nicht nur das mit den Mädchen ist merkwürdig, auch sonst alles. Mama sagt, ich sei pfiffig, da hat sie bestimmt Recht. Aber kann man von Pfiffigkeit leben? Die Erwachsenen kommen mir manchmal so vor, als ob sie noch genauso Kinder seien wie ich, nur in großen Hosen. Ich fühle mich nicht wie fünfzehn, obwohl ich neulich behauptet habe, ich würde gerne zum Volkssturm

13

gehen und das Vaterland verteidigen wie ein ganzer Mann. Aber ich habe das nur gesagt, weil ich ein schlechtes Gewissen habe wegen einer anderen Sache. Zwei aus meiner Klasse sind schon beim Volkssturm umgekommen.

Ich vermisse Papa am allermeisten, aber das sage ich natürlich niemandem. Man sagt immer nur, dass man stolz ist auf die Väter an der Front. Ich bin natürlich auch stolz, trotzdem wäre es mir lieber, wenn er hier wäre. Papa kommt bestimmt zurück, dann hilft er mir und ich helfe ihm, und alles wird gut.

Alles Gute

Dein Lutz

Weimar, Januar 1945:

Das dumpfe Grollen am Himmel wurde langsam leiser, entfernte sich, kam noch einmal näher, entlud sich in explosiven Erschütterungen und verschwand dann völlig. Zurück blieben die Angst und die Zerstörungen. Eine Fabrik brannte, einige Häuser in den Straßen in der Nähe der Fabrik waren eingestürzt, wohl durch die Druckwelle, ebenso wie das Dach der Stadtkirche St. Peter und Paul. Entfernt waren Schreie zu hören, Angstschreie und Schmerzensschreie, bald übertönt von lautem Gebrüll, herrischen Befehlen und militärischen Stiefelschritten.

Lutz wusste nicht, was er tun sollte. Er war allein im Haus, die Mutter hatte die Nacht auf der Krankenstation verbracht, der Vater war – wie alle Väter – an der Front. Die Mutter schwieg und starrte auf irgendeinen Punkt an der Wand, wenn er sie nach ihm fragte.

Er war nicht, wie es Vorschrift war, mit Einsetzen der Sirenen in den Keller gegangen. Er war im Bett liegen geblieben, hatte sich die Decke bis zum Hals hochgezogen, dann über den Kopf. Hoffentlich sieht mich keiner aus der Gruppe, hatte er gedacht, sie würden mich für einen Feigling halten, für einen Befehlsverweigerer. Etwas Schlimmeres könne es für die deutsche Jugend und das deutsche Volk in dieser schweren, schicksalsträchtigen und dabei immer hoffnungsvollen und zukunftsfrohen Zeit nicht geben, so hatte sein Jungsturmführer noch am letzten Samstag getönt. Lutz schauderte

15

und zog die Knie unter der Decke an bis zur Brust, zog sich zusammen wie ein schutzbedürftiges Kind, obwohl er mit seinen fast 16 Jahren schon als Mann galt und sich ausrechnete, in den nächsten Tagen zum Volkssturm eingezogen zu werden. Er hatte, als der Fliegeralarm losging und die Sirenen heulten, einfach nicht aufstehen können, wie gelähmt hatte er dagelegen. Die Wärme des Bettes schien die einzig mögliche und größte Sicherheit in der Welt darzustellen.

So war es Morgen geworden, seine Straße und sein Haus waren von den Bombenwürfen der Engländer in dieser Februarnacht nicht betroffen gewesen, sie hatten der Farbenfabrik im Nachbarviertel gegolten. Eigenartigerweise schien eine klare, herrliche Wintersonne, ein wunderschöner Tag kündigte sich an, wenn nicht Krieg herrschte, würde man jetzt Schlittschuhlaufen gehen mit den Kameraden.

Er schälte sich aus der Bettdecke und wusch sich an der Wasserschüssel. Das kalte Wasser tat ihm gut, er fühlte sich erfrischt und dankbar. Er machte sich etwas zu Essen, trank den Rest Milch, der noch auf dem Tisch stand, und ging aus dem Haus. Auf dem Weg zur Schule sah er, dass die Zerstörungen der Nacht vergleichsweise geringfügig geblieben waren – verglichen mit anderen Fliegerangriffen der vergangenen Wochen. Lutz empfand fast Sympathie für die Scherben und Trümmer zwischen den intakten Häusern, als ob gerade die Präsenz des Zerstörungswerkes seinen Heldenmut und seine Leidensbereitschaft, die ihn in der Nacht so schmählich verlassen hatten, wieder in Kraft zu setzen in der Lage wäre. Dies war auch dringend nötig, denn seine Verunsicherung war noch gesteigert worden durch etwas, was er wieder einmal getan hatte in der Nacht. Niemand durfte davon erfahren. Er selbst würde es am liebsten sofort ungeschehen machen. Er betrieb diese Sache erst seit kurzer Zeit und war unter merkwürdigen Umständen überhaupt erst darauf gekommen. Während er auf seinem morgendlichen Schulweg die Zerstörung seiner Heimatstadt mit einer eigenartigen Mischung aus Genugtuung und Entsetzen wahrnahm, dachte er an die letzte Versammlung der Hitlerjugend-Ortsgruppe. Einer der Braunhemden hatte in einem dieser Schulungsvorträge genannten Indoktrinationsereiferungen über „die verabscheuungswürdigsten und krankhaftesten, den gesunden Volkskörper gefährdenden Verhaltensweisen aus natürlich jüdischer Quelle" gesprochen und auch die Masturbation genannt. Auf die mutige Nachfrage eines Pimpfen, was das denn überhaupt sei, hatte er dies notgedrungen, mit rotem Kopf, den er durch besonders gehässige und abfällige Rhetorik zu kompensieren versuchte, erstaunlich genau erklärt – jedenfalls genau genug. Alle hatten rote Köpfe bekommen, schämten sich ihrer Röte, fühlten sich durch sie vielleicht sogar verraten als potentielle Sympathisanten „jüdisch-bolschewistischer Masturbanten", machten martialische Bemerkungen über diese Schweinereien und klatschten lauter Beifall als bei sonstigen Braunhemd-Belehrungen.

Nach der Veranstaltung im Jahnhaus am Sportplatz war er eigentümlich berührt nach Hause gegangen. Diese so genannte „Schweinerei" war ihm nicht aus dem Kopf gegangen, hatte im Gegenteil seine Fantasie gegen seinen Willen aufgeheizt. Männlichkeit war ihm bisher nur als Heldentum und Kampfeskraft, Geschlecht nur als Rassebegriff, dessen Reinheit zu bewahren höchste Pflicht sei, begegnet. Dass Mann und Frau zueinander gehörten, um sich „fortzupflanzen", wusste er natürlich, aber im Grunde hatte er nicht die geringste Ahnung, worum es dabei eigentlich ging. Die Eltern waren seit fünf Jahren durch den Krieg getrennt, er hatte sie nie als ein Liebespaar gesehen. Am wenigsten konnte er mit den seit längerem schon in den unpassendsten Momenten in und an ihm aufsteigenden Regungen seines Unterleibes anfangen. Es war ihm lästig und unheimlich. Und so war es in der Nacht nach dieser Jungvolk-Veranstaltung vor einigen Wochen dann folgerichtig geschehen, jüdisch-bolschewistisch hin oder her, hatte er gedacht, niemand weiß ja davon, er hatte es ausprobiert. Schließlich war es ihm auch nach einigen schmerzhaften Fehlversuchen gelungen. Wobei er über die Art und Weise dieses Gelingens völlig überrascht war. Davon hatte er wirklich keine Ahnung gehabt. Danach wurde die Masturbation zu einem regelmäßigen Bestandteil seiner Nächte. Er genoss die unmittelbare Erleichterung, aber am nächsten Tag schämte und verachtete er sich dafür. Dennoch machte er weiter, nicht zuletzt auch, weil er diese beruhigende und erleichternde Wirkung dankbar annahm: Sie

18

reduzierte seine Angst, diese ganz unheldenhafte Angst, die ihn im Dunkeln beschlich. So war es auch am gestrigen Abend gewesen, er hatte es getan und war dann erleichtert und entspannt eingeschlafen. Sein letztes Fantasiebild war das eines nackten schönen Mädchens gewesen, das ihn anstrahlte, sich dabei ihre rechte Brust mit der linken und die Scham mit der rechten Hand bedeckte, und mit zärtliche Stimme flüsterte: „Komm, Lutz, zu mir ..."

Als die Sirenen des Fliegeralarms ihn aus dem Schlaf rissen, hatte er sie vergessen, aber die friedliche, liebevolle Wärme seines Bettes wollte er nicht verlassen.

Tagsüber, wenn ihm ins Bewusstsein trat, was er jeden Abend machte, wurde ihm unwohl. Er fand es verabscheuungswürdig und undeutsch. Insofern kam ihm die langsam fortschreitende Zerstörung seiner Heimatstadt durch die feindlichen Bombenangriffe wie auch die ahnungsvolle Bedrohung durch die Truppen, die längst die Reichsgrenzen überschritten hatten, wie ein Spiegelbild vor. Der Feind als Verkörperung des Bösen und Schlechten zerstörte ihn, seine Stadt, seine Welt. Lutz ahnte gleichzeitig, ohne dass es zu einem klaren Gedanken reifte, dass er dieses scheinbar demütigende Zerstörungswerk an sich selbst auch mit Lust betrieb, dass ihn niemand dazu zwang, dass es sich in ihm entwickelte und er es wie eine Befreiung genoss. Die Befreiung der Nacht tauchte als Zerstörung bei Tageslicht wieder auf. Die Zerstörung der großen deutschen Werte, an die er glauben wollte. Das aus Tagessicht schändliche Tun der Nacht an seinem Geschlecht schien ihn zu entwerten, er als Person wurde für sich zu Schmach und Schande. Um sich davon zu befreien, hatte er sich zum Volkssturm gemeldet, eine spontane Handlung, die er sofort wieder bereute. Da er aber glaubte, dass er kaum noch eingezogen werden würde, empfand er die fortschreitende Zerstörung seiner Stadt als persönlich berechtigte Strafe. All dies ging Lutz auf seinem Weg zur Schule in vagen Gedankennebeln durch den Kopf. Eine Art Hintergrundrauschen, mehr Empfinden als Erkennen.

Dann trat eine andere Empfindung vor dieses Rauschen seiner unreifen Seele. Eine klare und eindeutige: Er freute sich auf die Schule! Er würde klare Worte und eindeutige Anweisungen bekommen, wahrscheinlich würde ein Schülertrupp zusammengestellt werden, um Aufräumhilfe zu leisten.

Zwei Monate später war der Krieg für ihn zu Ende. Die Amerikaner waren in Weimar einmarschiert, und Lutz versuchte sich in dieser völlig veränderten Welt zurechtzufinden. Aus dem Osten kamen Tausende von Flüchtlingen, die irgendwo einquartiert werden mussten. Lutz war nicht mehr beim Volkssturm gewesen, was sich als Vorteil herausstellte, denn so musste er sich keiner unangenehmen Befragung durch die Amerikaner stellen. Als Jugendlicher ohne Nazi-Vergangenheit konnte er sich frei bewegen, was aber nichts anderes hieß, als den ganzen Tag unterwegs zu sein und auf die eine oder andere Art und Weise das Notwendigste für sich und seine Mutter zu organisieren. Er sah sie nur noch gelegentlich. Sie musste im Dauereinsatz Krankenversorgung leisten und bekam dafür Lebensmittelzuwendungen. Lutz schlug sich mit Schwarzmarktgeschäften durch. Er verhökerte Fundstücke, wie er es nannte, die er in den Häuserruinen fand. Mit den GIs kam er gut zurecht, deren unverkrampfte und fröhliche Art gefiel ihm. Er lernte schnell amerikanisch sprechen, zumindest soviel wie er brauchte, und hatte bald einige spezielle „Freunde" für die er Gelegenheitsdienste erbrachte. Er genoss diese ganz andere Art und Weise, als junger Mann ernstgenommen zu werden. Er dachte schon nicht mehr an die erst so kurze Zeit zurückliegende Kriegszeit, an die Nazi-Propaganda, an seine Ängste und seine Fantasien. Er freute sich über dieses Abenteuer der Gegenwart voller Veränderung und Aufbruch, das das Schicksal ihm gerade ermöglichte.

Noch bis vor kurzem bei den Wehrmachts- und HJ-Aufmärschen hatte ihn das fast maschinenartige Zusammenwirken der einzelnen Soldatenkörper in einen großen gleichförmigen Ablauf begeistert. Welche Macht und uneinnehmbare Stärke hatte das ausgedrückt! Jetzt beeindruckten ihn die lockere Formation und die Kontaktaufnahme der in Weimar einmarschierenden GIs. Sie schauten den Leuten mit Neugier und Interesse in die Augen. Lutz hatte einen Soldaten wahrgenommen, vielleicht Anfang bis Mitte Zwanzig, der da neben einem Jeep marschierte, das Maschinengewehr locker über die Schulter gehängt, einen offenbar nicht so schweren Rucksack auf dem Rücken und allerhand

Gerätschaft an der Koppel. Für einen Moment hatten sich ihre Blicke getroffen, dann war Lutz neben der Kolonne hergelaufen und hatte den Soldaten im Blick gehalten, bis er ihn an einer Straßenecke verlor.

Zwei Tage später waren sie sich wieder begegnet, und schließlich wurde Lutz so etwas wie ein Laufjunge für den Soldaten. Dieser männliche Freund tat ihm gut. Er war ein Vorbild in seiner draufgängerischen, fröhlichen und an allem interessierten Art, die so anders war als Lutz früheres martialisches Gehabe, mit dem er seine Unsicherheit überspielt hatte. Lutz sollte alles über Deutschland erzählen, dafür erzählte er Lutz von Amerika. Und von der alliierten Invasion in der Normandie, von einem Freund, der am Strand neben ihm im Wasser gestorben war, von den zähen Kämpfen und Schlachten auf dem Weg zur Befreiung Frankreichs und schließlich von der Eroberung Hitler-Deutschlands. Lutz hörte gebannt zu. Hier war ein Mensch, der sein Leben eingesetzt hatte, um Tausende von Kilometern von seiner eigenen Heimat entfernt Menschen und Länder von etwas Bösem zu befreien, was er selbst, Lutz, bis vor kurzem als den Inbegriff aller Tugend verstanden hatte. Und der ihm gegenüber nicht als Feind auftrat, sondern als interessierter Freund.

„Tell me about Normandy, Peter", fragte er ihn.

„Why do you want to know?"

„It must have been tremendous. The landing I mean. Have you had a french girl there?"

„Oh boy, I wished I had. No, I couldn't. But a friend of mine had. Yeah, she must have been wonderful."

Und so gingen die ersten Nachkriegswochen für Lutz in einer seltsamen Mischung aus Geschichten, Botendiensten und Überlebensorganisation vorüber.

Drei Ereignisse traten in kurzer Zeit hintereinander in Lutz' Leben, die zusammen diese Phase seines amerikanischen Traums, wie er es später nennen würde, beendeten. Bei ihrem Einmarsch hatten die Amerikaner auch das KZ Buchenwald auf dem Ettersberg befreit, und kurze Zeit später, am 16.April, aus einer Mischung schieren Entsetzens, erzieherischer Aufklärungsidee und hilflosem Strafwillens heraus, tausend Bürger der Stadt in das Lager geschickt, um sie mit den Leichen und ausgemergelten überlebenden Juden zu konfrontieren. Lutz Mutter musste mitgehen, sie erzählte später kein Wort davon, aber Lutz las aus ihrem Gesicht das blanke Entsetzen, die Fassungslosigkeit und den quälenden Versuch, durch Schweigen und Leugnung darüber hinwegzukommen. Für diesen gequält-leeren Ausdruck auf dem Gesicht seiner Mutter begann Lutz die Amerikaner zu hassen.

Dann kam der Vater zurück. Er war knapp der russischen Gefangenschaft entkommen, hatte sich durch die Ostgebiete gekämpft und war halb verhungert in Weimar angekommen. Zuerst erkannte ihn niemand. Als die erste Unsicherheit überwunden war und die Mutter den Vater endlich in die Arme geschlossen hatte, fühlte Lutz sofort, dass für ihn andere Zeiten anbrachen. Seine große

Hoffnung und Sehnsucht, die er auf den Vater gesetzt hatte, verwelkte in wenigen Tagen. Er hatte sich ausgemalt, wie der Vater ihn, den jetzt groß gewordenen Jungen, mit Kameradschaft und liebevoller Achtung zur Seite nähme und sie beide gemeinsam als zwei Männer das Leben in die Hand nehmen würden. Aber es war völlig anders. Der Vater, innerlich durch erlittenes und anderen zugefügtes Leid im Feld verhärtet und vereinsamt, musste nach den Anstrengungen des Überlebenskampfes der letzten Monate eine Haltung finden, um nicht zusammenzubrechen. Lutz dachte später oft, allen wäre geholfen gewesen, wenn der Vater diesen Zusammenbruch zugelassen oder einfach gestorben wäre. Aber er ließ es nicht zu. Er nahm die Rolle des Familienführers ein, und mit der Gewalt gegen sich selbst, die ihn hatte überleben lassen, ging er nun gegen den neu beginnenden Lebensfrühling seines Sohnes vor, statt sich mit ihm zu verbünden. Er war schroff, streng, schweigsam, unnachgiebig, lieblos und ohne erkennbare Anteilnahme. Sein einziges Interesse galt dem Wiederaufbau der materiellen Existenz. Die fröhliche Lebenskraft, die Lutz an ihm so geliebt und die er in all den Kriegsjahren so vermisst hatte, war verschwunden.

Und schließlich, als drittes Ereignis, zogen die Amerikaner wieder ab und die Sowjets marschierten ein. Weimar gehörte von nun an zur sowjetisch besetzten Zone, und obwohl zunächst an dem allgemeinen Überlebenskampf alles gleich blieb, änderte sich doch die Atmosphäre schrittweise sehr.

Lutz entzog sich nach ersten unsicheren und erfolglosen Annäherungsversuchen dem väterlichen Zugriff soviel er konnte. Die Traurigkeit über die Enttäuschung kompensierte er so gut es ging durch eigene Abenteuer. An den Vater kam niemand mehr heran, er reagierte auf die meisten Menschen einsilbig und unwirsch. Als unglücklicherweise ein junger Kaderoffizier vorbeikam und ihn zu einer Parteiveranstaltung der neu gegründeten SED mitnehmen wollte – aus lauter gutem Willen und mit den Worten, er, Lutz' Vater, sei doch selbst ein Opfer des Naziregimes und daher besonders prädestiniert –, da rastete bei Lutz' Vater ein seit langem bereitstehender seelischer Haken ein. Er schlug den Offizier mit der bloßen Faust das Nasenbein in Trümmer, beschimpfte ihn als bolschewistische Judensau, spuckte ihm ins Gesicht und in einem Moment völligen Realtiätsverlustes schrie er ihn an: Dich bringe ich auch noch ins Gas!

Als das heraus war, trat eine unheimliche Stille ein, nur gestört durch das leise Stöhnen des Offiziers. Lutz' Vater starrte ins Leere, dem Echo seiner eigenen Worte nachhörend, schmerzvoll verzogen sich die Mundwinkel im Moment der Erkenntnis und er flüsterte: „Das war's jetzt. Ich habe es wohl verdient."

Zwei Tage später wurde er von sowjetischen Soldaten abgeholt, kam völlig zerschlagen, mit verkrustetem Blut im Gesicht zurück, wurde erneut geholt. Sie brachten ihn ins jetzt von ihnen als politisches Gefängnis genutzte Lager auf dem Ettersberg.

Lutz hat den Vater nie wiedergesehen. Er hat ihn auch nicht vermisst. Oder, anders gesagt, er hatte ihn schon so lange vermisst, dass er jetzt keinen Mangel mehr fühlte. Etwas in seinem Herzen, wofür sonst Vaterliebe zuständig ist, war hart geworden, ohne dass er es richtig bemerkt hatte. Später entwickelte er Hassgefühle. Jedes Mal, wenn er an seinen Vater denken musste (er versuchte es zu vermeiden), empfand er Wut und Verachtung für die brutale Enttäuschung seiner Sehnsucht nach ihm. Er fühlte sich von ihm im Stich gelassen und um etwas Lebensnotwendiges betrogen. Diese Wut sollte lange als Hindernis zwischen ihm und seinem Leben stehen.

Im Zuge der sich neu ordnenden Verhältnisse hatte ihn sein Weg in eine Mechanikerlehre geführt, 1948 bekam er nach mehreren Gesinnungsüberprüfungen, die er mehr durch Treuherzigkeit und Frechheit als durch ideologische Festigkeit bestand, in Leipzig einen Studienplatz für Mathematik. Doch nach dem Vorfall mit seinem Vater war ihm klar geworden, dass er in der DDR auf Dauer nicht bleiben konnte, und zog 1950 in den Westen nach Frankfurt. Die Mutter, innerlich leblos geworden, blieb in Weimar. Lutz begann ein Architekturstudium, nebenher war er kreativ und improvisierend an Aufbauarbeiten und kleinen Geschäften beteiligt.

Er begann eine Liebschaft mit einer Studienkollegin, eine der wenigen Frauen, die Architektur studierten. Für kurze Zeit fühlte er sich als Mann glücklich, dann aber ging die Beziehung zu Ende, ohne dass er recht wusste, warum. Er hatte ein paar

26

Kneipenbekanntschaften, las gerne in der Zeitung die politischen Kommentare und machte sich Gedanken über seine Zukunft, ohne dabei eine Vision zu haben.

Nachts lag er in seinem Zimmer in der Nähe der Paulskirchenruine und wälzte sich unruhig hin und her. Erinnerungen an die Bombennächte durchströmten ihn, an die Ängste und die Selbstberuhigung durch die Masturbation, an seine Scham darüber. An die Jungvolkführer, an den amerikanischen Soldaten, an seinen Vater. Ein Gefühl großen, grundlegenden Mangels durchzog ihn. Er sehnte sich nach etwas, ohne zu wissen, nach was. In seinen Träumen tauchte es manchmal als Tier am Horizont auf, als Pferd oder Löwe, und er rannte atemlos hinterher, mit Gewichten an den Füßen, bis er zusammenbrach.

Tagebucheintrag von Marianne Dubois **(17), Vierville-sur-mer,** Normandie, 13.11.1944

„Mon chere Journale intime! Heute Nacht werde ich vielleicht erwachsen. Ich weiß, das klingt ein wenig lächerlich, aber so fühlt es sich an. Etwas ganz Besonderes wird geschehen, mein Leben wird sich verändern. Morgen werde ich kein Kind mehr sein. Na ja, ich weiß, dass ich schon lange kein Kind mehr bin, aber das meine ich nicht. Ich meine: eine Frau werden ... Ich habe auch Angst davor, ich kann mit niemandem darüber sprechen, mit Maman und Papa schon gar nicht. Aber ich will, dass es jetzt geschieht. Ich will, dass mein Leben anfängt.

Wie es danach wohl sein wird? Bald wird dieser schreckliche Krieg vorbei sein, und ich werde in einer neuen Welt leben. Wenn ich eine erwachsene Frau bin, kann ich tun was ich will. Und Männer sollen dazugehören zu meinem Leben. Ich habe so viele von ihnen gesehen in den letzten Monaten, auch so furchtbar viele tote Männer am Strand. Ich will einen lebendigen Mann, ich will selbst lebendig sein!!! Mit Kindern vielleicht und einem schönen Haus, ich weiß noch nicht.

Ob es schön wird heute Nacht? Ob es weh tut?"

Leise schlich sie aus dem Haus. Vorsichtig schloss sie die Tür hinter sich, damit die Eltern nichts hörten, ging über den Rasen, um den Kies auf dem Weg zu vermeiden, und begab sich nach einem kurzen Stück Straße auf den schmale Pfad, der durch die Dünen hindurch und an den Felsklippen vorbei zum Strand führte. Sie fröstelte trotz der Erregung, die sie empfand, denn es war ein kalter Novemberabend, wolkenverhangen und feucht. Überall um sie herum war etwas zu hören, ein eigenartiges Gemisch von Geräuschen, die seltsame Klangkulisse eines Kriegsalltags, der ein wenig Atem holte und Raum ließ für Wind, Regen, Blätterrauschen und Wellenschlag. Draußen auf dem Meer die Signalhörner der Schiffe, von Land her Rattern von Panzerketten, das Schlagen nasser Zeltbahnen, metallisches Knarren und Klicken irgendwelcher Gerätschaften. Und Stimmen: Soldaten, die flüsterten, Soldaten, die grölten, Soldaten, die befahlen.

Ihr war das alles inzwischen vertraut geworden, sie bewegte sich in dieser kriegerischen Atmosphäre flink und behende und gleichzeitig ständig auf der Hut und fluchtbereit. Ganz im Gegensatz zu ihren Eltern, die mit einer Mischung aus Furcht, Hilflosigkeit und Trotz versuchten, das Geschehen um sie herum zu ignorieren, und so zu tun, als ließe sich wie ehedem ein kleiner Dorfladen betreiben. In der inneren Welt ihrer Eltern fand die schicksalsträchtige Wende im größten Weltkrieg aller Zeiten, die sich direkt vor ihrer Haustür abspielte, nicht wirklich statt. Sie lasen in der Zeitung von der Veränderung des Frontverlaufs und den Auswirkungen auf ihr Land, sie hatten mit den alliierten Soldaten täglich zu tun, aber sie waren nicht in der Lage, daraus etwas für ihr eigenes Verhalten abzuleiten. Wie die meisten Dorfbewohner lebten sie in einer Art Trance, als ob die Anerkennung der sie umgebenden Tatsachen sie völlig überfordern würde. Dabei waren sie durchaus wach und auch in der Lage, tägliche Geschäfte mit den Invasoren, die zugleich Befreier und Zerstörer waren, zu machen.

Marianne aber, mit ihren 17 Jahren, hatte diese neue Realität aufgesogen wie ein trockener Schwamm, von dem Augenblick an, als am frühen Morgen vor 5 Monaten diese Geräuschkulisse mit einer unglaublichen Welle von dumpfem, kriegerischen Grollen vom Meer her und aus der Luft begonnen hatte.

Während sie langsam und vorsichtig den jetzt steilen Pfad abwärts stieg, zogen einige Erinnerungen aus dieser Zeit vor ihrem Auge vorbei. Sie hatte alles wie in einem Rausch erlebt, wie einen gewaltigen, großen Traum voller Gefahr, voller Gewalt, voller Tod, Sterben, Heldentum und Elendigkeit, voller Dramatik – und voller Genuss. Die Invasionstage selbst, diese unglaubliche Ansammlung massivsten Gewaltpotentials, der unaufhörliche Geschützdonner der deutschen Abwehrbatterien, bis sie irgendwann langsam eine nach der anderen erstarben, der Donner der Schiffsgeschütze, die schiere Unzahl der sich langsam und unaufhaltsam annähernden Schiffe, die Wasserfahrzeuge, von denen schließlich nur jedes zehnte überhaupt

30

den Strand erreichte, und dennoch Massen und Massen von Soldaten an Land brachten, sich bewegende und bewaffnete Menschenleiber, die Schreie, das Blut, das gefärbte Wasser, der rote Sand ...

Es war völlig unerwartet über sie gekommen. Noch am Abend zuvor hatte Marianne mit dem netten deutschen Offizier gescherzt, der am Zaun stehengeblieben war. Sie war ein unvoreingenommenes Mädchen. Die Deutschen hatten hier bei ihnen niemandem etwas Böses getan, außer dass sie ihr Land besetzt hatten. Es war mehr so etwas wie Politik, dass die Deutschen jetzt das Sagen hatten. Und dieser gut aussehende Mann, Leutnant mit 23 Jahren, gefiel ihr gut. In seinem grauen Feldmantel und der schwarzen Lederkoppel sah er apart aus, besonders sprachen sie seine warmen, braunen Augen an. Sie hatte mit ihm geflirtet, ihm gespielt schüchtern zugelächelt, nachdem sie ihn im Laden der Eltern bedient hatte. Sie hatte längst gemerkt, dass Männer, vor allem Soldaten, ihre Brüste unter dem Pullover wahrnahmen, ihr auf die Lippen schauten, gelegentlich verstohlen auf den Hintern, und dass den Männern gefiel, was sie sahen. Sie hatte zuerst nicht gewusst, wie sie damit umgehen sollte, es war ihr anfangs unangenehm und peinlich gewesen, aber später genoss sie es, ohne sich weitere Gedanken zu machen, genoss die Bewunderung und benutzte diese Wirkung, forderte sie heraus, spielte mit ihr. Sie spürte eine neue Macht und Freiheit darin, die sie bisher nicht gekannt hatte. Ihrem Vater jedoch gefiel das nicht, er wurde übellaunig und abweisend, wenn sie bediente und deutsche Soldaten im Laden waren. Böse flüsterte er über die „Boches", etwas von „Collaboration horizontale". Aber da er sich vorsehen musste vor den Deutschen, kam es zu einer eigenartigen Mischung aus Überhöflichkeit und Unfreundlichkeit, die ihr an ihrem Vater ganz fremd war.

An diesem Vormittag aber, am Tag vor der Invasion, als der deutsche Soldat in den Laden trat, war der Vater nicht da. Der Leutnant lächelte sie freundlich an, sie lächelte zurück, mit allem Charme und dem Wechsel zwischen Schüchternheit und Koketterie, zu dem selbstbewusste und noch unerfahrene, aber ahnungsvolle Mädchen fähig sind. Am Nachmittag hatte sie ihn in den Dünen in der Nähe seiner Geschützstellung auf und ab gehen sehen und war ihm dort wie zufällig entgegengegangen. Er hatte sie freundlich angesprochen, in diesem eigenartigen Französisch, das die Deutschen sprechen, und sie angelächelt.

Am nächsten Morgen kam der Invasionsdonner und sie sah ihn nie wieder.

Jetzt, wo sie den Pfad zum Strand herunterging, um den Amerikaner zu treffen, erinnerte sie sich an diese Szene wie an etwas aus einem anderen Leben.

Es war so unglaublich viel geschehen seitdem. Die Invasion! Später wurde sie zur Befreiung, aber in diesen Tagen war es die Invasion: Die ungeheure, gewalttätige Kriegsmaschine, die da mit ihrem Donner und Dröhnen über das Meer und aus der Luft auf ihren kleinen Heimatort zukam und mit einem gewaltigen Blutzoll schwerfällig, aber unaufhaltsam alles überrannte. Sie bekam nach den ersten Tagen von dem weiteren Verlauf außer Gerüchten nichts mehr mit, denn nachdem die Invasionsarmeen der Alliierten die Küste erobert und ihre ersten Brückenköpfe hinter den Dünen errichtet hatten, lag ihr Dorf, Vierville, bereits hinter der Front. Die Deutschen hatten sich zurückgezogen, waren tot oder gefangen, und auf einmal mussten sie sich auf die Amerikaner einstellen. Alle Gebäude, die nur irgendwie nach dem Bombardement brauchbar geblieben waren – tatsächlich war etwa die Hälfte des Dorfes bei der Landungsschlacht schwer beschädigt worden –, wurden zunächst von ihnen belegt. Der kleine Laden von Mariannes Eltern war in diesen Tagen so etwas wie ein Kuriositätenkabinett innerhalb eines großen Horrorszenarios geworden, ein chaotisches Durcheinander von Tauschhandel und Diebstahl, Einkauf gegen Dollar, amerikanischen Zigaretten und chewing-gum, oder schlichter dreister Beschlagnahmung durch Gefreite, die sofort durch höherrangige Offiziere rückgängig gemacht wurde. Die Eltern waren apathisch und taten, was von ihnen verlangt wurde. Marianne aber spürte deutlich die archaischen Plünderungs- und Vergewaltigungsimpulse der Eroberer, auch wenn sie kontrolliert wurden durch die große amerikanische Mission, die jeder Soldat hier im Herzen zu haben schien. Und wenn sie doch nicht völlig kontrolliert werden konnten, so waren es doch Ausnahmen, die, wenn sie den Offizieren bekannt wurden, zu drastischen Strafen führten. Marianne fühlte diese neue Ordnung der Freiheit innerhalb des großen Gemetzels der ersten Tage mit einem eigentümlichen, sehnsuchtsvollen Gruseln. Sie beobachtete alles mit glühenden Augen. Hier direkt vor ihren Augen entfaltete sich ein neues, ungeheuerliches Szenario: Amerika kam an Land und eroberte es. Das amerikanische Versprechen vom Recht auf Glück und Freiheit eroberte sie. Während die Kämpfe um den Cotentin und um Caen tobten, war ihr Dorf bereits Teil der neuen Welt, des neuen Europa, von dem noch niemand sprach, das niemand ahnte, und das doch in ihrem jugendlichen Herzen schon Platz nahm.

Sie war unten am Strand angekommen. Etwa zweihundert Meter entfernt waren die großen Betonbunker in den Sand gebaut worden, die den künstlichen Hafen, diesen Halbkreis von aneinander geketteten Stahlpontons, von Land aus sichern sollten. Dieser Hafen, wegen seiner beerenartigen Form „mulberry-harbour" genannt, war in Vierville kurz nach der Errichtung durch unvorhergesehene Stürme zerstört und weiter südlich in Arromanches wieder aufgebaut worden, hier war nur der Bunker am Strand geblieben.

Dorthin ging sie jetzt, dort würde sie John treffen. So war es verabredet. Nach dem ersten Treffen im Laden hatten sie sich einige Male hinter dem Haus geküsst. Marianne wusste, dass dies im Dorf bekannt war und dass sie dafür verachtet wurde. Noch waren die Amerikaner für die alten Bewohner keine Befreier, sondern Eroberer, Zerstörer und Besatzer. In Vierville hatte der Weltkrieg erst mit der Invasion begonnen. Und so war es, trotz guter Geschäfte und hoffnungsvoller Zukunft, gegen die Ehre, sich mit einem „Americaine" einzulassen. Marianne war das egal. Dies war ihr

34

Aufbruch ins Leben. Sie genoss das Chaos, die Zukunftsträchtigkeit der Zerstörung, und das männlich-martialische der Kriegsmaschinerie, die tagtäglich um sie herum dröhnte, erregte sie zutiefst. Und da kam ihr dieser gut aussehende, freundliche und höflich-bestimmende Amerikaner gerade recht. Alles in ihr, was in den vergangenen Jahren gewartet hatte und herangereift war, in ihrer Seele und in ihrem Körper gesucht und gerungen hatte und das bei den Eltern keine Orientierung gefunden hatte, strebte jetzt ihm zu. Sie wusste, was in dieser kalten Nacht auf sie zukommen würde. Sie wollte es.

Sie fröstelte und wusste nicht zwischen Kälte, Angst und Erregung zu unterscheiden. Ja, ich weiß, dachte sie, es wird geschehen. Er wird es mit mir tun. Und mir ist es recht, ich will es. Ich will es, ja mein Gott, ich habe doch keine Ahnung davon, was passiert und wie es ist, außer dass etwas in mir mich dahintreibt und ich es will. Wird es wehtun? Werde ich schreien? Wird es schön sein? Niemand hat mir etwas darüber erzählt. In mir zittert und bebt alles, und es ist nicht nur Angst, obwohl ich verdammt viel Angst habe, aber ich will es doch. Mein ganzer Körper will es, ich friere und mir ist heiß vor Aufregung.

Marianne ging an der Bunkerseite entlang. John wartete bereits. Sie schaute in seine Augen und entdeckte für eine Sekunde etwas anderes in seinem Blick, etwas Neues. Ein Flackern und Glühen, einen Anflug von Gier. Sie schauderte für einen Moment. Er nahm sie an die Hand, dann umfasste er ihren Kopf mit seinen Händen und blickte ihr direkt in die Augen. Die Gier war verschwunden, das Glühen wirkte warm und beruhigend.

„Hi, cherie. Glad you came ... Tu es beautiful ..."

Seine rührenden Versuche, ein paar Brocken Französisch unterzubringen, ließen ihre Erregung für einen Moment in Lachen umschlagen, dann kam sie verstärkt wieder.

„Oh, John!" Sie warf sich ihm an den Hals und drückte ihre heißen Lippen auf seinen Mund.

Er grinste mit einer Mischung aus Schüchternheit, Anzüglichkeit und Freundlichkeit, dann nahm er ihre Hand und führte sie in das Innere des Bunkers. Es war dunkel und feuchtkalt. Nun bekam sie wirklich Angst. Wenn sie hier sterben würde, niemand würde sie hier jemals finden, dachte sie mit plötzlich aufsteigender Panik. Sie wollte hier ihr Leben beginnen, nicht beenden. Doch dann nahm sie den Druck von Johns Hand wahr und beruhigte sich wieder. Nein, John war ein guter Mensch, sie spürte seine Freundlichkeit. Und vielleicht war dies genau der richtige Ort für das, was sie jetzt erleben wollte – abgeschirmt von der ganzen Welt da draußen.

John knipste seine Taschenlampe an, sie gingen ein paar Schritte um zwei Ecken in den Bunker hinein, dann leuchtete er in eine Ecke. Tatsächlich, dort war mit etlichen Army-Decken und sogar ein paar Kerzen ein kleines Lager gerichtet. Marianne lächelte ihn erleichtert und glücklich an.

John, mit seinen zweiundzwanzig der Ältere, hatte feuchte Hände. Für einen Augenblick fielen in ihm der soldatische Held, der

36

Mann und der schüchterne Junge in eins. Er, der Eroberer, wusste nicht, was er tun sollte. Sie neigte ihm ihren Kopf entgegen, eine kleine Geste, er kam ihr entgegen. Ihre Lippen berührten sich, sie kannten sich schon und doch noch nicht auf diese Weise, weich und heiß. Während sie sich küssten, begann John an ihrer Kleidung zu nesteln und seine Hand unter ihren Pullover zu schieben. Sie spürte seine Hand auf ihrer Haut, ein Schauder fiebriger Erregung durchfuhr sie, der sie schwindelig werden ließ. Später, nach viel Angst, Genuss und Zärtlichkeit, Haut auf Haut, nach Tasten und Entdecken und Erschauern, nach so vielen unbekannten Gefühlen, da drang er endlich in sie ein. Ein scharfer Schmerz durchzuckte sie, eingehüllt in eine Wolke völlig neuer, unbekannter Empfindungen. Sie erschrak und nahm den Schmerz wie einen notwendigen Besucher an, bis er in der Wolke der anderen Gefühle unterging und sie sich davongetragen fühlte in etwas Großes, Neues und Reiches, von dem sie sich nichts hatte träumen lassen.

Sie wurde von ihren Gefühlen hin und her geworfen, dann gewiegt und wieder aufgerüttelt, bis ihr schwindelig war, ihr Körper zuckte von unbekannten Erregungen, von denen sie nicht wusste, ob sie ihr angenehm oder unangenehm waren.

Schließlich sanken sie nebeneinander auf die Decken, eng umschlungen, und nachdem sie sich beide warm aneinander geschmiegt hatten, schliefen sie ein.

Sie träumte von einer goldenen Treppe, die sie hinaufstieg, immer weiter, in eine Art Paradies hinein.

Zwei Monate später musste John mit seiner Einheit weiter gegen Hitlerdeutschland ziehen. Marianne fühlte sich wie in einer schwebenden Blase: Einerseits war alles wie bisher und doch war absolut alles anders. Sie wusste, dass sie von nun an nicht mehr die nette Kaufmannstochter im Dorf sein konnte und wollte. Sie wusste, dass das Leben mit seiner ganzen Macht nach ihr gegriffen hatte und sie nicht mehr zurückkonnte.

Kapitel 2

25 Jahre später

BILD-Zeitung, 8.8.1970

Familie eines Deutschen in Frankreich verschwunden – was weiß die Stasi?

Wie französische Zeitungen in der letzten Woche berichteten, ist in Vierville-sur-mer an der normannischen Küste eine Familie unter mysteriösen Umständen verschwunden.

Die Polizei vermutet ein Familiendrama, aber manche Stimmen fragen: Steht mehr dahinter? Der Mann soll aus Weimar stammen und erst später nach Westdeutschland gekommen sein. Als Spion des KGB? Wollte der Mann überlaufen? Viele Fragen, viele Gerüchte. Bisher gibt es keinerlei Spuren über den Verbleib der Familie. Der Mann galt als unzugänglich und eigenartig. Im Haus wurden Blutspuren gefunden. Hatte er ein Geheimnis? Vierville, das Dorf in der Normandie, war 1944 Schauplatz der Landung der Alliierten. Dort fragt man sich: Was kommt noch?

Vermischtes aus aller Welt

Familie vermisst – vermutlich ertrunken

Eine vierköpfige Familie in Nordfrankreich wird seit einer Woche vermisst. Von einem Deutschen, aus Weimar stammend, und seiner französischen Frau sowie deren beiden Kindern fehlt jede Spur. Bekannte vermuten ein Segelunglück, da der Mann mit den Kindern kurz vor einem Unwetter aufs Meer gesegelt ist. Ob die Frau dabei gewesen wäre, konnte nicht geklärt werden. Gerüchte über Verwicklungen kommunistischer Geheimdienste in diesen Fall, über die wegen der Herkunft des Mannes spekuliert worden war, wurden von Regierungssprechern als völlig haltlos und absurd zurückgewiesen. Die Polizei vermutet eine private Familientragödie.

Die Welt, 24.2.1971

Aus aller Welt

Grausiger Fund im Fischernetz

Paris. Ein grausiger Fund wirft ein neues Licht auf einen rätselhaften Fall, der Frankreich seit über einem halben Jahr beschäftigt (wir berichteten). In der ersten Februarwoche entdeckten Fischer, die in der Bucht von Ouistreham zwischen Le Havre und Caen ihrer Arbeit nachgegangen waren, die Leiche eines Kindes in ihren Netzen. Die durch die Polizei veranlasste gerichtsmedizinische Untersuchung ergab, dass es sich vermutlich um Pierre Dubois handelt, den jüngeren Sohn des Architekten Lutz Vonholtz und dessen Frau Marianne Dubois, die im August vergangenen Jahres unter mysteriösen und bis heute nicht geklärten Umständen verschwunden sind.

Die Familie Dubois/Vonholtz lebte seit 15 Jahren in Vierville-sur-mer, einem kleinen Ort an der normannischen Küste, die als Invasionsküste bekannt ist. Der Vater, Lutz Vonholtz, in Weimar geboren und noch in der sog. „DDR" studiert, war später nach Westdeutschland übergesiedelt und hatte in Frankfurt als Architekt ein Examen abgelegt. Mit der aus Vierville stammenden Französin Marianne Dubois lebte er unverheiratet zusammen, sie bekamen zwei Kinder. Im August 1970 verschwand die Familie plötzlich, ohne eine Nachricht zu hinterlassen. Die örtlichen

41

Behörden vermuteten zuerst ein Verbrechen. Bekannte der Familie hatten jedoch von einer Segeltour des Vaters mit seinen Kindern kurz vor einem Unwetter berichtet. Die Befürchtung eines Segelunglücks wird durch den jetzigen Fund wahrscheinlich. Von der gerichtsmedizinischen Untersuchung der Kinderleiche erhoffen sich die Behörden neue Erkenntnisse.

BILD-Zeitung, 24.2.1971

Hat die Stasi diesen Jungen auf dem Gewissen?

Fischer an der normannischen Küste hatten einen grauenvollen Fund in ihren Netzen: Die Leiche des kleinen Pierre D., der vor mehr als 6 Monaten zusammen mit seiner Schwester und seinen Eltern plötzl ch spurlos verschwunden ist. Schon damals war der Verdacht aufgetaucht, dass die Stasi ihre Finger mit im Spiel gehabt haben könnte. Haben sowjetische Taucher in französischen Gewässern das Segelboot mit der Familie während eines Sturms versenkt? Wusste der Mann zuviel? Und warum mussten die Kinder sterben? Was weiß die Bundesregierung?

Kapitel 3

Lutz' Tagebuch

1.9.1971

Wie soll ich dies hier anfangen? Ich will schreiben. Über mich, wie ein Tagebuch. Nicht nur über meine jetzige Verfassung, sondern über die Vergangenheit. Ich muss schreiben, um mir klar zu werden über mich und mein Leben. Über das, was mein Leben hin und her geworfen hat. Seit einem Jahr bin ich nun hier in dieser kleinen Holzhütte in Norwegen. An der Küste, über die Felsbacken hinweg geht der Blick über den Skagerrak. Als ich vor 12 Monaten hier ankam, völlig am Ende von allem, habe ich mich gefragt, was denn jetzt werden soll aus mir. Ich war gestrandet. Ich hatte in all den Tagen meiner eigenartigen Flucht hierher niemals weiter als bis zu diesem Moment gedacht. So war ich angekommen in Kristiansand, am 24. August letzten Jahres.

Mir ist inzwischen klar geworden, dass mir nur die Flucht aus der Normandie geglückt war. Ich hatte vor den alten Umständen, aber nicht vor meinen Gedanken und Erinnerungen fliehen können. Das ist alles in mir geblieben und bedrängt mich jetzt. Und obwohl ich irgendwie hier in Norwegen ankam und mich organisierte, den kleinen Job besorgte, die baufällige, nett gelegene Hütte fand, mir herrichtete und schließlich mit dem einen oder anderen Norweger in Kontakt kam, tauchten sie wieder auf, die Bilder aus meinem alten Leben. Zuerst die dramatischen, dann die anderen, dann die noch dramatischeren die nicht gefühlt werden wollen und deshalb wie in Panzerglas eingeschlossen daherkommen. Sie sind meine täglichen Begleiter. Nachts suchen sie mich heim und tagsüber. Wenn ich unterwegs bin oder alleine sitze, mit anderen spreche oder schweige – plötzlich taucht etwas davon auf.

Vor zwei Tagen saß ich auf meiner wackeligen Bank vor der Hütte und dachte: Ich kann doch nicht einfach so ein neues Leben anfangen. Da ist ein Widerwillen. Wie eine schwarze Wand schiebt sich das Vergangene dazwischen. Ich fühle mich wie ein Fremder, der in einen Film gerät und mit Erstaunen feststellt, dass er selbst die Hauptrolle spielt. Ich muss verstehen, was da geschehen ist, wie es dazu kommen konnte. Ich muss herausfinden, wer ich jetzt bin, nach all diesen furchtbaren Dingen. Ich will wieder etwas von meiner Kraft und meiner Leidenschaft spüren. Will etwas schaffen, etwas zustande bringen! Mehr als mir das früher bewusst war, drängt sich mir das jetzt auf. Und gleichzeitig mit dieser Sehnsucht nach meinem Leben möchte ich trauern können, so merkwürdig das klingt. Ich spüre die Sehnsucht nach Tränen und Schmerz, aber es geht nicht, es fühlt sich fremd und künstlich an. Ich bin auf eine eigenartige Weise gelähmt, apathisch, wie in eine Hülle gewickelt. Ich will heraus aus dieser Hülle, heraus, heraus, heraus!

Deshalb werde ich mich hinsetzen und alles aufschreiben, was geschehen ist. Mariannes Leben und mein Leben, wie wir uns fanden und wie wir uns verloren, ihren Tod und den Tod der Kinder, unserer Kinder. Ich muss dies alles in mich hinein zurückholen, um leben oder sterben zu können. Ich will wissen, ob ich ein Mörder bin. Was diese Tode bedeuten. Und der einzige, der es vielleicht wirklich weiß, sitzt eingeschlossen im Inneren dieser Hülle: Ich.

5.9.

Ich hatte sie auf eigenartige Weise kennengelernt. Aber wahrscheinlich ist jede erste Begegnung mit einem Menschen, mit dem einen dann das Leben verbindet, rückblickend „eigenartig". Ich war mit einem damaligen Studienfreund kurz nach unserem Architektur-Examen im Mai 1959 nach Brüssel gefahren, wir wollten uns amüsieren. Ich weiß nicht mehr, warum gerade Brüssel, aus irgendeiner Laune heraus. Neben den Kneipen im Marollenquartier und den architekturbeflissenen Pflichtbesuchen bei den Jugendstilhäusern hatten wir es auf Tim und Struppi abgesehen, die Stars der langsam berühmt werdenden Brüsseler Comicszene. Wir lasen die bunten Heftchen, unterhielten uns in deren Sprache und hatten unseren Spaß an dem kindischen Treiben. An einem Tag fuhren wir nach Laeken, dem Königsviertel, und besuchten auf dem Friedhof die Skulptur des „Denkers". Mein Kollege wusste viel über Rodin, seine Arbeit, die Zeit. Und über sein Liebesleben natürlich. Er schwärmte mir begeistert von Camille Claudel vor, ich erfuhr auch von den großen Spannungen, denen diese Liebe ausgesetzt gewesen war. Wir diskutierten lebhaft und naiv über unsere Visionen von Liebesbeziehungen, von authentischem Leben, sexuellem Glück und künstlerischer Kreativität, von Freiheit ohne Konkurrenz. Natürlich wurden wir von den Frauen gewaltig angezogen. Aber Ende der 50er Jahre, wir schon auf die dreißig zugehend, waren wir immer noch unerfahren und verunsichert, nicht zuletzt durch die Prüderie des bürgerlichen Miefs im verstockten Nachkriegsdeutschland, die auch in uns steckte. Getrieben von Sehnsucht und Begehren nach den Weibern, in jeden Ausschnitt linsend, jedem Hintern hinterhergaffend, mehr verstohlen als offensiv, als ob wir die ganze im Krieg verlorene Pubertät nachholen mussten. Wir hatten alle keine Väter gehabt, die uns begleitet hätten auf dem Weg vom Jungen zum Mann. Wie man freundlich mit Frauen umgeht, wie man liebevoll den eigenen Körper kennenlernt. Wie man flirtet, das

Geheimnis der erotischen Zärtlichkeit aneinander entdeckt. Das Verhältnis unserer Väter zu Körperlichkeit und Sexualität war ein zutiefst Gewaltsames gewesen: verklemmt, aggressiv, entwürdigend. Wir hatten als Jugendliche immer nur Angst davor gehabt.

Wir standen also in Brüssel unter Rodins Denker, redeten über unsere Visionen und fühlten uns irgendwie großartig. Die alte Zeit endgültig hinter uns gelassen würde jeder von uns in der Welt eine bedeutsame Spur hinterlassen, dessen fühlten wir uns sicher. Die skeptische Melancholie und die Schwere, die Rodin seiner Skulptur gegeben hatte, erreichte uns damals nicht. Wir fühlten uns vom großen eingebildeten Weltwissen gestärkt. Von seinem „Höllentor" wussten wir nichts.

Während wir standen und redeten, geschah auf einmal das, was mein Leben tatsächlich von Grund auf verändern sollte: In diesem Moment ging Marianne an uns vorbei.

Eine traumhaft gut aussehende Frau, in einem engen, hellen Kostümkleid. Während wir noch in unseren Fantasien hingen, ging sie schlendernd an uns vorüber. Wir guckten natürlich hin, etwas von der Seite, grinsten uns dabei an, den Mund anerkennend zusammenziehend. Sie aber ging, scheinbar ohne uns eines Blickes zu würdigen, selbstbewusst einem eigenen Ziel entgegen. Mit dieser Art zu gehen, riss sie mich aus meiner Betäubung.

So ist es zu sehen: Die einzige Zeit meines Lebens, in der ich frei war, nicht betäubt und eingehüllt in eine fremde Welt, war die Zeit mit Marianne. Seit ihrem Tod st die Hülle wieder da. Sie war es seit dem Krieg, nur die Art hat sich verändert. Mal war es Melancholie, mal Fremdheit, mal Angst, mal albernes Maskenspiel. Mit dem Erscheinen von Marianne an Rodins Skulptur in Brüssel riss diese Hülle. Ich sollte es bald bemerken.

Ich erinnere mich noch, dass an dem gleichen Abend kurz vor dem Einschlafen vor meinen Augen noch einmal das Bild von ihr auftauchte und ich merkwürdig berührt darüber war. Was ist mit dieser Frau vom Friedhof, weshalb fällt sie dir jetzt ein, fragte ich mich.

8.9.

Anstrengender Tag. Es hatte vorher zwei Tage geregnet und in die Hütte getropft. Heute hatte ich damit zu tun, das elende Dach mit Dachpappe abzudichten.

Jetzt will ich mit Brüssel fortfahren, mit der Begegnung mit Marianne. Einige Tage nach dem Friedhofbesuch stöberte ich in einem Antiquariat nach alten Büchern. Ich suchte nach etwas für meine Mutter, das ich ihr nach Weimar schicken wollte. Ich war unkonzentriert und fand nichts Rechtes. Mir war wohl die ganze Pflichterfüllung lästg. Es war sehr still in dem

Antiquariat, der Raum war groß und strahlte diese bedächtige Ruhe aus, die Bücher meist umgibt, im Hintergrund spielte leise klassische Musik. Nach einer Weile nahm ich einen Bildband über die Normandie in die Hand. An die schwarz-weißen Fotos erinnere ich mich und an meine Faszination für das Meer, die Steilküste, die fruchtbare Landschaft und die geheimnisvollen Wälder. In diesen Minuten überlegte ich, wie es wohl wäre, dort zu leben.

Ich stand so da, schaute auf die Fotos von Caen und L'Etretat, da spürte ich eine Veränderung. Die Tür ging auf, ein leichter Luftzug zog durch den Raum. Ich schaute auf und sah sie: Die Frau vom Friedhof Laeken! Im gleichen Moment sah sie hoch in meine Richtung und hielt für einen Moment den Blick inne. Keine weitere Regung, kein Lächeln, kein Nicken. Aber ein Innehalten, dieser kurze Moment in der ewig rastlosen Wanderung der Seelen, der für Begegnung sorgt. Mehr nicht. Nach diesem einen Augenblick, der über das Übliche hinausgeht, senkte sie den Blick wieder und wandte sich den ausgelegten Büchern zu. Ich ging verstört und gleichzeitig bewegt aus dem Laden, und im Vorbeigehen hinter ihrem Rücken murmelte ich ein leises und unverbindliches „Bonjour". Ich habe keine Reaktion bemerkt. Ich war auf einmal eigenartig unkonzentriert.

12.9.

Was will ich mir beweisen mit diesen Aufzeichnungen? Welche Schuld ich auf mir lasten habe, und welche nicht? Ich befürchte fast, ich werde es auf diese Weise nicht herausbekommen. Ich werde doch nur erzählen, was ich schon weiß. Ich muss diese Dinge weitererzählen, fast scheint es mir, als ob die Ereignisse selbst es von mir verlangten. Und doch habe ich weiterhin genau diese Hoffnung, dass ich etwas in mir wiederfinde, worauf ich mein weiteres Leben gründen kann.

Also zurück nach Brüssel. Zu dem Moment in der Kirche St. Catherine! Wie war das noch? Ich erinnere mich und auch wieder nicht. Es war nur ein paar Tage nach dem Antiquariat. Mein Kollege war inzwischen abgereist, ich wollte noch bleiben. Ich weiß noch, wie ich in der Kirchenbank saß und mich in dieser ruhigen Atmosphäre ausruhte. Aus Lautsprechern kam leise liturgische Musik, die Sonne schien durch die bunten Rosettenfenster und der bröckelige Putz wirkte so, als ob hier die Zeit nicht zählt. Ich sah vor mich hin und träumte ein wenig, als ich spürte, wie sich jemand ganz leise hinter mich setzte. Für einige Minuten tat sich nichts, dann spürte ich die Bewegung und kurz darauf legten sich ihre Hände von hinten auf meine Augen und ihre Stimme flüsterte in diesem wunderbar gehauchten Französisch: „J'attend a toi, ich warte auf dich". Ich war völlig aufgewühlt und gleichzeitig merkwürdig ruhig, als ob ich es erwartet hätte.

Später habe ich mich oft gefragt, wie es wohl geworden wäre, wenn die Rollen vertauscht gewesen wären. Alles hätte notwendig einen anderen Verlauf nehmen müssen, genau wie ein Schachspiel nach der Eröffnung völlig anders verläuft, verlaufen muss, wenn die gleichen Spieler mit der gleichen Eröffnung die Farben wechseln. Wer zog mit Weiß, Marianne oder ich? Doch ich kann mir nichts vormachen: Marianne hatte mich ausgesucht.

Viel später, in unserem Haus in Vierville, an einem dieser unvergesslichen Abende im Sommer, als Janine schon bei uns war und an Pierre noch nicht zu denken, da erzählte sie mir, was sie im Antiquariat gedacht hatte: Dass ich es sein würde, mit dem sie ihr Leben bis zum Ende verbringen würde, dass ihr dieser innere Imperativ völlig die Sprache und den Atem verschlagen hatte und dass sie sich nur durch die alte Technik des kalten Blicks zu retten gewusst hatte. Ich bin nicht sicher, ob sie je begriffen hat, dass gerade dieser Blick, als Abwehr und Schutz gedacht, das Gegenteil bewirkt, er versetzt Männer in heiße Sehnsucht danach, sie, die Kühle, in Flammen zu setzen. Ich habe versucht, es ihr zu erklären, aber sie hat nur unverbindlich gelächelt. Sie behauptete, sie habe jedenfalls beim ersten Blick gewusst, dass ich es sein würde, mit dem sie leben würde. Wie sie allerdings herausgefunden hatte dass ich in St. Catherine saß, blieb ein Geheimnis und wird es bleiben. Sie schob es auf Zufall und ihre Intuition. Sie sei zufällig in die Kirche gekommen, habe mich dort aber gleich erkannt und die Gelegenheit genutzt. Später, wenn wir in Vierville Jaques Brel hörten, wie er „Bruxelles" besingt und zu der Stelle mit St. Catherine kommt, schaute sie mich immer geheimnisvoll an, als ob in diesem Chanson der Geist der Wahrheit enthalten sei, der ihr damals – und danach nie wieder – erschienen ist.

Gerne hätte ich sie erobert, aber es war so, dass sie mich hat sich erobern lassen, was in mir immer einen kleinen Rest von Selbstverachtung hinterließ.

Ich glaube, ich wäre auch gerne ihren Tod gestorben. Etwas anders vielleicht, etwas dramatischer, männlicher, kämpferischer, aber ihren Tod. Statt hier zu sitzen und nachzusinnen, die ganze Geschichte einzufangen. Auf einmal werde ich wütend. Sie hat ihre Geschichte gelebt, ist ihrem Daimon gefolgt, ihrem Eros, kompromisslos, bis zum Finale, ich war nur ein Statist in ihrer Schicksalsdramaturgie. Aber vielleicht würde sie das Gleiche denken. Vielleicht sähe sie sich selbst auch nur als Statistin auf meinem Weg an diese wilde Küste? Aber wer hat mich hierhin getrieben? Warum?

Ich will es besser verstehen lernen, ich muss es zu fassen kriegen, dieses Durcheinander meiner Geschichte.

In St. Catherine jedenfalls, nachdem sie ihre Hände über meine Augen gelegt hatte, verlief die Geschichte so: Wir hielten diesen Moment eine Weile in der Schwebe, ich atmete ruhig, mit pochendem Herzen, nicht wissend und doch hoffend und ahnend, wer sich mir genähert hatte. Sie rührte sich nicht, ich hörte nur ihren Atem regelmäßig und warm in meinem Nacken. Dann drehte ich meinen Kopf und schaute sie an. Unsere Blicke begegneten sich, blieben aneinander haften, noch nicht ein Wort war gefallen zwischen uns, nicht einmal ein Lächeln floss, dann erst, nach einer ganzen Jahrhundert-Minute, strich ich lächelnd mit dem Zeigefinder über ihre Augenbraue und küsste sie auf die Stirn. Wir gingen hinaus, befangen zuerst, schließlich fingen wir in der Nachmittagssonne an zu grinsen. Keiner von uns wollte die Entscheidung treffen, ob wir links oder rechts gehen, oder wie es überhaupt weitergehen sollte. Für solche Momente hat das Schicksal in seiner Partitur ein paar Takte leergelassen zur freien Improvisation. Schließlich nahm ich ihre Hand. „Einen Kaffee?" Dort drüben, noch ein Sonnenstrahl auf der Terrasse. „Ja, gerne."

Wir setzten uns, redeten über dies und das, über Rodin und Brüssel und die Belgier. Wir taten so, als ob alles normal wäre, während gleichzeitig unsere Blicke funkelten. Dieses langsame Herantasten, wenn der erste Schritt getan war und man ahnt, dass der Genuss auch darin liegt, sich viel Zeit beim Entdecken zu lassen, war wunderbar.

20.11.

Jetzt ist es zwei Monate her, seit ich die letzten Seiten geschrieben habe. Ich hatte weiterhin Zweifel, ob ich mein Ziel auf diesem Weg erreichen könnte. Nach der letzten Niederschrift über St. Catherine ging es mir für einige Tage nicht gut. Ich quälte mich mit Übelkeit, ich schlief schlecht und hatte miserable Laune. Obwohl ich mich geradezu danach sehnte, alles zu erinnern und aufzuschreiben, empfand ich großen Widerwillen, weiterzuschreiben. Aber wie soll ich anders damit fertig werden? Ich habe in den letzten Tagen über Gott nachgedacht. Er wäre derjenige, der mir helfen müsste. Wenn es ihn denn gäbe. Ich habe meinen Glauben an ihn verloren. Erst die Nazis, dann die Kommunisten, dann das traurige Leben selbst haben ihn mir ausgetrieben. Und jetzt macht es mich wütend, wenn ich an Gott denke. Ich hätte gerne dies Vertrauen in ihn, von dem in den Predigten gesprochen wird, aber ich kann es in mir nicht finden. Ich muss mit dieser Suche nach meiner Geschichte selbst fertig werden. Hörst du, du nicht existierender Gott: Ich will gar nicht wissen, was es bedeutet und warum es alles so passieren musste, ich will auch nicht wissen, ob ich irgendetwas anders hätte machen können oder ob es Lehren zu ziehen gibt, für meine bescheidene Existenz oder für die Zukunft der Menschheit, hörst du, das habe ich begriffen. Was ich will, ist zu erkennen, was überhaupt geschehen ist. Die Geschichte selbst, die eigentliche Geschichte erkennen und ihre Dramaturgie aus dem Sumpf der tausend Einzelereignisse heraushören.

Ich kann es auch anders sagen: Ich will sie wieder sehen. Ich weine. Verdammt, ich will zu ihr. Wirklich? Na, nichts leichter als das. Ein kleiner Tod, ohne Aufsehen, und ich kann ihr hinterherfahren und werde sie schon irgendwo treffen auf dem highway in heaven. Manchmal schon habe ich mit dem Gedanken gespielt, mich umzubringen. Aber sie würde mich anschauen mit ihrem kühlen Blick und sagen, dass ich meine Hausaufgaben nicht gemacht hätte. Ich glaube, Marianne würde wollen, dass ich unsere Geschichte gut aufschreibe. Ehrlich, aufrichtig und liebevoll. Aber ich bin so wütend und ohnmächtig traurig, dass ich immer wieder aufgeben möchte. Ich denke tatsächlich immer wieder daran, mir das Leben zu nehmen. Ich weiß nicht wie, aber der Wunsch nach Ruhe und einem Ende ist sehr stark.

Ich werde noch einen Spaziergang ans Wasser machen.

24.11.

Nein, ich habe mich nicht umgebracht, bin nicht ins Wasser gegangen.

Ich habe vor ein paar Tagen auf dem Spaziergang ein kleines Feuer gemacht, ein paar Norweger sind zufällig vorbeigekommen, zuerst misstrauisch, dann freundlich, schließlich saßen wir zu fünft zusammen. Ich fühlte mich auf einmal geborgen bei diesen Menschen mit wettergegerbten Gesichtern voller Wärme, Sehnsucht, Trauer und Arbeit. Ich habe Luft holen können.

Danach habe ich an der Hütte gearbeitet, war viel draußen, das tut immer gut.

Nun aber wieder an meine Arbeit hier. Die Geschichte von Marianne und mir will erzählt werden und ich bin etwas zur Ruhe gekommen, um es auch zu tun. Wir kamen also aus St. Catherine heraus, wir redeten und tranken Kaffee, gingen spazieren. Längst warteten wir beide auf den Augenblick, in dem unsere Körper zu ihrem Recht kommen durften. Mit dem Körper fängt alles an, auch das, was über ihn hinausgeht. Ich fasste sie an der Hüfte, spürte sie unter dem Hemd, fühlte diese Wärme, der ich näher sein wollte, die Haut, die ich auf meiner Haut spüren wollte. Wir gingen in einer Seitenstraße vom Grand Place. Blieben stehen, sie nahm meine Hand in ihre, wir sahen uns an, versanken in unseren Augen und verschlangen unsere Lippen. Eine Welle großartiger Regungen durchströmte mich. Zartheit und Dankbarkeit, den ganzen Körper wie Schauer überlaufende Erregung und unstillbar scheinende Gier, plötzliches Lachen und Glucksen, tiefes Erstaunen und ein Gefühl wie Schweben und Auflösen. Wir standen in einem Hauseingang und konnten uns kaum voneinander lösen. Immer wieder fluteten wir an- und ineinander mit unseren Lippen und Zungen und Händen, bis die Welle schließlich doch nachließ, wir uns ein wenig erschöpft ansahen und lachten. Nun war die Tür endgültig geöffnet. Wir liefen über den Grand Place in eine weitere Nebenstraße, in der ich zuvor ein kleines Hotel gesehen hatte. Wir bekamen ein Zimmer und nach einem kurzen Zögern und gegenseitigen Mustern tasteten wir uns an unsere Körper heran. In einem Wechselbad von vorsichtiger Zärtlichkeit und leidenschaftlichem Drängen wogten wir miteinander durch die Nacht. Ich war erstaunt über all das, was mein Körper konnte und von selbst wusste. Marianne war die Erfahrene in unserem Spiel, das war spürbar, und es war wunderbar. Sie war eine großartige Frau für den Mann in mir, den ich noch gar nicht richtig kannte. Und sie genoss diesen Mann ganz offensichtlich zutiefst, voller Erregung und Freude. Irgendwann wurden wir ruhiger, dann schlief sie ein. Ich lag voller Glückseligkeit noch eine Weile wach, nicht fassen könnend, was mit mir geschehen war.

Marianne und ich blieben zusammen und wurden ein Paar. Es ging, wie es vielleicht immer geht, mit Liebe, Sex, Streit und wachsenden Zukunftsplänen, die viele Geburtswehen verursachten und schließlich doch verwirklicht wurden. Diese Einzelheiten will ich jetzt nicht aufschreiben, obwohl sie natürlich auch zu unserer Geschichte gehören und das meiste auch wertvoll und schön war. In manchen Tagträumen in den letzten Wochen habe ich so vieles davon wieder erlebt. Aber sie gehören nicht wirklich zu meiner Suche. Ich glaube, ich würde mich verzetteln.

Aber eines ist mir gestern vor dem Einschlafen eingefallen: Die Episode, als sie mir die Geschichte vom Sultan und seiner Frau erzählte. Es war einige Jahre nach Brüssel, wir waren in Deutschland unterwegs und beim Abendessen in einem Landgasthof sprach ich davon, dass ich manchmal Angst vor ihr hätte. Sie habe immer so eine leichte Überlegenheit an sich. Ich nannte sie neckisch „Hexe", aber das hatte einen wahren Kern. Sie lachte und erzählte dann die Geschichte vom Sultan und seiner Frau.

Dem mächtigen, aber einfältigen Sultan wird seine kluge Frau zu anstrengend, sodass er sie mit der Erlaubnis, ihr Liebstes mitzunehmen, wegschicken will. Sie gehorcht, flößt ihm aber einen Schlaftrunk ein und nimmt ihn in einen Teppich gewickelt mit. Als er erwacht und erkennt, dass er selbst ihr Liebstes war, verfliegt sein Groll und er kehrt mit ihr zurück in den Palast. Marianne wusste, dass sie die kluge Frau war und ich der Sultan. Ihre Liebe zu mir war ohne Zweifel, sie war sich meiner von Anfang an völlig sicher gewesen, als ob sie einen Plan verfolgte, in den ich nicht eingeweiht werden durfte, dessen notwendiger Bestandteil ich aber war. In mir blieb immer ein leises Unbehagen bei dieser Geschichte zurück, bis zur Katastrophe.

Jetzt denke ich, es war die Ausweglosigkeit der Entwicklung, die mich beunruhigte. Der Sultan hatte keine Chance, ihrer Klugheit zu entkommen.

Ich habe oft darüber nachgedacht, wieso sie eigentlich mich ausgewählt hat. Ich bin kein besonderer Mann, obwohl sie das immer behauptet hat. Ich war eher feige und unentschlossen, manchmal cholerisch, mit ein paar Begabungen versehen, aus denen ich aber nie etwas gemacht habe. Ich war nie so zielstrebig wie sie.

Ich bin zu dem Schluss gekommen, dass sie mich gewählt und geliebt hat, weil sie spürte, dass ich ein guter Liebhaber sein würde. Sie hatte darauf gebaut, dass aus unserer körperlichen Leidenschaft weitere Lebenskraft wachsen würde. Darin habe ich sie enttäuscht. Und ich glaube, sie hat mich gewählt, weil ich ihr Schicksal am Ende nicht verhindern würde. Natürlich hätte sie das bestritten. Sie hätte es auch gar nicht gewusst, gar nicht zugeben können. Auf besondere Weise war Marianne schlicht und geradeheraus, kühl, aber herzlich und ehrlich. Sie liebte mich wirklich, ohne Zweifel, ich glaube es immer noch, und allein der Gedanke an ihre Liebe tut mir weh. Die Motive, die ich ihr jetzt unterstelle, und die vielleicht die eigentliche Ursache ihres Todes waren, sind ihr sicherlich nie bewusst gewesen. Wir haben über solche Themen nie gesprochen.

- Ich halte es nicht aus. Meine Augen tränen, meine Schultern sind schwer und in mir ist wieder Erdbeben. Ich höre auf für heute. Raus, Luft, Gegenwart. Holz holen, Feuer machen, Fisch braten. Essen, pissen, aufräumen, schlafen.

30.11.

Ich komme voran. Ich muss mit mir reden, mich antreiben, mir Mut machen. Dann geht es. Als ob ich zu zweit wäre, ein zaghafter und ein mutiger Lutz. Der zaghafte hat Angst, will es nicht wissen, will lieber über die Felsbacken wandern, Feuerholz sammeln, Fisch braten und dieser dunkelhaarigen Frau unten am Hafen hinterherschauen.

Marianne war nicht dunkelhaarig, eher brünett. Komisch, dieses Wort. Kommt von braun, meint wahrscheinlich ein etwas helleres Braun. Aber es klingt nicht danach, jedenfalls nicht, wenn man es als Deutscher sagt. Brünett. Marianne war nicht brünett, sie hatte nur eine Haarfarbe, die so genannt wird. Brünett klingt nach kokett und nav, nach Weibchen. Marianne war immer geradeheraus und selbstbestimmt, oft bis zur Unerträglichkeit. Sie erreichte ihre Ziele nie durch

Anbiederung, und auch wenn sie verlor, blieb sie aufrecht. Ich muss wieder an ihre Verführungskunst denken. Ihre gerade Art, in aller Laszivität und manchmal auch schmeichlerischen Erotik doch stets deutlich zu machen, was sie wollte. Es schmerzt und erregt mich, an diese Szenen zu denken.

Aber ich will mit meiner Geschichte weiterkommen. Wie wir in die Normandie kamen.

Wir hatten zwar nicht geheiratet, Marianne wollte es nicht, aber wir lebten wie ein Ehepaar zusammen. Wir waren gereist und hatten Zukunftspläne geschmiedet. Ich wollte mich als Architekt selbstständig machen, hatte aber nicht die geringste Vorstellung, wie ich das bewerkstelligen sollte. Marianne war federführend. Sie hatte die Ideen und Pläne, für sich und für mich.

Wir zogen nach Vierville-sur-Mer, ihrer Heimat. Der Ort selbst lag etwas von der Küste zurück ins Landesinnere gelegen – wenn man bei ca. 200 Metern von „Landesinnerem" sprechen will –, auf der Ebene, die zum Meer hin an den Steilwänden abfällt und diese dramatische Küstenlinie schafft. Hier war sie geboren, als kleines Mädchen im Rock und mit Kniestrümpfen zur Schule gegangen, hier hatten die Eltern gelebt und ihren kleinen „Alimentaire", diesen französischen Tante-Emma-Laden betrieben. Die Eltern ihres Vaters hatten noch Land bestellt und einen gut gehenden Hof geführt. Marianne hatte mir das alles oft erzählt. Von ihrer Familie, von ihrer Herkunft, von dieser Landschaft, in der sie zu Hause war. Es gab keinen Zweifel, niemals, dass sie bei aller Weltoffenheit und Reiselust hier an dieser Küste leben und sterben wollte. Sterben, na ja, davon hatte sie nie gesprochen, auch nicht in ahnungsvollen Andeutungen, und doch war es mir immer klar. Mir kommt es fast wie ein unausgesprochener Vertrag zwischen uns vor: Was auch immer geschieht, begrabe mich am Strand von Viervile.

Dass mit diesem Ort auch ihr tiefes, bestimmendes Lebensgeheimnis verbunden war, das habe ich erst später verstanden. Überall in Vierville waren die Spuren der Invasion und ihrer damit verwobenen eigenen Geschichte zu spüren, aber ich habe erst langsam gelernt, die Zusammenhänge zu verstehen. Es hat etwas Unheimliches an sich, an einem Ort zu leben, voller Zeichen und Hinweise auf das tiefere Geheimnis von Marianne, ohne sie zu erkennen. Jetzt erst, im Rückblick, kann ich das Puzzle zusammensetzen. Den Bunker, den Strand, die Invasionsruinen. Die eigenartige Abwehr der Leute dort gegen uns.

Schon wieder frage ich mich, und muss diese Frage wohl auch immer wieder neu stellen: Wie kann ich diese ungeheure Geschichte entschlüsseln, die sie mir selbst erst im Laufe all der Jahre unserer Beziehung in kleinen Puzzleteilen unter Aussparung wesentlicher Teile mitgeteilt hat, und von der sich mir erst jetzt und hier in den Schären langsam ein Bild formt?

Vielleicht wird einmal jemand sagen, dass es alles sehr banal ist: Zwei Menschen mit den Lebensläufen ihrer Zeit begegnen und verlieben sich, werden ein Paar, Kinder und Konflikte treten auf. Es nimmt ein tragisches Ende durch unglückliche Todesfälle der Frau und der Kinder, der Mann flieht vor sich selbst in die Einsamkeit. Na und? So etwas passiert eben.

Ja, sag ich zu mir, genau. Es passiert eben, und es ist mir passiert, ich bin mit jeder Faser meines kleinen, blöden Lebens da hinein verwickelt. Doch mir fehlt diese Art von Fatalismus, um meine Geschichte ins Archiv der Weltgeschichte abzulegen unter „Diverses". Ich muss sie aufschreiben, um mir klarer zu werden darüber, was geschehen ist, und was in meiner Verantwortung lag. Ich orientiere mich dabei an den wenigen, im Nebel der Gefühle leuchtenden Positionslichtern.

Eines dieser Positionslichter ist Vierville.

Unser Haus war in die Bruchkante zwischen Land und Meer gebaut. Die normannische Küste war an dieser Stelle nicht ganz so steil wie an den nördlicheren Abschnitten. Etwa 20 m oberhalb des Strandes stand es in einem weiten und geschwungenen Absatz im Hang, der sich dahinter weiter nach oben erstreckte, bevor die fruchtbare Ebene anfing. Die Front des Hauses ging zum Meer, ein kleiner Garten grenzte an, oft überwuchert von Strandgras, weil in der andauernd anbrausenden Seeluft nichts anderes gedeihen wollte. Ein Teil des Hauses war unterkellert. Wir lebten beengter, als es von außen den Anschein hatte, das Haus war mit 3 1/2 Zimmern und 65 Quadratmetern nicht groß. Vor allem später, mit den Kindern, war es manchmal unerträglich eng.

In der ersten Zeit entschädigte – nein, bereicherte und begeisterte mich der fantastische Blick aufs Meer, den wir von der kleinen Terrasse aus hatten. Aber bald hatte ich den Blick aufs Meer satt. Dieses immer gleiche Rollen und Klatschen der Wellen, diese ewig sich wiederholende Besinnlichkeit und schwermütige Romantik. Bald nannte ich mich selbst bitter-ironisch den „alten Mann und das Meer" und wollte für dieses Bonmot einen Whisky, aber Marianne fand es zynisch. Sie gab vor, den Ausblick zu lieben. Tatsächlich stand sie jeden Abend für eine halbe Stunde an der Brüstung oder hinter dem großen Fenster und sah aufs Meer hinaus.

Oder sah sie in die Leere? In sich hinein?

In der ersten Zeit beschäftigte uns die in der Luft schwebende Atmosphäre der Invasion von 1944. Die alliierte Landung, diese ungeheure Maßnahme zur Befreiung Europas, war zunächst für alle Beteiligten als eine ungeheure Zerstörungswelle auf die Küste zugekommen. Marianne hatte es selbst erlebt, als Mädchen dem gigantischen Grollen am Horizont entgegengesehen – es muss in der Zeit gewesen sein, als ich in den Bombennächten in Weimar unter der

Decke liegen blieb, statt in den Keller zu gehen. Ob dies etwas Bestimmendes in unseren Lebensgeschichten ist? Das parallele Erleben von Kanonendonner? Unsere Seelen waren dem damals anders ausgesetzt gewesen als die der Erwachsenen, die konkretere Angst ums Überleben hatten. Marianne und ich haben uns an der Steilküste von Vierville die geheime Faszination dieser Zerstörungs- und Befreiungskräfte gestanden. Wir standen an der Brüstung, hielten uns an den Händen und sannen dem lange verhallten Kanonendonner nach. Doch nach einiger Zeit wurde mir auch diese schicksalsschwere Besinnlichkeit zu viel und ich gewöhnte mich an die Befreiung Europas durch die Amerikaner, ohne voll Ehrfurcht in die Ferne zu denken. Marianne hielt es anders. Ihr war die politische Dimension von Anfang an egal, fast bestürzend gleichgültig. Sie dachte auch nicht an die Befreiung. Sie dachte in anderen Kategorien als ich, und die trennten uns nach der anfänglich empfundenen Gemeinsamkeit über das schaurig-schöne Nacherleben der Invasion wieder. Sie dachte nur und ausschließlich an die Menschen, mit denen sie in irgendeiner Weise zu tun bekommen hatte, die sie kennengelernt hatte. Die deutschen Soldaten ebenso wie die französischen Kollaborateure, die Resistancekämpfer und die schließlich ankommenden Engländer, Amerikaner und Kanadier. Sie waren ihr alle gleich sympathisch oder unsympathisch, gut aussehend, heldenhaft, tragisch, sterbend – ja, vor allem die unterschiedlichen Weisen, an den Stränden zu sterben, hatten sie bei allen gleich tief berührt.

Mir war das unheimlich, ja, ich gestehe, ich fand es unglaubwürdig und aufgesetzt. Ich, zuerst razistisch und dann als junger Mann frühsozialistisch und antifaschistisch erzogen, gleichzeitig aber auch im ersten Frosthauch des kalten Krieges antiamerikanisch beeinflusst, hatte eine klare innere Rangordnung für die Toten am Strand. Die interessantesten, aber auch wertlosesten waren natürlich die Deutschen, die an der ganzen Scheiße die Schuld trugen. Wenn ich jetzt darüber nachdenke, wie unglaublich leichtfertig ich im Gedankenspiel die Leichen der ganzen Generation meines Vaters voller Verachtung betrachtete, dann spüre ich einen kalten Schauder über meine Empfindungslosigkeit, die vielleicht der meines Vaters noch überlegen war

Nach den Deutschen kamen für mich die Franzosen, dann die Amerikaner. Die Kanadier waren unglückliche Zufallsopfer. Die edelsten waren die Engländer, weil sie Karl Marx beherbergt hatten. Was für ein Aberwitz, schließlich hatte ich die DDR und seine Apostel ja längst in tiefem Groll verlassen.

Ich verstehe es nicht mehr, auch wenn es alles nur zwanzig Jahre her ist. Ich war jung, wenn auch schon erwachsen, ich war zweimal ideologisch geschult gewesen und von dort mit einem großen Haufen stumpfer Phrasen ausgestattet.

Aber zurück nach Vierville. (Ich sollte mich nicht immer so abtreiben lassen, ich will doch eine ganz andere Geschichte schreiben.)

Wenn wir an der Brüstung unserer Terrasse standen und auf das Meer schauten, dann schaute Marianne noch woanders hin. Dieses andere – ich habe es erst sehr viel später begriffen – war der eigentliche Grund dafür gewesen, dieses Haus zu kaufen und nicht eines zehn Kilometer weiter. Es war der Bunker.

Unten am Strand, als ein Teil der Mole, lag er im Sand. Ihn starrte Marianne an. Und dieser Bunker – sie nannte ihn „le Buhnkär" – war ihr eine Art Ankerplatz für eine Welt von Gefühlen geworden, von denen ich anfangs nicht die geringste Ahnung hatte.

Wenn ich sie fragte, antwortete sie ausweichend. Bei anderer Gelegenheit, später, erzählte sie, wie es ihr und ihrer Familie unter der deutschen Besatzung ergangen war. Sie war nicht ehrlich dabei, ich merkte es sofort an ihrer hektischen Art. Sie versuchte ihre Eltern als Opfer der Deutschen darzustellen, aber sie tat es so übertrieben und so voller Klischees, dass die Wahrheit umso deutlicher wurde: Sie waren gewesen wie die meisten Menschen in Zeiten von Fremdherrschaft, opportunistisch und in erster Linie am Überleben ihrer selbst und ihrer Familie interessiert. Deshalb waren sie keine Helden gewesen, wie sie mir nervös zu beweisen versuchte, sondern einfache Dulder und Mitmacher, Verräter an der Freiheit vielleicht weil ihnen Freiheit zu abstrakt war und weniger bedeutete als das schlichte Leben. Im Dorf, auf dem Feld, im Laden. Ich habe mir das zusammengereimt aus ihren Geschichten, die nicht zu ihrer sonst so direkten und aufrechten Art passen wollten, aus dem was die Leute im Dorf gelegentlich erzählten, vor allem wenn genug Alkohol geflossen war, und aus dem, was ich in der Atmosphäre wahrnahm, wenn wir schweigend über die Felder oder am Strand oder auf dem Steilufer spazieren gingen.

Später, mit den Kindern, wurden die Spaziergänge familiärer und entspannter, die Gegenwart spielte eine wichtigere Rolle.

Oh, wie trügerisch war diese scheinbare Überlegenheit der Gegenwart. Jetzt, hier in meiner Hütte merke ich, wie präsent die Vergangenheit ist, als ob es unmöglich wäre, überhaupt je einen Moment der Gegenwart zu erhaschen und ihn zu lieben. Ja, vielleicht so: Einmal noch in meinem Leben möchte ich wirklich DA SEIN und nicht zu spät kommen, immer nur zu spät kommen. Damals, als Janine schon zwei Jahre auf der Welt und Pierre noch ganz klein war, da waren wir DA, ich und Marianne. Das Kinderlachen, dies engelhafte, hat uns die Gegenwart lieben lassen.

Und doch war es wohl eine Illusion. Bald erzählte Marianne wieder von der Zeit unter den Deutschen. Nicht mehr so zurechtgebogen, sie war ehrlicher. Die „deutsche Zeit" wäre hart gewesen. Sie hätten die Besatzung nicht gemocht, die Deutschen auch nicht, sie waren die „Boches", aber man habe sie auch bewundert und respektiert – immerhin waren sie mutig und stark. Es wäre zunächst auch alles recht friedlich zugegangen, niemand sei wirklich zu schaden gekommen, es hätte gar keinen richtigen Krieg hier gegeben, nur einen Machtwechsel. Die französischen patriotischen Gefühle, die sich dagegen auflehnten, wären bald arbeitslos geworden, weil die Deutschen in Vierville sich im großen Ganzen anständig benommen hätten. Irgendwo seien Juden verschwunden, davon hörte man, aber so richtig gemocht hatte man die selbst auch nicht, und so war es eben nicht das Allerschlimmste, dass die gründlichen Deutschen das erledigt hätten.

Es war ihr ein wiederkehrendes Bedürfnis, darüber zu reden. Mich brachte es von unserer Gegenwart weg. Wir hatten es doch gut, Janine war eine Quelle von Freude, wir hatten zu tun. Warum erzählte sie immer wieder davon? Wollte sie mir eine psychologische Daseinsberechtigung in Frankreich verschaffen? Ich weiß es nicht. Ich werde müde vom Nachdenken. Meine Geschichte entgleitet mir schon wieder. Ich will präsent sein, und versinke doch immer wieder in Nebel!

Ich kann nicht mehr. Schluss für heute. Das Entscheidende, was zu dem Bunker noch zu erzählen ist, schaffe ich heute nicht mehr. Ich gehe hinaus in die Schären, schaue aufs Meer und lasse mich von der Abendsonne streicheln. Gute Nacht, Lutz.

2.12.

Die Tage ohne Schreiben waren gut. Ich musste ein paar Dinge erledigen, die Hütte richten und Holz sammeln, aber ich wollte auch zum Hafen gehen und mit ein paar Leuten plaudern, um nicht als seltsamer Ausländer zu viel Aufmerksamkeit auf mich zu ziehen. Ich bin dabei, eine kleine, einfache Geschichte um mich entstehen lassen, einigermaßen unverdächtig, die die Leute akzeptieren können. Eine klassische unglückliche Liebesgeschichte: Meine Frau hat mich mit zwei Kindern wegen eines anderen Mannes verlassen. Ich bin gekommen, um mein Leben neu zu beginnen, einfaches Leben und Arbeiten in der Natur. Und vielleicht wolle ich Kunst machen, hatte ich noch hinzugefügt. Die Leute hielten mich für etwas verrückt, wollten nicht viel mit mir zu tun haben. Aber sie empfanden auch Anteilnahme und eine Spur Sympathie. Ich bin ganz froh darüber.

Ich habe einem Nachbarn vor einiger Zeit an seinem Haus geholfen, neulich einem anderen bei der Zerkleinerung einer umgestürzten Fichte. Und Svensson, „der Schwede", wie sie ihn freundlich nennen, war heute früh bei mir, hat mich in die Taktik des kleinen Schmuggels von Alkohol über die Dänemarkfähren eingeweiht und mir als kleines Trostgeschenk eine Flasche Schnaps dagelassen. Das heißt etwas hier.

Zurück zu Marianne. Zurück nach Vierville. Zu den Deutschen, zu den Alliierten, zur Invasion. Zu unserem Haus und unserem Leben als kleine Familie.

Und zu unserer Ehe, die mir wie ein großartiger Dampfer vorkommt, der mit großen Erwartungen vom Stapel gelassen wurde und nach langer Fahrt in turbulenter See unterging. Wer hat unseren Dampfer versenkt? Es war der Amerikaner, er war der Eisberg unserer Titanic. Über ihn muss ich noch schreiben, das kommt noch auf mich zu. Aber das ist es nicht allein. Wir selbst haben den Kurs aus den Augen verloren, vielleicht hatten wir auch gar keinen, sondern haben einfach in blindem Vertrauen auf den Autopiloten gelebt, Marianne auf ihre und ich auf meine Weise. Wie ist das gekommen?

Wieder diese Fragen, die mir den Schlaf rauben und auf die ich keine Antworten weiß. Wo ich mich in den Bildern verirre. Was hat uns eigentlich getrieben, über Liebe, Eros und Fortpflanzungs- und Kinderversorgungstrieb hinaus? Wir waren doch glücklich miteinander, genossen auch nach der heißen ersten Zeit unsere Körper miteinander. Wer war unser

Dämon, der sein Programm verwirklicht hat bis zum schlimmen Ende, und mich als Strandgut an diese Küste gespült hat?

Marianne hatte zuerst schlecht über die deutschen Besatzer in ihrer Kindheit geredet und damit ihre eigenen Erfahrungen abgewertet. Später, als die Kinder auf der Welt waren und wir uns im Dorf eingelebt hatten, gab sie zu, dass es auch nette Deutschen gegeben habe. Warum? Wollte sie mich vor meinen eigenen Selbstzweifeln als Deutscher in ihrem Land schützen? Oder vor der abweisenden Gesten der Leute im Dorf? Oder wollte sie sich selbst einreden, dass es nicht so schlimm sei, einen Deutschen geheiratet zu haben? Jedenfalls führte das Thema zu einer wiederkehrenden Spannung zwischen uns.

Immerhin hatte sie mich als Mann und Vater ihrer Kinder gewählt. In Brüssel war sie mir gefolgt und hatte mich erobert. Sie hat sich mir hingegeben, mit ihrem wunderbaren Körper und ihrer leidenschaftlichen Seele, hat mich in Höhen getrieben, die ich nicht kannte. Wenn ich nur daran denke, werde ich wieder verrückt. Diese Art von Liebe, dieser Sex, diese erotische Supermacht, die aus ihr herausströmte. War das überhaupt sie selbst? Nie wieder haben wir solchen Sex gehabt, sind derart ineinander geströmt und geflogen wie in dieser ersten Zeit in Brüssel. Sie führte dabei die Regie.

Ja, ich war gut dabei, habe meine Manneskraft anständig bewiesen, sie war glücklich danach. Aber ich werde das Gefühl nicht los, dass es dabei eigentlich nicht um mich ging. Ich war der deutsche Schleusenwärter, der die Tore öffnen durfte, aber hinter dem Tor lag eine Kraft auf der Lauer, die schon sehr lange gewartet hatte, die jetzt mit Macht herausbrach und die nicht mich meinte. Sie hat mich verbrannt mit dieser glühenden Leidenschaft, aber ich trage die Brandwunde mit Freude, sie hat mein Leben bereichert, auch wenn sie immer wieder schmerzt. Weil ich nicht der wirkliche Adressat dieser Glut war. Wir haben nie über die Quellen dieser Glut gesprochen. Es war zuerst ein schönes Geheimnis, über das wir lächelten, wenn in Gesprächen die Rede auf unser Kennenlernen in Brüssel kam, später wurde es zu einem Tabu, wie eine unangenehme Erinnerung. Ich weiß nicht, was sie mit diesen Eruptionen verbunden hat. War sie sich selbst fremd dabei gewesen? Hatte sie Angst vor ihrer eigenen glühenden Leidenschaft bekommen? Oh, Marianne, warum weiß ich das alles nicht? Wenn ich sie doch jetzt fragen könnte! Ich glaube, dass ich nicht wirklich gemeint gewesen war, sondern der Amerikaner, auch wenn sie es selbst nicht gewusst hatte. Warum ich? Warum der Deutsche? War es notwendig für ihren Weg, ihr Schicksal durch einen Deutschen zu Ende zu bringen? Nein, das glaube ich nicht, es klingt oberflächlich. Nein, sie übertrieb die Erzählung von den hässlichen Deutschen, um mich auf die Wahrheit ihrer Jugend in der französischen Provinz dieses eigenartigen, großdeutschen Reiches zu stoßen. Die Wahrheit der Zerstörungs- und Befreiungskraft, die die Invasion in ihr kleines, keckes Leben gebracht hatte. Sie war noch ein Mädchen gewesen mit ihren 17 Jahren, reizvoll und begehrlich für die Männer, die in dieser Zeit hart sein mussten. Einige hatten ihr freundliche Blicke zugeworfen. Deutsche, die selbst heranwachsende Töchter hatten und sich beim Anblick dieser jungen Blüte weiblicher Schönheit nach einem friedlichen Familienleben in der Heimat gesehnt haben mögen. Andere mögen sie im Geiste bereits romantisch verführt oder brutal vergewaltigt haben und waren durch eigene Moral oder äußere Disziplin daran gehindert. So stelle ich mir das vor.

Ich habe mich auch oft gefragt, wie ihre Eltern und die Leute im Ort eigentlich mit und unter den Deutschen gelebt haben. Wie viel Sympathie und Kollaboration hatte es gegeben, wie viel heimliche oder offene Abwehr? Aber ich will nicht die Geschichte der Deutschen in Frankreich und der Invasion der Alliierten aufschreiben, auch wenn sie die Kulisse ist, vor der alles geschah.

Genauso Weimar, wo meine Herkunft liegt. Ich will auch nicht von Weimar schreiben, sondern ich will vom Bunker schreiben und von dem Amerikaner, um den es geht, weil seinetwegen unser Schiff untergehen musste. Aber jetzt muss ich doch von Weimar schreiben, es tauchen Erinnerungen auf. Als ich 16 war. Mich haben die Amerikaner aufgeweckt, erst mit ihren Bomben, dann mit ihren Zigaretten. Ich habe das zertrümmerte Weimar vor Augen und den Gestank in der Nase, als es vorbei war. Die Leere in den Gesichtern und diesen eigenartigen Blick nach vorne, als es ans Aufräumen ging. Dann die Gesichter der Leute, die vom Ettersberg zurückkamen. Diese Gesichter, die durch schieres Nichtbegreifen, durch Entsetzen und durch stumpfe Abwehr gezeichnet waren. Diese Eindrücke nahmen mir mein Vertrauen und stattdessen lernte ich zu improvisieren. Zu diesem Zeitpunkt hatte Marianne den entscheidenden Schritt ihres Lebens bereits getan, dort drüben an der Küste des befreiten und zerstörten Frankreichs, von dem ich nicht die geringste Ahnung hatte.

Aber genug von Weimar. Vierville, wir sitzen immer noch in meinem inneren Bild an der Brüstung unserer kleinen Terrasse über dem Strand und schauen aufs Meer und sprechen nicht über das, was wirklich in unseren Herzen vor sich geht. Ich versuchte manchmal zu erfragen und zu erfühlen, was sie bewegte, aber sie erzählte es nie. Ich habe nicht einmal verstanden, ob das, was mit dem Bunker zu tun hatte, für sie furchtbar schlimm oder wunderbar schön gewesen war. Oder anders: Es war vielleicht beides. Und es quälte sie.

Eines Tages erzählte sie ohne äußeren Anlass das rein Faktische frei heraus. Ich kann mich immer noch an ihre Worte erinnern. „Lutz," sagte sie, „ich muss dir etwas sagen. Dort unten im Bunker habe ich zum ersten Mal mit einem Mann geschlafen. Er war Amerikaner, Soldat. Es hat etwas in mir entfacht, was ich nicht mehr loswerden kann. Ich wünschte, ich könnte es, aber es geht nicht." So hat sie es formuliert. Nichts weiter. Sie schaute mich tief an, als ob sie eine innige Bitte damit verbinde, ließ aber kein weiteres Gespräch darüber zu. Ich erinnere mich, dass mir unheimlich zumute war. Ich spürte die Not meiner geliebten Frau und blieb doch ausgeschlossen. Ich wurde informiert, als Geste des Vertrauens und der Sehnsucht nach Befreiung, aber ich konnte nichts tun. Und mir wurde deutlich: Dieser Mann im Bunker war zum wichtigsten Mann in ihrem Leben geworden. Alle anderen danach waren Liebhaber gewesen, die ihr Freude oder Enttäuschung bereitet hatten, aber keiner von ihnen hatte sie mehr wirklich berührt. Ich war ihr letzter Versuch gewesen, über diesen Mann im Bunker hinwegzukommen zu einem eigenen, leidenschaftlich gelebten Leben. Es ging bereits im Ansatz schief, das begann ich an jenem Tag zu begreifen. Schon die Wahl der Normandie war ein Schritt zur Untreue, zum Betrug an diesem Vorhaben, auch zum Betrug an mir. Vielleicht hatte sie tatsächlich geglaubt, hier am Strand von Vierville könnte ihre ehrliche

Liebe zu mir gewinnen gegen die abgründige Leidenschaft, die aus dem Bunker hervorkroch. Aber der Bunker gewann. Der Amerikaner gewann, wohl gegen ihren Willen. Etwas in ihrer Seele konnte sich nicht mehr lösen, obwohl sie es verzweifelt versuchte.

Und damit begann unser Ehekrieg, der stiller und subtiler geführt wurde als je ein Krieg zuvor. Aber wie die meisten Kriege hatte auch dieser neben rein materiellen Zielen auch ein hehres, wenn auch unehrliches und überflüssiges Ziel, nämlich die große Rettung von etwas Idealem, dem der Untergang drohte. Indem wir - getrennt und gegeneinander - versuchten, unsere große Liebe vor der Realität zu retten, zerstörten wir sie.

3.12.

Gestern habe ich viel zu lang an diesem Tagebuch gesessen, und doch treibt es mich, weiterzuschreiben. Svensson war vorhin da und hat mich besorgt angeschaut. Ich mag ihn, aber so ganz traue ich ihm nicht. Mit wem unterhält er sich über mich, nachdem er bei mir war, wir Tee getrunken und ein paar ungelenke Sätze auf Englisch ausgetauscht haben? Manchmal sehe ich ihn unten an der Pier entlanggehen, auf die Kneipe zu, wo sich die harten Bauern und Fischer treffen. Eine Mischung aus Abneigung und

78

Sehnsucht überkommt mich, wenn ich all die gegerbten Männergesichter sehe. Vielleicht werde ich einmal dazugehören? Was denken sie über mich, den Fremden, den neuen Sonderling?

Ich hatte mich bereits wohl unter ihnen gefühlt, doch dann wieder diese Fremdheit wahrgenommen. Auf Dauer werde ich hier nicht überleben, wenn ich nicht Menschen treffe, eine Frau zum Sich-Mögen, miteinander Schlafen und Kaffeetrinken (und nicht mehr), Männer zum In-den-Wald-Gehen, arbeiten und Biertrinken. Wenn ich dann noch eine Aufgabe finde, irgendetwas Sinnvolles, ist mein Leben vielleicht wider Erwarten gerettet. Dann brauche ich nur noch dieses Tagebuch zu Ende zu schreiben, in eine Kiste zu verpacken und nach Deutschland zu schicken. Und kann endlich leben.

Ach, ich glaube ja doch nicht daran. Ich weiß, dass ich ein Schiffbrüchiger bleibe. Ich kann Marianne und die Kinder nicht hinter mir lassen – sie werden immer als Schmerz in mir bleiben.

Aber ich greife vor. Unsere Krise ist jetzt dran. Ich glaube, sie verlief wie diese Krisen eben verlaufen. Aus einer tiefen, vor sich selbst nicht eingestandenen Enttäuschung über nicht eingelöste Hoffnungen, verschärft durch die alltäglichen Quälereien und Anstrengungen mit den Kindern und den Anforderungen von Beruf und Hausführung, sind wir mit unserem Liebesschiff in brackiges, sumpfiges, stinkendes Flachwasser geraten. Und fingen an, uns gegenseitig die Schuld für den falschen Kurs zuzuschieben. Von Rodin, St. Catherine und dem Hotel beim Grand Place war bald keine Rede mehr, auch nicht von der Geschichte vom Sultan und seiner Frau. Stattdessen von Geldmangel, Abwasch, Fernsehprogrammen und dem Gerede der Nachbarn. Und immer wieder diese sentimentalen Augenblicke, in denen sie mit leeren Augen minutenlang auf den Bunker starrte. Ich begann ihn zu hassen, je mehr ich von ihm wusste, umso mehr hasste ich ihn. Am liebsten hätte ich ihn nachts mit einer gewaltigen Explosion in die Luft gesprengt!

Ich hatte in dieser Zeit auch andere Schwierigkeiten. Ich war zuerst einigermaßen erfolgreich als Architekt gewesen, aber die Aufträge ließen nach. Ich hatte in Frankfurt viele Jobs in der Aufbauzeit der Fünfziger gehabt und dadurch Erfahrung und Kontakte gesammelt, die mir später in Frankreich weiterhalfen. Wir hatten zuerst in Frankfurt gelebt, wo ich eine ganz gute Anstellung in einem Architekturbüro bekam. Ich hatte zwar wenig eigene kreative Ideen, aber ich war fleißig und zuverlässig. Marianne machte Übersetzungen und genoss ihre Freiheiten. Wir lebten sparsam und waren glücklich.

Irgendwann sprach Marianne davon, dass sie gerne in diesem Häuschen in Vierville am Steilufer mit mir leben möchte. Ich fand eine gut bezahlte Stelle in einem Architektenbüro in Caen, die Interesse an einem Deutschen hatten. In der ersten Zeit verdiente ich sogar recht gut, so dass wir uns einen gehobenen Lebensstil leisten konnten. In dieser Zeit hatte ich sogar Geld, um die Solveigh zu kaufen, die kleine Segelyacht. Jetzt frage ich mich, was es damals wohl für ein Zeichen war, ein Schiff mit einem norwegischen Mädchennamen zu kaufen. Sie war gebraucht und reparaturbedürftig gewesen, daher günstig. Die meisten Menschen in der Gegend besaßen ein Segelboot, und so beschlich mich ein kleiner Besitzerstolz. Marianne hatte wenig Interesse daran, aber sie freute sich mit mir.

Dann aber ging es mit dem Büro bergab. Ein Partner war in eine Korruptionsaffäre geraten, zwei andere wurden mit hineingezogen, und am Ende wurde das Büro aufgelöst. Ich hatte auf einmal keinen Job mehr. Ich versuchte es als Selbstständiger, aber es lief nicht gut. Gelegentlich bekam ich ein paar Aufträge, ein Parkhaus zum Beispiel in einem Vorort von Caen habe ich entworfen, oder den Anbau für einen Supermarchè in Bayeux. Wenig interessant und schlecht bezahlt, auch zur Enttäuschung von Marianne, die sich insgeheim mehr Wohlstand erhofft hatte. Dies fiel zusammen mit unserer Entfremdung als Paar. Die Mischung aus Enttäuschung und Ablehnung ließ mich träge und gefühllos werden, und so ließ ich mich eher hängen als dass ich mich stärker engagiert hätte. Lebendig fühlte ich mich nur noch, wenn ich mit Janine und Pierre am Strand spielte, wenn wir rannten und tobten, Drachen steigen ließen, Sandburgen bauten und uns in die Wellen warfen.

Am Strand lag auch der Bunker. Er war Spielplatz für alle Kinder. Wie oft sind Janine und ich, später auch Pierre, auf diesem Bunker herumgeturnt, haben uns versteckt, sind in den dunklen, muffig-feuchten Eingang gekrabbelt.

Dort liegt Marianne jetzt.

In der Nacht, als sie tot vor mir lag, nach dieser unendlichen Zeitspanne, in der das Gehirn wie eingefroren war, habe ich sie in den Bunker gebracht. Ich habe ihn ihr zurückgegeben, habe sie dort zur letzten Ruhe gebettet. Nein, es war bei weitem nicht so feierlich wie es klingt, aber, mein Gott, es war feierlich und ehrlich gemeint. Ich dachte, es sei richtig für sie, sie in dieser Weise dem Quellort ihrer Sehnsucht zurückzugeben. Jetzt bin ich mir nicht mehr so sicher. Sie bleibt meine Frau, ich kann sie nicht einfach jemand anderem zurückgeben, es fühlt sich falsch an. Aber in jenen Augenblicken war ich von diesem Gedanken absolut überzeugt. Ich kletterte also im Dunkeln mit ihrem Körper über der Schulter in diesen nassen Bunker. Damals, beim Versteckspielen mit den Kindern, hatte ich drinnen eine kleine Kammer entdeckt. Dorthinein habe ich sie gelegt, ins Wasser, und ihr ein gut gemeintes, wenn auch unreligiöses Vaterunser gesprochen.

Ich glaube nicht, dass sie dort einmal gefunden wird. Plötzlich, von einem Tag auf den anderen, waren wir alle verschwunden. Ich hatte die Landkarten von Spanien mit ein paar wilden Markierungen auf dem Couchtisch liegenlassen.

Ob die Polizei nachgeforscht hat? Vielleicht wegen einer Banalität, wegen irgendwelchen Abgaben oder unbezahlten Rechnungen? So hätte eine Kette von Erkundigungen in Gang kommen können, die mehr Widersprüche ans Licht gebracht hätte als Klärungen. Vielleicht hätte die Polizei Verdacht geschöpft und wir würden per Interpol gesucht werden. Ich habe keine Vorstellung, es ist so lange her. Aber Marianne wird niemand finden. Dies war das Letzte und vielleicht das Beste was ich für sie tun konnte, dachte ich.

Und wenn man sie doch findet? Böse Geschichten werden entstehen, über mich, der ich im Dorf nie gemocht wurde, und über sie, in Fortsetzung all der Gerüchte und anzüglichen Tuscheleien nach Kriegsende, die nie zur Ruhe gekommen waren. Ich glaube, das Gerede hat schließlich zu dem Selbstmord der Eltern beigetragen. Nazischlampe, Nutteneltern, Ami-Liebchen. Ich habe davon erst viel später erfahren, von Jean-Claude, im Hafen von Ouistreham beim Segelflicken. Es war ihm unangenehm gewesen, aber er sah es als Freundschaftsdienst an, mich darüber aufzuklären.

Mariannes Eltern hatten nach Wochen innerer Hölle und äußerer Beherrschtheit in ihrer Küche den Gashahn aufgedreht. Begraben wurden sie mit allen Ehren, es hat sich keiner getraut aus dem Dorf, am Grab das hässliche Spiel weiterzutreiben.

Jetzt ist das Gerede bestimmt wieder da. Und wenn Marianne gefunden werden würde, erst Recht. Wenn ich mir das vorstelle, dann schaudert es mich. Vieles würde ich gerne rückgängig machen, aber dass ich nicht mehr dort leben muss, in dieser verlogenen Atmosphäre, darüber bin ich froh.

Und es ist wohl trotz allem gut, dass du dortgeblieben bist, Marianne.

5.12.

Jetzt geht es voran, jetzt will ich dranbleiben. Ich habe aber das Wichtigste übersprungen und muss es nachholen, obwohl ich es am liebsten vermeiden möchte. Es ist das zentrale Ereignis. Ich ahne jetzt schon, dass seine Beschreibung keine Beweise für oder gegen meine Schuld bringen wird, so sehr ich mir das auch wünsche. Ich will es dennoch zu Papier bringen. Denn ich werde mich für eine Wahrnehmung dieses Moments entscheiden müssen, bei dem außer mir und Gott (wo auch immer er ist) niemand anwesend war. Ich bin der einzige Überlebende. Ich bin Angeklagter, Richter und Zeuge zugleich.

Marianne starb, meine Geliebte, meine Frau, meine Gegnerin und Feindin, Projektionsfläche meiner Träume und Sehnsüchte. Wie sie starb, das muss ich aufschreiben. Der Moment der Beweisaufnahme ist gekommen: Angeklagter, erzählen Sie, was genau passiert ist an jenem Tag.

... und dann lag sie regungslos vor mir auf dem Boden. Tot. Ich wusste es sofort mit meinem ganzen Körper. Für einen winzigen Moment war es, als ob eine tiefe, einfache Erkenntnis über mich kam. Für diesen einen Moment war alles, die ganze Welt und mein Dasein, einfach, klar und logisch. Wie bei einem Theaterstück. Eine lange Sekunde unglaublicher, befreiender Stille. Dieser Moment hätte ein Genuss, hätte Freiheit sein können. Auch jetzt noch möchte ich in diesem Moment verweilen.

Sie lag da, wie hingegossen. Etwas Blut rann aus ihrem Nasenloch, mehr war nicht zu sehen. Die Augen waren aufgerissen und starr. Ich stand hinter dem Sofa, bewegungslos, eingefroren in diesen Moment der Stille und der Freiheit.

Marianne hatte mich durchschaut als einen empfindlichen Jungen, der sich nach Freiheit verzehrte und seine Angst vor der Einsamkeit trotzig leugnete. Und ich hatte sie als dauerverwundete Jungfrau auf der Suche nach Heilung erkannt.

Bevor Marianne rücklings torkelte, umfiel und mit ihrem Hals gegen die scharfe Tischkante schlug und sich dabei offenbar – ganz leicht und leise und schnell –das Genick brach und starb, bevor das geschah, hatte sie noch einen Blick für mich.

Ich muss ein Stück zurückgehen, bevor ich von diesem Blick schreibe.

Wie waren in den Jahren des Streits und der Missverständnisse wie zwei gestörte Kampfhunde gewesen. Oft lauernd und misstrauisch, in nur scheinbar freundlicher Alltagsdeckung bleibend, immer häufiger aber wütend uns anfauchend wegen Nebensächlichkeiten.

Auch an diesem Tag war es so gewesen, es hatte Streit gegeben wegen Janine. Ich hatte ihr erlaubt, zu einer Freundin nach Bayeux zu fahren, Marianne wollte das nicht. Sie mochte die Eltern nicht. Sie fand, ich sei zu oft dort, und nun auch Janine. Marianne war eifersüchtig auf Geneviève, die Mutter, mit der ich gerne einen Kaffee trank. Aber sie gab das nie zu. Sie blieb allgemein, kritisch gegen „diese Leute". Als ob ich ihr Janine entfremden wollte! Aber vermutlich hat sie es so empfunden.

Ich selbst war feige und intrigant. Ich wollte vor allem meine Ruhe haben. Jean-Claude und seine Frau nahmen die Kinder immer mal wieder gerne zu sich, um der Einsamkeit ihrer eigenen Kinderlosigkeit zeitweise zu entkommen. Mir war es ein willkommener Anlass geworden, von Vierville wegzukommen.

Nachdem ich Janine also dorthin gebracht hatte, saß ich noch eine Weile auf der Solveigh, meiner kleinen alten Yacht, in der Nachmittagssonne und entspannte mich bei einem Kaffee. Als ich zurückkam, sah ich Marianne schon ihren verletzten Zorn an, aber ich war nicht bereit, ihr entgegenzukommen, zu sehr hatte ich mich an die Unlösbarkeit unserer Situation und meine kleinen Fluchten gewöhnt. Was hätte ich auch tun können, ohne mich selbst zu erniedrigen?

Wenn ich das jetzt so aufschreibe, dann kommt es mir lächerlich vor. Und gleichzeitig läuft es mir kalt den Rücken herunter. Es hätte so leicht sein können. Einen freundlichen Ton anschlagen. Mit offenen Worten meine Wünsche vertreten und ihre verständnisfähig wahrnehmen. Aber wir konnten das nicht. Wir hatten uns in diese Differenzen hineinmanövriert, an die falsche Tonart gewöhnt. Und so kam es zum Streit.

Wir schrieen uns an, holten die alten Kränkungen hervor, schmetterten uns alle unsinnigen Vorhaltungen, die nur einer verletzten und enttäuschten Seele entspringen können, in die verzerrten Gesichter. Unsere Körper, nach und nach in eine unerträgliche Spannung hineingesteigert, bebten vor Wut und Ohnmacht. Seit Jahren angesammelte Zerstörungskraft, immer gebändigt wegen der Kinder oder der Nachbarn.

An diesem Tag gab es keine Bändigung mehr – das Fass lief über. Mit wut-blitzenden Augen und zitternden Händen umschlichen wir uns wie Tiere, ohne Souveränität, ohne Selbstkontrolle. Gedankenfetzen voll Hass, Verzweiflung, Ohnmacht und Wut – aber auch Sehnsucht. Ich kann mich an meine Sehnsucht nach ihr erinnern in diesem furchtbaren Streit, nach diesem wunderbaren Blick, den ich schon seit Jahren nicht mehr zu sehen bekommen hatte.

Sie war mit erhobenen Fäusten und rotem Kopf auf mich zugekommen, während ich mit kaltem, starrem Blick unbeweglich am Sofa stand. Als sie sich so vor mir aufbaute, geladen und wütend, rasend, mit hasserfüllten und gleichzeitig zutiefst verzweifelten Blicken, zuckte es mir durch den Kopf: Ich lasse mich nicht schlagen. Nicht von dir und nicht von irgendwem.

Ich muss dann meine rechte Hand hochgerissen haben, obwohl es mir wie eine Bewegung in Zeitlupe vorkommt, und ihr mit dem Handballen gegen das Brustbein geschlagen haben. Oder war sie mir in die ausgestreckte Hand gefallen? Im gleichen Augenblick jedenfalls rutschte sie auf dem kleinen Läufer unter ihren Füßen aus, schwankte unter dem Rückstoß durch meine Hand, verlor das Gleichgewicht und fiel hintenüber.

Im Luftverkehr gibt es einen Ausdruck aus der Flugzeugtechnik: Schubumkehr. Ob das eine Erklärung ist? Dass sie letztlich an der Umkehr ihrer eigenen Schubkraft zu Fall und zu Tode gekommen ist?

Aber was denke ich mir da für Erklärungsversuche zurecht? Vielleicht stimmt es, aber darum geht es nicht. Ich habe sie doch nicht umgebracht, ich beschuldige mich doch nicht des Mordes, nicht einmal des Totschlags. Ich frage mich, ob ich in dieser einen Sekunde ihrem Tod innerlich zugestimmt habe. Dass ich in dem Moment ihres Fallens nicht aus ganzem Herzen und einzig und alleine gewünscht habe, dass sie mir erhalten bleibe. Sondern das Gegenteil dachte. Und sie nur damit, nicht mit meiner Hand oder meinem Schlag, sondern mit meiner müden, willenlosen Seele habe fallen lassen.

In dieser Sekunde, in der sie aus dem Gleichgewicht kam und fiel, in dieser Sekunde warf sie mir diesen kurzen Blick zu. Als ob sie wusste, dass sie von mir gestoßen für immer fallen und nie wieder aufstehen würde. In diesem Blick lag ihre und unsere ganze Geschichte, alle Traurigkeit, Wehmut und Liebe. Diese Geschichte gab sie mir mit ihrem Blick zurück.

Ein Blick wie ein Abschiedskuss

Ohne Kommentar, ohne Dank, ohne Vorwurf.

Dann schlug sie mit dem Genick auf der Couchtischkante auf, der Blick erstarrte und sie lag unbeweglich da. Etwas Blut rann ihr aus der Nase.

So war das.

10.12.

„So war das", habe ich vor fünf Tagen geschrieben. Danach habe ich geheult wie ein Schlosshund, es ist einfach aus mir herausgelaufen, bald eine Stunde lang.

Dann bin ich gerannt, über die Felsbacken am Wasser entlang, bis tief in die Nacht, und bin alles immer wieder in Gedanken durchgegangen. Ihr Blick begleitete mich, dieser letzte Blick. Dann fielen mir so viele andere Blicke aus unserer gemeinsamen Zeit ein, suchende, staunende, fragende, anklagende und zweifelnde.

Ich habe mich während dieser ganzen elenden Nachtwanderung bis in den frühen Morgen hinein gefragt, ob ich irgendetwas hätte anders machen können, und kam immer wieder zurück zu der schlichten Wahrheit: Nein. Sollen schon, vieles, aber nicht können. Sie hat die Fäden in der Hand gehabt, hat alles zurechtgestrickt, mich gesehen und mich verführt. Und die Hoffnung in mich gesetzt, ich könnte sie von ihrer Sehnsucht nach der Wiederholung und Überwindung ihrer sexuellen Initiation befreien. Ich sollte ihr Märchenkönig sein. Aber ich konnte nicht! Kann man das verstehen? Ich wollte bis zuletzt kein König, kein Held, kein Kämpfer sein. Ich war nicht dafür gemacht. Ich wollte ein einfaches, auch lustvolles Leben führen, und es sollte mein eigenes sein – das hatte ich mir aus den Weimarer Bombennächten in meinem Herzen gerettet.

Dann kam Marianne, ich trat in ihr Leben ein. Hatte ich mein Leben da schon verlassen? All die ersten Jahre war ich mir sicher gewesen, was ich für einen Schatz gewonnen hatte. Unser Liebesleben hatte mich berauscht. Unsere körperlichen Leidenschaften waren Feste der Sinnlichkeit und die leise Erotik der Blicke und Gesten waren Tänze der Liebesgötter gewesen. Nicht eine Sekunde davon möchte ich hergeben, um nichts in der Welt. Aber es war eben doch ein Rausch, der langsam verging und damit den Blick auf unsere verletzten Seelen offenlegte, und der keine Fortsetzung in einer erweiterten Art von echter Lebendigkeit fand. Ich hatte meine eigene unsichere Seele verlassen, mich an die Festlichkeit der Liebe geklammert. Und nach der Ernüchterung, der Enttäuschung und den subtilen Vergeltungsschlägen hielt schließlich der Hader mein Herz fest in seiner kalten Hand.

Ich hatte den Moment verstreichen lassen, sie zu halten. Es hätte uns gelingen können, unsere Enttäuschung übereinander in Würde und liebevollen Respekt zu verwandeln. Dann hätte ich sie festgehalten, allem Zorn zum

Trotz. Aber ich habe es nicht einmal versucht. Aus gekränkter Wut über die enttäuschte Illusion habe ich sie fallen lassen. Das ist meine Schuld. Weil ich es nicht merken wollte und mich feige gedrückt habe.

11.12.

Die Kinder.

Jetzt muss ich von Janine und Pierre schreiben. Unseren beiden, die ich fahrlässig dem Tod in die Arme geschickt habe.

Nachdem ich Marianne in dem Bunker „bestattet" hatte, bestieg ich mit den Kindern die alte Solveigh, um mit ihnen fortzusegeln.

Jetzt, wo Marianne auch hier in meinem Tagebuch endlich tot und bestattet ist, kann ich davon schreiben, wie ich wie betäubt, ganz mechanisch und doch völlig zielgerichtet meinen weiteren Weg ging. Ich war wie ferngesteuert. Nicht einen weiteren Moment wollte ich in Vierville bleiben. Es hielt mich nichts zurück. Ich hatte nicht die geringste Idee, wie ich das plötzliche Verschwinden von Marianne hätte erklären sollen, aber das war nicht der Grund. Ich wollte fliehen, irgendwohin, und neu beginnen. Zur Ruhe kommen, herausfinden, was das alles zu bedeuten habe, und einen Weg finden, mein zerbrochenes Leben sinnvoll weiterzuführen.

Sinnvoll, mein Gott, was das wieder heißen sollte, aber genau darum ging es mir, auch wenn ich es an diesem Tag nicht konkret denken konnte. Ich hatte früher nie nach einem Sinn gefragt, sondern mich stattdessen treiben lassen, hierhin und dorthin. Marianne hatte das Steuer in meinem Leben übernommen und ich wurde durch sie an diesen Katastrophenort in der Normandie gespült. Nach ihrem Tod wollte ich nur fort. Hierher, nach Norwegen, hat mich das Leben erneut auf geheimnisvolle Weise gespült. Ich bin damit einverstanden, einen anderen Ort kann ich mir nicht mehr vorstellen, aber ich hatte an jenem Schreckenstag nicht im Traum daran gedacht, nach Norwegen zu segeln.

Ich packte also das Nötigste zusammen, es wurden immerhin drei prall gefüllte Reisetaschen. Janines Schmusekissen zum Beispiel, und Pierres kleine Sammlung von Weltraumfahrzeugen landeten in der Tasche. Und natürlich Kleidung: Leichtes, Warmes, Wasserdichtes. Spiele. Einen Ball. Malsachen. Und so fort.

Ich packte in Eile und unaufmerksam, aber ich hatte eine gewisse Freude daran. Aufbruchstimmung. Ich muss das zugeben, keine vier Stunden nach Mariannes Tod war ich wie paralysiert – ein ganzer Teil meiner Empfindungsfähigkeit war völlig taub. Und gleichzeitig war ich in einer Art Reisefieber, Abenteuerlust. Und, groteskerweise, freute ich mich darauf, mit den Kindern allein auf Tour zu gehen.

Wenn ich mir das jetzt vergegenwärtige, dann kommt mir das absurd und kaltherzig vor. Gerade war sie gestorben und ich hatte sie im Bunker bestattet, da bereitete ich eine Tour mit den Kindern vor, die noch nicht einmal etwas vom Tod ihrer Mutter wussten. Wie war das möglich? Wie kann ein Mensch seine natürlichen Empfindungen derart abspalten?

Aber ich glaube, ich war nicht kaltherzig, sondern von automatischen, unabhängig voneinander agierenden Antrieben gesteuert, ohne Überblick. Der Teil von mir, der vor Verzweiflung, Angst, Trauer und Ohnmacht eigentlich hätte schreien und mit den Fäusten an die Wand hauen müssen, war taub. Ausgestellt und abgeschaltet. Ich funktionierte wie eine Maschine nach einem Plan, der noch aus der Zeit vor dem Ereignis stammte. Ich packte also, nahm Geld, Karten und Papiere mit, ließ Karten von Spanien auf dem Tisch liegen, und fuhr los.

Das einzige Gefühl, das ich während der Fahrt hatte, war die Angst, zu langsam zu sein. Ich fühlte mich unter einem unbestimmten Zeitdruck, als ob eine Uhr liefe, eine Zeitschaltuhr, und bevor es klingelte und ich aufwachte, musste eine bestimmte Aufgabe erledigt sein. Welche, wusste ich nicht. Nur dies: die Kinder abholen, aufs Schiff gehen und lossegeln.

Ich klingelte an der Tür in der kleinen Seitenstraße am Stadtrand von Bayeux.

„Salut Geneviève! Ich will Janine abholen. Marianne ist überraschend zu einer Tagung gefahren. Ich habe ein paar Tage frei, wir gehen in der Bucht segeln. War hier alles klar?"

Woher hatte ich die Chuzpe für eine derartige Lüge?

„Bien sûre, wie immer", antwortete Geneviève lächelnd. Janine tauchte im Türrahmen auf und grinste.

Ihr „Hey Dad!" klingt mir heute noch in den Ohren, ich habe es so gerne gehört. Ich erzählte kurz von dem Segelplan und trieb sie zur Eile. Sie freute sich, obwohl sie ein wenig überrascht war von dieser Plötzlichkeit.

Auch Geneviève war erstaunt über die Eile, die ich zeigte, das war nicht meine übliche Art. Sonst blieb ich meist noch auf einen oder zwei „petit noir", und wir genossen diese kurze, unverfängliche Vertraulichkeit bei netter Plauderei. Es war wie eine kleine Amoureske am Rande.

Geneviève sagte nichts, holte Janines Sachen zusammen und wünschte uns schöne Tage, als wir zum Wagen gingen. Im Rückspiegel sah ich sie noch einen Augenblick stehen und uns nachschauen. Was sie wohl gedacht haben mag? Ob irgendetwas zu spüren gewesen war von der Endgültigkeit dieses Abschieds? Ich erinnere mich noch, wie mir einen Moment lang ein Kloß im Hals saß. Dies war kein Traum, keine gefrorene Zeit, sondern ein wirklicher Abschied.

Ich fuhr über die kleine Nebenstrasse Richtung Küste. In Douvres war Pierre bei Jean-Pauls Familie zu Besuch. Mit Jean-Paul verband mich eine Segelfreundschaft, die mir in den letzten Jahren bei der wachsenden Anspannung zuhause gut getan hatte. Jetzt aber fürchtete ich mich, ihm zu begegnen. Würde er etwas spüren? Mir fragend in die Augen sehen? So ein plötzlicher Segelaufbruch war ungewöhnlich, sonst sprachen wir vorher darüber, oft planten wir einen Törn auch gemeinsam. Einen solchen Alleingang hatte er von mir noch nicht erlebt. Aber zum Glück (oder Pech? Hätte er mich unterbrechen und aufhalten können, wäre damit die Fortsetzung dieses Unglückstages verhindert worden?) war er nicht daheim. Seine Frau Juliette war wortkarg, aber freundlich. Wir hatten nie eine besonders herzliche Beziehung zueinander. Sie nahm meine Erklärung zur Kenntnis, rief Pierre herbei und wünschte uns ein paar schöne Tage.

Wir fuhren zum nächsten Supermarché, kauften Proviant und ein paar andere Dinge ein, das Reisefieber und die Abenteuerlust stiegen. Nach ihrer Maman fragten die Kinder nicht, alles schien seine normale Ordnung zu haben. Die Sonne wärmte, andere Menschen kauften ebenfalls ein, Stimmen schwirrten durch die Luft, völlig normaler Alltag. Für Momente erschien mir die letzte Nacht wie ein lang zurückliegender, schlechter Kinofilm. Die Welt war unverändert, nichts deutete darauf hin, dass eine Katastrophe

96

geschehen war – vielleicht war sie gar nicht passiert, ich hatte es nur geträumt und Marianne würde schon am Hafen auf uns warten. Nein, ich hatte ja erzählt, sie sei auf einer Tagung. Vielleicht würde beim Hafenmeister eine telefonische Nachricht von ihr bereitliegen, mit Grüßen und Küssen an die Kinder.

In diesen Momenten tauchte wieder das völlig abwegige Gefühl von Freude auf. Ich freute mich aufs Segeln. Ich erinnere mich an dieses Gefühl, als wir mit dem Renault vom Supermarchè herunterfuhren in Richtung Ouistreham.

Ich segelte seit zehn Jahren. Über einen Bekannten dazugekommen, der mich einmal zu einem Törn eingeladen hatte, fing ich Feuer und segelte häufiger mit. Mit Jean-Pauls Hilfe habe ich mir die wichtigsten Dinge selbst beigebracht. Ein Jahr darauf machte ich den Segelschein und segelte meine ersten Törns mit Jeans Boot in der Bucht zwischen Caen und Le Havre. Noch ein Jahr später kaufte ich mir die Solveigh. Ich segelte oft und gerne, und manchmal testete ich auch meine Grenzen aus. Aber ich muss zugeben, dass ich eigentlich vor Marianne und vor Vierville geflohen bin. Auf der Nordsee war ich wieder glücklich. Ja, hier in meiner norwegischen Hütte und in diesem eigenartigen Tagebuch kann ich das sagen. Meine Solveigh wurde ein Ersatz für Marianne, fast sogar körperlich. Das sanfte Gleiten und Wiegen auf den Wellen, die ruckartigen Bewegungen bei den

Manövern, das Streicheln des Windes und der Sonne auf der Haut, und die wunderbare wohlige Müdigkeit nach einem anstrengenden Törn befriedigten mich sehr. Ich fühlte mich auf erotische und sinnliche Weise wie in einem Liebesspiel mit der Natur. Ich lernte mit den Naturgesetzen und ihrer gelegentlichen unberechenbaren Gewalt umzugehen. Ich lernte, die Tide zu berechnen und auszunutzen, lernte Watt und Untiefen kennen, sich verändernde Fahrwasser, und letztlich auch die Sterne und andere Himmelszeichen als Orientierungshilfen zu nutzen. Dies alles machte mich zufrieden, ich hatte erstmals in meinem Leben das Gefühl, wirklich in meinem Leben präsent zu sein.

Marianne hatte dies von Anfang an nicht wirklich gemocht. Einige Male war sie zwar mitgesegelt, hatte aber nie, nicht ein einziges Mal, diese Berührung und Begeisterung erlebt, die ich schon beim ersten Törn mit Jean-Paul empfunden hatte. Sie blieb irgendwie draußen, sie fühlte das auch und war wütend und eifersüchtig.

Mit den Kindern war es anders, sie segelten mit Freude und Abenteuerlust mit, lernten und halfen immer gerne. Aber es war nur eine Frage der Zeit, bis es ihnen zu langweilig wurde, zumal sie sich, wenn Marianne nicht dabei war, in der Enge der Kajüte mit sich selbst beschäftigen mussten, während ich mit den Segeln und der Navigation beschäftigt war.

Ich glaube, meine Freude am Segeln hat Marianne in eine Zwickmühle getrieben. Sie war ausgeschlossen, und sie konnte es mir nicht verbieten. So wurde ihr Zuschauersein zu einer doppelten Niederlage ihrer eigenen Sehnsucht. Eine Weile versuchte sie fast aggressiv ein eigenes Hobby zu etablieren. Sie fing an zu malen, besuchte Kurse und Workshops, machte sogar kleine Ausstellungen mit Landschaftsaquarellen. Oft legte sie ihre Termine so, dass ich meine Segelpläne nicht realisieren konnte. Mir tat das eher leid, denn es war so furchtbar deutlich, dass das Malen sie nicht zufrieden stellte. Gleichzeitig war ich grausam genug, ihr mein kleines Glück immer wieder deutlich vorzuführen. Im Grunde habe ich sie mit der Solveigh betrogen und es genossen. Dass es auch ein Selbstbetrug durch Flucht und Vermeidung war, merkte ich nicht.

Auf dem Boot gab es Zeiten kleinen Familienglücks, oder zumindest Vaterglücks, wenn ich mit Janine und Pierre abends in der Kajüte oder auf dem Deck saß, wir Sprechrätsel machten oder Lieder sangen, Steinchen ins Meer warfen oder durchs Watt spazierten. Und schließlich aneinandergekuschelt in der engen Koje lagen und schliefen.

Dies alles ging mir auf der kurzen Fahrt zum Yachthafen durch den Sinn. Oder erst jetzt? Hatte ich es wirklich empfunden oder denke ich es nachträglich hinein? Ich weiß es nicht. Doch, verdammt, ich weiß es, ich empfinde dies alles jetzt. Ich spüre den Schmerz, fühle den Druck der Tränen in den Augenhöhlen, auch wenn dies ganze Geschreibe so „erzählt" klingt. Wenn doch jemand da wäre, jetzt, hier, dem ich alles erzählen könnte, mit Heulen und Schluchzen und Fluchen! Aber es ist niemand da, ich muss dieses Papier vollschreiben, damit überhaupt etwas aus meinem Herzen herauskommt.

Vielleicht bin ich aber auch ganz froh darüber, dass niemand hier ist, dann brauche ich keine Verantwortung dafür zu übernehmen, ob meine Geschichte auch richtig verstanden wird. Papier widerspricht nicht. Insofern bin ich es ganz allein, zu dem ich spreche und für den ich all dies aufschreibe. Ich allein. Ich bin mein Verteidiger, mein Ankläger und mein Richter, von mir aus bin ich auch meine Zeugen und meine Geschworenen und meine Beweismittel. Das einzige, was es noch nicht gibt, ist eine Anklageschrift. Wegen billigender Inkaufnahme des Todes der Ehefrau und fahrlässiger Tötung der eigenen Kinder.

Und was taten Sie, nachdem Sie den Supermarchè verlassen haben? fragt der Ankläger in der Beweisaufnahme.

Ich fuhr nach Ouistreham, parkte den Wagen und lud das Gepäck aus. Ein etwas schäbiger, aber romantischer Bootsanleger. Wir schleppten die Taschen und Einkaufstüten zum Liegeplatz der Solveigh. Nachdem alles verstaut war, machte Janine die Leinen los und ich tuckerte mit 10 PS aus dem Hafen hinaus in die Bucht. Es war ca. 13.oo Uhr.

Haben Sie sich nach dem Wetterbericht erkundigt? Haben Sie noch einmal den Hafenmeister angerufen, wie es üblich ist, um sich über Strömungen und Unwetterwarnungen zu informieren, und sich mit Angabe Ihrer Route und Ihres Fahrtzieles abzumelden?

Nein. Das habe ich nicht getan. Ich habe nicht daran gedacht.

Warum haben Sie nicht daran gedacht, sich zu erkundigen?

Ich habe eben nicht daran gedacht! Ich werde trotzig. Die Frage habe ich mir schon so oft gestellt. Mein innerer Verfolger verhört mich gnadenlos, und der Trotz gibt nur kurzen Aufschub. Ich hatte es vergessen. Wollte nicht daran denken. Wollte einfach los. Weg von hier. Von dieser Küste, aus diesem Land. Weg von Marianne, weg von dem Bunker, weg von meinem bisherigen gescheiterten Leben. Auf einmal war ich wie getrieben, unfähig zu vernünftigen, über das Mechanische hinausgehende Entscheidungen.

Wahrscheinlich wollte ich nichts über das Wetter wissen, weil ich nicht gewusst hätte, was ich tun würde, wenn ich die schlechten Voraussagen bewusst zur Kenntnis hätte nehmen müssen. So hatte ich nur die dunklen Wolken und den Wind und die eigenartige Transparenz am Horizont zu ignorieren. Ja, ich wusste es auch ohne Hafenmeister und

Seewetterbericht, was uns draußen erwarten würde, aber ich wollte es einfach nicht wahrhaben. Ich wollte weg. Ich verhielt mich wie eine blinde, kalte Maschine.

Warum schreibe ich so eigenartig? Das ist keine persönliche Aufarbeitung mehr. Als ob ich der Autor eines Drehbuches wäre, der sich an ein imaginiertes Publikum wendet. Aber was soll das? Diese Hefte hier wird niemand lesen. Meine Fantasie schlägt Purzelbäume. Bald werde ich nicht mehr unterscheiden können, was damals wirklich geschehen ist, und was ich mir erst jetzt, hier in Norwegen dazu gedichtet habe.

Ich kann es bereits nicht mehr unterscheiden. Ich suche in meiner Erinnerung die Bilder von Mariannes Tod und vom Untergang der Solveigh zusammen und erfinde Worte, um sie zu beschreiben. Ich möchte wie ein Navigator den Ort bestimmen, an dem ich mich innerhalb dieser Ereignisse befinde. Die Bilder machen mich zum bloßen Zuschauer und die Gefühle zum Mörder, vor dem mich ekelt. Einen Ort in meiner Seele, an dem ich meine Geliebte, meine Frau, meine Wegbegleiterin und meine Kinder in allem Schmerz und aller Trauer verabschieden kann – den habe ich nicht. Den gibt es vielleicht nicht. Aber ich muss ihn suchen, irgendwo in meinem Kopf, in irgendeiner abgelegenen Hirnwindung muss er doch sein, oder? Und wen frage ich das?

Jedenfalls muss ich durch dieses Horrorkino und diesen Gerichtssaal hindurch.

Sonst kann ich mir gleich die Kugel geben.

13.12.

Also los, Lutz, setz dich hin, und Film ab. Erinnere dich!

Es fällt mir so schwer. Wie eine schwarze Wand liegt die Abwehr davor, diese furchtbaren Momente vor der Côte de Nacre wiederzusehen. Ich will die Bilder der Katastrophe nicht sehen, die ich allein überlebte. Ich bin schuld an ihrem Tod! Von der Überlebensschuld einmal abgesehen. Ich bin schuld an ihrem Tod im Meer durch Nachlässigkeit, Feigheit, Planlosigkeit, Unvorsichtigkeit, Dummheit - durch Lieblosigkeit.

Wir waren am Nachmittag im Sonnenschein losgesegelt. Nach weniger als zwei Stunden war das Unwetter da. Die Küste war plötzlich nicht mehr zu sehen. Ich hatte nordwestlichen Kurs eingeschlagen, wollte die Cotentin-Halbinsel umsegeln und eine der englischen Kanalinseln erreichen. Ich hatte das früher schon mehrfach getan, allein und gelegentlich mit Jean-Paul.

Bereits beim Auslaufen war mir das erste Missgeschick geschehen. Für einen Moment war ich wie betäubt von der dramatisch-schönen und zugleich still-friedlichen Atmosphäre, die in der Abendsonne glänzende, zittrige See, die Kinder auf dem Vordeck, das geblähte Großsegel über mir und eine starke Brise von achtern, die uns zügig auf die See treiben würde. Ich hatte eine Weile die Augen geschlossen und stand da, mit der Pinne in der Hand.

Urplötzlich gab es einen Riesenkrach. Die Kinder wurden gegen die Reling geschleudert, das Schiff vibrierte und zitterte und ich hörte splitterndes Holz. Ich war gegen eine Signal-Tonne gefahren, ohne sie zu sehen. Unglaublich, ich hatte sie einfach nicht wahrgenommen! Der Großbaum hatte gegen den Tonnenaufbau geschlagen, ein Tau hatte sich verfangen und die Solveigh gegen die Tonne gezogen, während der frische Wind für Schub sorgte und im Segel an dem unvermittelt gebremsten Schiffskörper zerrte. Das Schiff zog sich gegen die Tonne, und noch bevor ich überhaupt einen Gedanken fassen konnte, war die Solveigh bereits mit dem Heck gegen die Tonne gekracht. Wind und Tonne zerrten wie zwei Kampfhähne an dem Schiff, immer wieder schlug das Heck gegen die Tonne, bis ich endlich das Messer greifen und das verhakte Tau durchschneiden konnte. Wie eine Peitsche schnellte das äußerst gespannte Tauende über das Schiff, zum Glück ohne weiteren Schaden anzurichten.

Die Kinder, blass geworden, hatten sich an die Reling geklammert. Ich lächelte ihnen krampfhaft zu, Janine lächelte mutig zurück. In mir fühlte ich einen eisigen Schrecken. Am

104

Schiff war äußerlich nicht viel zu sehen. Der Baum hatte eine kräftige Delle, die Reling war achtern eingedrückt, aber nichts Gefährliches. Die Tonne konnte das Ruderblatt selbst nicht erwischt haben, dazu lag das Blatt zu tief. Aber hoffentlich war der Ruderanlage nichts passiert. Die Kraft der Erschütterungen konnten die Lager beeinträchtigt haben.

Später sollte sich herausstellen, dass offenbar genau das passiert war.

Zunächst hatte ich aber nichts davon gemerkt, das Ruder reagierte weich, und nach der Befreiung von der Tonne segelte meine Solveigh wieder glatt vor dem Wind. Der Wind war inzwischen aufgefrischt, sodass ich an der Pinne bleiben musste. Ich sah die Kinder am Vordeck an die Reling geklammert. Da tauchte in meinem Kopf wieder das Bild von dem Bunker auf, und mir kroch ein eisiges Zittern über den Rücken. Ich schüttelte es ab und segelte weiter, auf die hinter Wolkengebirgen im Osten golden untergehenden Sonne zu, und tauchte nach dem eisigen Schreck ein in eine wunderbare Atmosphäre von Ruhe und Freiheit.

Vermutlich war dies der letzte derartige Moment in meinem Leben. Mir tränen die Augen, und obwohl dieser Augenblick eingerahmt ist von Tod und Untergang, ist er mir auch jetzt in wunderschöner Erinnerung.

Aber der Horrorfilm hat keine Pause-Taste. Ich kann hier nicht anhalten, auch wenn ich jetzt am liebsten aufspringen und zum nächsten Nachbarn rennen möchte, um mit ihm bis in den frühen Morgen Schach zu spielen und zu trinken. Es geht nicht. Die Solveigh mit mir am Steuer segelt weiter in die Nacht und in den Untergang, und ich bin der einzige Zeuge.

Ich hatte die Kinder unter Deck geschickt, sie folgten willig. Der Wind frischte deutlich auf. Janine war ziemlich seefest, sie bewegte sich auch bei lebendiger See sicher unter Deck und machte für sich und Pierre einige Brote. Mir brachte sie auch etwas hoch, dabei sah sie mich fragend an:

„Wo fahren wir hin, Dad? Bleiben wir die ganze Nacht bei diesem Wind draußen? Ich glaube, wir können nicht schlafen, lass uns doch irgendwo an Land gehen."

Ihr Blick verriet eine leise Unruhe, irgendetwas war ihr nicht geheuer – meine Güte, wie hätte ihr dieses Sache auch geheuer sein können!! Ich schaute sie so liebevoll wie möglich an.

„Chéri, geht beide schlafen. Wenn es dunkel ist wird sich der Wind wieder legen und in zwei, drei Stunden gehen wir an einem einsamen Strand vor Anker. Wie Piraten", fügte ich noch schmunzelnd hinzu, um ihrer Fantasie eine lustvollere Richtung zu geben. Sie nahm das Spiel an.

„He, Pierre, Papa will den Cotentin als Pirat überfallen. Heute Nacht. Also schlaf dich gut aus vorher!"

Ich hatte gelächelt. Wieder diese trügerische Friedlichkeit. Jetzt könnte ich heulen, wenn ich daran denke. Es war danach so schnell gegangen. Dies hier, was ich jetzt so genau erzähle, waren die letzten friedlichen, glücklichen Momente meines Lebens, und doch waren sie schon zutiefst durchzogen vom Tod und drohenden Untergang.

Der Wind wurde immer stärker. Die Kinder verschwanden unter Deck, es wurde dunkel. Ich hatte meine Positionslampen angeschaltet, aber ich wusste nicht mehr, wo genau ich mich befand. Ich segelte nach Gefühl. Meine Güte, wie fahrlässig war ich gewesen, wie in Trance und ohne jede Voraussicht.

Nach einer Weile merkte ich, wie das Ruder schwergängig wurde. Oh Gott, dachte ich, vorhin ist doch ein Lager beschädigt worden, und fängt jetzt an zu blockieren. Und ich kann bei diesem Seegang nichts tun.

Chaotisches, leicht panisches Gedankenwirrwarr durchzog meinen Kopf, aber kein Plan entstand, kein vernünftiger Gedanke. Tumbe Hoffnung, irgendwie einfach durch die Nacht hindurchsegeln zu können, und am nächsten Morgen wäre alles wieder gut. Bloß nicht nachdenken. So war mein Zustand, hohes Gericht. Nüchtern, aber unzurechnungsfähig. Mildernde Umstände? Nein!

Dann brach der Sturm los. Ich versuchte noch, das Großsegel einzuholen – warum hatte ich das nicht schon längst getan? –, aber es klatschte beim Losmachen aufs Wasser, ich hatte viel zu schnell Leine gegeben und den Wind unterschätzt. Grob fahrlässig. Ich konnte es nicht mehr einholen, es trieb wie ein nasser Sack neben uns her, dadurch wurde die Solveigh völlig manövrierunfähig. Der Wind drückte uns immer wieder quer zu den Wellen. Ich drückte die Pinne mit aller Kraft dagegen, damit der Bug die Wellen schneiden konnte, aber die Solveigh reagierte immer schwerfälliger. Schließlich brach irgendetwas unten im Ruderkasten. Es krachte und die Pinne bewegte sich nicht mehr: Ich konnte nicht mehr steuern. Eigentlich war mir klar, was das bedeutete. Aber ich erinnere mich, wie ich stur an der Pinne festhielt, an ihr zerrte und drückte, um mir die Illusion von Steuerbarkeit zu erhalten.

Dann kam die erste große Welle. Quer von der Seite, hoch aufgetürmt. Sie brachte das Schiff in gefährliche Schieflage. Eine zweite kam hinterher, eine dritte, und den ewigen physikalischen Gesetzen treu geschah, was geschehen musste. Das Schiff schaukelte in Querlage immer stärker, neigte sich, richtete sich kaum auf, neigte sich wieder zur Seite. Ich sah es kommen, und konnte, krampfhaft das Ruder beschwörend und an ihm zerrend, doch nichts mehr verhindern. Dies war, ganz langsam, wie in Zeitlupe, der Untergang.

Ich erinnere mich jetzt, wie ich mich für eine Sekunde entspannte und eine Mozart-Arie – die Königin der Nacht - im Ohr hatte statt des tosenden Meeres. Es war ein merkwürdiger Augenblick, bevor die Angst mich in ihren eisigen Griff nahm.

Derweil näherte sich der Mast immer mehr der Wasseroberfläche und etliche Wellen waren ins Schiff geschlagen, sodass an Aufrichten gar nicht mehr zu denken war. Die einzige Rettung jetzt war ein sofortiges Ende des Sturmes und die Bergung vom gekenterten Schiff am nächsten Morgen – oder das Verlassen des Schiffes. Mit den Schwimmwesten treiben lassen. Ich hätte die Kinder längst rufen, Rettungswesten anlegen und mit ihnen ins Wasser springen müssen. Es gab sogar eine Rettungsinsel – wo hatte ich sie verstaut? Aber etwas in mir wollte nicht handeln, sondern auf ein Wunder hoffen oder einfach nur untergehen. Wieder diese erbärmliche Passivität. Dann holte der Sturm zu einem gewaltigen Schlag aus. Für einen Moment wurde alles seltsam still inmitten des tosenden Wassers. Und dann ... ich will mich daran nicht erinnern, ich will es nicht sehen ... ich will untergehen und auf mysteriöse Weise in Norwegen wieder auftauchen, aber nicht diese Bilder, bevor das Schiff in einer gewaltigen Krängung kentert eine Welle mich herausschleudert ins Meer und die Solveigh hinter mir untergeht.

Diese letzten Bilder! Mir laufen die Tränen nur so herunter. Alles verschwimmt und wird doch durch diesen Film von Tränen erst sichtbar. Diese letzten Bilder: Janines und Pierres von Angst und ungläubigem Staunen verzerrten Gesichter an der Scheibe der Kajütentür.

Oh nein …

16.12.

Das da oben Geschriebene habe ich nicht noch einmal durchgelesen. Ich will glauben, dass es reicht. Ich will es nicht noch einmal erleben, mich nicht noch einmal erinnern. In einem völligen Erschöpfungszustand bin ich zusammengesunken und habe viele Stunden geschlafen. Der Schlaf war durchzogen von schweren Bildern aus der Nacht des Untergangs, traumhaft verfremdet und doch sprechend. Vor allem albtraumartig immer wieder die Blicke der Kinder.

Ich war drei Tage auf Wanderung. Svensson hatte mir einen Tipp gegeben von einer kleinen Hütte etwa einen Tagesmarsch von hier. Ich hatte etwas Proviant zusammengepackt und bin losmarschiert, mit grober Orientierung im Kopf, einfach drauflos. Diese Wanderung hatte etwas von Flucht an sich – ich musste wieder weg von einem Ort, diesmal von hier, wo ich all dies aufgeschrieben habe. Ich bin wie ein Verrückter gelaufen, immer so schnell, dass ich nicht denken konnte und ausschließlich mit Atmen und Gehen beschäftigt war. Einige Male habe ich mich verlaufen und die Verirrung erst später gemerkt, aber es war mir recht. Fast willentlich wollte ich in die Irre gehen.

Schließlich habe ich die Hütte doch gefunden. Ein guter Ort. Ich saß am Feuer und dachte ans Paradies. Einen Tag blieb ich dort, erkundete die Umgebung, kletterte auf die umliegenden kleinen Berge und Hänge und suchte nach Höhlen und Felsspalten. Vorgestern kehrte ich zurück. Ich fühlte mich erfrischt.

Aber letzte Nacht haben mich die Träume wieder eingeholt.

Außerdem muss ich mich mit meinem realen Leben hier beschäftigen. Ich muss einen Job finden, muss die Kontakte ausbauen. Ich muss die Hütte heizen, damit ich nicht erfriere. Ich will schließlich hier leben. Na ja, was für ein Leben wird das schon sein? Aber jetzt, nachdem alles aufgeschrieben ist, kann ich mich nicht mehr umbringen. Ich habe die ganze Zeit insgeheim daran gedacht, und oben bei der Hütte wurde mir klar, dass es nicht mehr geht. Ich muss dieses Leben weiterleben, so einfach ist das. Wie ein Auftrag. Von wem? Wozu? Keine Ahnung.

28.12.

Solange nicht geschrieben zu haben, ist wie Urlaub. Komisch, als ob ich bezahlt werden würde für dieses Heft, diese Geschichte.

Mir geht's ganz gut. (Ja, du Heft wirst jetzt zu meinem Therapeuten und ich berichte dir über mein Befinden: Mir geht's ganz gut).

Ich wollte mich mit meinem Schreiben selbst aufklären und verurteilen, spüre aber immer stärker, wie es mich ermüdet. Weil es doch fruchtlos ist. Dennoch schreibe ich auf, was ich mir vorgenommen habe. Mag Gott über die Wahrheit meines Lebens befinden.

Aber es gibt noch eine Unklarheit, die ich beschreiben will. Ich weiß nicht, was nach dem Untergang passiert ist. Nach der Welle, die mich über Bord gespült hat. Nichts bis zu meiner Ankunft in Kristiansand. Nichts. Was ist zwischen dem Schiffbruch und meiner Ankunft hier geschehen? Wie bin ich hierher gekommen? Was hat sich an mir verändert? Bin ich noch der gleiche Mann wie der, der vom Schiff ins Meer gespült worden ist? Es ist doch offenkundig (offenkundig? für wen?), dass ich mich verändert habe. Was von mir ist ertrunken und mit der Solveigh und den Kindern auf den Grund gesunken, und was von mir hat überlebt?

Der Weg vom Wrack zur Hütte. Klingt poetisch. Und geheimnisvoll. Wie war er? Wenn ich jetzt verhört werden würde, dann glaubte mir vermutlich keiner. Aber da ich mich selbst verhöre und auch mein einziger Zeuge bin, kann ich in diesem Punkt ganz ehrlich sein: Ich weiß nichts mehr. Es gibt zwischen dem Lutz, der in Vierville eine erbärmliche

112

Familienexistenz geführt hatte, und dem, der hier vor der norwegischen Hütte sitzt, keine erzählbare Verbindung. Es fehlt ein Stück.

Jedenfalls hatte ich Geld, offenbar genug für eine ganze Weile. Und ich habe es immer noch. Ich bin ins Meer gestürzt, und nun sitze ich hier, mit Geld und Kleidung und einer bescheidenen Behausung. Ich hatte keine Segeljacke an und keine Rettungsweste. Die beiden Hosen, drei Hemden und die schwere Jacke hier hatte ich bei mir, als ich ankam, außerdem die schweren Schuhe. In Vierville trug ich andere Kleidung. Nach Mariannes Tod habe ich mich nicht mehr umgezogen, ich habe die Dinge getan, die ich tun musste, und bin mit den Kindern aufs Schiff gegangen. Nein, ich leide nicht an einer Identitätsstörung. Und doch ist das sehr befremdlich.

Ich habe häufige Albträume hier, aber keiner handelt von der Zwischenzeit. Alles nur Marianne, die Kinder, Vierville, manchmal Brüssel, manchmal Weimar, die Mutter, dann der traurige Vater, der nie geweint hat und jetzt im Traum nicht aufhört zu weinen, und die Tränen zu Patronenhülsen werden, die zu Boden klackern.

Dann Träume von Amerikanern, wie sie Marianne beglücken, viele, immer wieder, nacheinander, und Marianne hört in diesen Träumen einfach nicht auf, glücklich zu sein, und ich stehe daneben, als Nazi in schwarzer Uniform, manchmal gebe ich herrische Kommandos, treibe die GIs zu weiteren

Beglückungshandlungen an, benutze einen Katzenschwanz und peitsche auf die schwitzenden, nackten Amerikaner ein, während Marianne mich anfeuert und jubelt.

Manchmal stehe ich still daneben, in zerrissenen Hosen, mit gefesselten Händen, gedemütigt und erniedrigt, und Marianne schaut mich höhnisch an, grinst über das ganze Gesicht, gemein und verächtlich, während sie die Liebkosungen der vielen Amerikaner genießt, und nur wenn ich lange schaue, sehe ich in ihren Augen einen Lidschlag, der wie eine Libelle zu mir fliegt und mich freundlich streift. Solche Träume habe ich. Aber nicht einen von meiner Odyssee von der Normandie nach Norwegen.

Ich habe versucht, mir Versionen auszudenken. Es sind James-Bond-artige Fantasien geworden, die nichts mit mir zu tun haben. Dieses fehlende Glied in meiner Geschichte ist beunruhigend. Dann habe ich mich im Verdacht, es vielleicht gar nicht so genau wissen zu wollen. Vielleicht ist es meinem Unbewußten ja recht? Meine Feigheit hat mich irgendwie hierhergespült, unterstützt von Naturgewalten und Strömungen. Als ich von der Welle ins Meer geworfen wurde, habe ich vielleicht aufgegeben und mich einer stillen Ohnmacht überlassen und auf einen freundlichen Tod gewartet. Und kam doch irgendwo an, kroch wie in Trance in diese Hütte, legte mich hin und schlief unter einer Decke in die Ewigkeit. Vielleicht bin ich tot und dies alles ist gar nicht wahr.

114

Niemand glaubt das, kein Mensch treibt von Nordfrankreich bis nach Norwegen im Golfstrom. Aber vielleicht taugt es als symbolische Erklärung.

Und die andere Fragen: Wo gehe ich hin? Muss ich mir am Ende dieser Quälerei das Leben nehmen? Oder: Darf ich es dann endlich? Manchmal habe ich die Fantasie, das Sterben könnte wie ein letztes Versinken in Mariannes Schoß sein. Ich wehre mich gegen dieses Bild. Gibt es eine Möglichkeit, wieder lebendig zu sein? Danach sehne ich mich. Endlich mit aller Kraft zu leben.

Ich will auf meine Art überleben. Ich kann erst gehen, wenn ich Marianne und die Kinder aufrichtig anschauen kann und alles Geschehene seinen Platz bekommt.

Ich will immer noch meine Rolle in diesem Geschehen verstehen. Warum mussten die drei liebsten Menschen innerhalb von 24 Stunden auf so grausame Weise sterben? Bin ich schuldig, weil ich selbst mein Schicksal nicht erfüllt habe, nicht gelebt habe wie ich hätte leben können? Und damit Marianne und die Kinder um mich selbst betrogen habe?

Ach, das habe ich alles schon so oft durchgedacht. Was bedeutet das noch. Ich bin müde.

3.1.72

Ein neues Jahr hat begonnen. Ich bin vielleicht ein bisschen abergläubisch, aber ein neues Jahr ist ein Anfang, ein Start von etwas. Sylvester saß ich auf den Felsbacken, hatte drei Kerzen mit, es war windstill. Ich genoss den Frieden und die Stille. Die Wärme des Lichts und die Kühle des Wassers. Und in mir war eine Vorfreude auf dieses Jahr. Die drei Kerzen: Ein wenig war mir, als ob sie für meine drei stehen, und als ob die drei mir bei diesem Neujahrsbeginn freundlich zunickten.

Ich habe Pläne gemacht und gestern mit Svensson darüber gesprochen, er findet das ganz gut. Ich muss ja von irgendetwas leben. Ich muss arbeiten und Geld verdienen, auch um mich hier in der Nachbarschaft zu normalisieren. Ich werde einen Job annehmen hier in der Nähe, ich werde etwas Feldwirtschaft betreiben. Svensson sagt, dass es eine Firma gibt, Zulieferer in der verarbeitenden Erdöl-Industrie, und die könnten für ihre Europa-Verbindung einen Menschen wie mich vielleicht brauchen, wegen der Fremdsprachen. Einen Lebenslauf werde ich schon hinkriegen. Svenssons Frau ist inzwischen auch aufgetaut, wir reden freundlich miteinander, wenn ich mal zum Kaffee vorbeischaue. Sie ist bereit, mir Unterricht in Norwegisch zu geben. So komme ich hier langsam an. Vielleicht wird ja etwas daraus, und ich finde eine kleine, bescheidene Nischenexistenz in diesem herben Land. Ich bin jetzt 42 Jahre alt. Eine gute Zeit für einen Neuanfang, wenn ich es hinbekomme, meinen inneren Schreibtisch

116

aufzuräumen. Ich habe viel aufgeschrieben und irgendwie fühle ich mich entlastet. Jetzt werde ich schauen, was seelisch in mir passiert. Der schlimme Druck ist raus und ich kann fortfahren, praktische Schritte in meinem neuen Leben zu gehen. Pragmatisch: Essen, Trinken, ein Dach, Kleidung, freundliche Kontakte zu anderen Menschen, irgendeine Art von Tätigkeit.

Und Frauen? Sex? Eros? Manchmal drängt es in mir hoch und ich befriedige mich selbst. Ein kurzer genussvoller Moment, wie ein Windstoß. Ich muss jetzt innerlich schmunzeln, wenn ich an die Weimarer Bombennächte denke, an die verklemmte Braunhemden-Propaganda, die nichts anderes war als die Projektion ihrer eigenen Angst, und an meine eigenen Erfahrungen. Damals war Selbstbefriedigung eine große, befreiende Entdeckung für mich gewesen. Aber leider funktioniert für mich die Erleichterung jetzt nicht mehr so. Vielleicht eine Sache des Alters. Fast ist es mir lästig, dass der Trieb in mir dennoch nach Befriedigung verlangt. Meine Güte, was hat der Sex zwischen Marianne und mir für eine große Rolle gespielt, obwohl wir, verklemmte Kriegskinder die wir waren, nie offen darüber sprechen konnten. Wir sind immer sehnsuchtsvoll Suchende geblieben, vom Flügelschlag des Eros angehaucht. Mariannes großes Verlangen nach erotischer Erlösung aus ihrem seelischen Gefängnis wurde nicht mehr gestillt, trotz unserer anfänglichen Leidenschaft. Im Leben blieb sie immer hungrig. Sie wurde unzufrieden und unglücklich, und ich konnte sie nicht erlösen, war ich doch selbst erlösungsbedürftig.

Jetzt sitze ich hier und frage mich, was meine Sehnsucht ist. Ich spüre geradezu Marianne von irgendwo da draußen mir zunicken und sagen: Ja, denk mal darüber nach.

Ich will auch über die Frau schreiben, die ich gelegentlich unten am Hafen sehe. Ich finde sie reizvoll. Wenn ich an die Zukunft denke, dann fantasiere ich ein bisschen davon, im Sommer mit ihr über die Felsbacken zu spazieren, zu reden und zu schweigen und an einer schönen Stelle mit ihr zu schlafen. Ich nenne sie die Lehrerin, denn sie sieht wie eine kluge und engagierte Frau aus, die etwas zu sagen hat. Und die auf eine Weise attraktiv ist mit ihrem schlanken und auch runden Körper und ihrer selbstverständlichen, bescheidenen Sinnlichkeit in der Bewegung, dass ich ihr gerne hinterherschaue.

Aber ich glaube nicht, dass ich sie ansprechen werde. Eine schöne, genussvolle Träumerei, mehr nicht. Ich kann das nicht mehr. Angst.

15.1.72

Ich warte immer länger, bis ich wieder schreibe. Es drängt mich nicht mehr so sehr. Meine Dinge hier gehen einen guten, langsamen Gang, aber davon muss ich nichts notieren.

Es gibt aber etwas, worüber ich noch schreiben muss.

Janine. Ihr Gesicht verfolgt mich. Es begleitet mich, zuerst nur in Träumen, aus denen ich schweißgebadet aufwache, dann auch tagsüber wie ein Diapositiv, das vor den Augen mitgeht. Eigenartigerweise ist es Janines Gesicht und nicht Mariannes, obwohl ich viel häufiger und mit zunehmender Gelassenheit an sie und unsere Geschichte denke. Auch Pierres Gesicht taucht nicht auf. Seine Angst in der sinkenden Solveigh heilt hoffentlich langsam, aber fern von mir. Ich habe angefangen, abends zu beten, und Pierre ist ein einfaches Gebet gewidmet, in dem ich mich als sein Papa melde und mir vorstelle, wie er an einem Gestade gestrandet ist, wo ich ihm alles Gute wünschen kann und um Verzeihung bitte.

Aber Janine hat mich noch nicht verlassen, sie ist immer wieder da, verschwommen und durchsichtig, mit ihren großen, hübschen, dunklen Mädchenaugen, die aus der Leere heraus mich fragend, still und unbeweglich anschauen.

Ich erinnere mich an den ersten Abend vor vielleicht vier Wochen, als diese Vorstellung auftauchte. Es war kurz nachdem ich mit dem Aufschreiben der Segelkatastrophe fertig war. Ich saß in der Hütte und schaute aus dem kleinen Fenster. Ich merkte nach einer Weile, dass ich nur vor mich hin auf das Glas starrte, ohne etwas zu sehen. Und dann tauchte diese Vorstellung von ihrem Gesicht und ihrem Blick auf, wie ein Lichtbild, das sich transparent auf die Scheibe legte. Ich erschrak zuerst, es war mir wie ein Geist aus dem Jenseits vorgekommen. Ich spürte, wie verdrängte Gefühle in mir hochstiegen, Angst und Verzweiflung, tiefe Sehnsucht und abgründige Trauer. In mir schrie ich gegen das Bild auf der Scheibe und gegen den Druck in meinem Kopf an: Du bist doch tot! Du kommst nicht von irgendwo her zu mir zurück! Das darfst du nicht! Du bist tot! Geh weg, lass mich hier allein! Janine, Janine, mein Kind, mein Schatz, bitte!

Das Bild Janines blieb bewegungslos und sah mich aus den tiefen, fragenden Kinderaugen an. Ich wollte aufstehen und Holz holen, aber ich konnte nicht. Seit über einem Jahr wartete ich auf eine emotionale Erleichterung, aber sie war nicht gekommen. Mein Schreien war stecken geblieben und erstarrt. Ich sackte in mich zusammen. Nur langsam verblasste das Bild von Janine mit ihren fragenden Augen. Endlich konnte ich aufstehen.

Inzwischen habe ich mich an sie gewöhnt. Sie ist immer da, und manchmal rede ich tonlos mit ihr, erzähle ihr etwas, versuche ihr zum Beispiel die Entstehung dieser Felsenküsten zu erklären, wenn ich spazieren gehe. Dann lade ich sie ein, mit mir zu rennen oder zu schwimmen. Manchmal scheint ihr ein feines Lächeln über die durchsichtigen Lippen zu gehen.

Schaut sie mich freundlich an? Anklagend? Ich bilde mir ein, dass es freundlicher wird, je mehr ich sie mitnehme zu meinem kleinen Tagewerk.

16.1.72

Nachdem ich gestern Abend das alles aufgeschrieben hatte, habe ich mich hingesetzt und versucht, Janine in Gedanken zu erzählen, wie alles gekommen ist, dass es mir unendlich leid tut, dass ich zu feige und zu schwach und zu dumm war, etwas daran zu ändern – mir schien, als ob sie mich dabei kopfschüttelnd anlächelte – und dass ich sie liebe. Die Sehnsucht, sie jetzt in die Arme zu schließen, war überwältigend stark. Ich hätte ihr so gerne über den Kopf gestreichelt und sie ein wenig gewiegt, dieses Kind, und ihr alles, was ich habe, zu geben, zur Verfügung zu stellen.

Als diese sentimentale Welle väterlicher Sehnsucht vorbei war und mir wieder bewusst war, dass sie tot ist, da kam - endlich – ein so großer Schmerz in mir hoch, dass ich dachte, es würde mich in hundert Einzelteile zerreißen. Wie eine innere Sprengung. Ich kann gar nicht beschreiben wie sich das anfühlte. Es dauerte eine Ewigkeit, in der ich hoffte, ich dürfte nun endlich sterben. Dann hatte ich wieder Janines Bild vor Augen und mir war als ob sie mir zulächelte und ganz klar und deutlich sprach: Papa - lebe wohl. Ich habe gesehen, was du hier tust. Es ist gut, wenn du weinst. Mir geht's gut. Ich gehe jetzt zu Mama.

Vielleicht bin ich wirklich verrückt. Aber dieses Verrücktsein heilt etwas in mir.

22.1.1972

In der Zeitung habe ich von uns gelesen. Einige Notizen im Tageblatt von Kristiansand, das ich inzwischen etwas mühselig entziffern kann. Svensson bringt mir manchmal die Zeitungen der letzten Wochen vorbei. Es wurde über die seit über einem Jahr vermisste Familie aus der Normandie berichtet. Man hat eine Kinderleiche gefunden, ein Fischer habe sie aus dem Meer gefischt. Dass ein Verbrechen nicht ausgeschlossen wird. Man hat recherchiert und sucht international nach dem Vater des Kindes. Das andere Kind und die Mutter vermutet man tot.

Die Geschichte, die in der Zeitung von unserem Leben erzählt wird, ist gar nicht so weit von der Realität entfernt. Das alles muss in der Normandie viele Emotionen ausgelöst haben. Die Wellen sind sicherlich hoch geschlagen. In den Kommentaren suchen die Reporter nach einfachen Erklärungen, die die Bedürfnisse der Leser befriedigen: nach Schuldigen, nach Tragik und Sensation. Am meisten scheint man sich mit mir, dem deutschen Vater und Ehemann der

122

verschwundenen Familie zu beschäftigen. Obwohl niemand weiß, ob ich nicht auch untergegangen bin, scheint man mich für den Familienmörder zu halten.

Mich bewegen diese Zeitungsnotizen, aber ich habe auch eine eigenartige Distanz dazu. Als ob ich mich schon längst auf einem anderen Terrain befände. Nur die Sorge, tatsächlich gesucht und hier entdeckt zu werden, um dann mein weiteres Leben im Staatsgefängnis von Caen zu verbringen, lässt mich schaudern.

Von den Norwegern interessiert sich keiner für diese kurzen Berichte aus dem fernen Frankreich.

Neun Monate später - 10.9.1972

Solange ist es nun her, seit ich zuletzt geschrieben habe. Ich hoffe, dass das ein gutes Zeichen ist. Ich habe den Sommer über viel gearbeitet, oft mit Svensson zusammengesessen, Norwegisch gelernt.

Jetzt kommt der Herbst mit seiner schweren Frische in der Luft, die mich an so viele andere Herbste erinnert. An Weimar, an die Normandie. Ich liebe diese besondere Luft im Frühherbst und atme sie tief bis in die letzten Lungenspitzen hinein ein.

Marianne und die Kinder haben keinen kleinen Gedenkstein bekommen wie ich es ursprünglich vorhatte, nachdem ich mit dem Tagebuch fertig war. Mir war klar geworden, dass ich sie unauslöschlich in mir habe. Ein Stein hätte mich abgelenkt. Ansonsten: Ich habe den Job bei der Erdölfirma nicht behalten. Svensson hat mich netterweise als Helfer bei der lokalen Bauerngenossenschaft eingeführt, und so tingele ich mit den Jahreszeiten über die Höfe. Es ist sehr anstrengend, zumal ich einer der Älteren bin. Von diesen Gelegenheitsarbeiten kann ich ganz gut leben und die Männergemeinschaft tut mir gut.

Ich habe dabei gelernt, mit Holz umzugehen. Es macht Freude, Holz ist ein großartiger Baustoff. Ich möchte mal versuchen, künstlerisch damit zu arbeiten.

Die Hütte habe ich ganz gut hinbekommen. Ich glaube, für den kommenden Winter reicht es. Und da ich in der Gegend inzwischen einigermaßen anerkannt bin, werde ich zur Not auch Hilfe bekommen.

Janines Gesicht ist seit damals nur noch gelegentlich vor meinen Augen aufgetaucht, und jetzt schon seit einiger Zeit gar nicht mehr.

Alles in allem geht es mir recht gut. Die „Lehrerin" habe ich neulich angesprochen. Sie ist zwar keine wirkliche Lehrerin, sondern eine Geschäftsführerin einer kleinen Exportfirma, aber ich nenne sie weiterhin so. Sie lebt auch hier in der

Gegend und ist alleinstehend. Vielleicht sehen wir uns wieder, es würde mir gefallen. Ich hatte den Eindruck, sie interessiert sich für meine Geschichte und für mich, und mir tat es gut, ihr davon zu erzählen.

Ich muss mir überlegen, was ich mit diesem Tagebuch mache. Ich will es nicht wegwerfen, aber ich will es auch nicht behalten. Es soll es auch niemand lesen, jedenfalls jetzt nicht.

Vielleicht gehe ich in zehn Jahren nach Deutschland, nach Weimar und Frankfurt, und wandere auf meinen Spuren. Vielleicht gibt es so etwas wie einen Tresor in Frankfurt, wo man solche Dinge einschließen kann. Oder ich gebe es jemandem mit, der es in der Côte de Nacre ins Meer wirft. Der Lehrerin? Mal sehen.

Ich habe noch einmal darüber nachgedacht, warum ich überhaupt das alles aufgeschrieben habe. Ich bin dadurch ruhiger geworden. Es hat mich erleichtert. Und ein paar Dinge sind mir auch klarer geworden, vor allem über unsere Beziehung. Aber die Schuldfrage konnte ich nicht lösen. Die sitzt mir immer noch im Nacken. Wie ein Dämon, den ich nicht loswerde.

Ein halbes Jahr später - 3.3.1973:

Ich muss noch etwas Wichtiges nachtragen, bevor ich dieses Tagebuch weggebe. Ich habe mich mit der Lehrerin angefreundet. Sie hat einen schönen Namen, aber irgendwie scheue ich mich, ihn an dieser Stelle zu nennen. Wir sind tatsächlich nicht intim miteinander geworden, was ich erstaunlich finde, denn es hätte einige Gelegenheiten dazu gegeben. Wir haben nicht einmal darüber gesprochen, sodass ich gar nicht weiß, ob sie vielleicht enttäuscht darüber ist. Aber wir haben uns häufiger getroffen und uns über unser Leben und das Leben im Allgemeinen unterhalten. Es war ausgesprochen anregend, ich habe mich lange nicht so vertraut gefühlt mit einem Menschen. Ich will hier nicht von ihrer Geschichte berichten, aber sie hat mich beeindruckt. Gleichzeitig war sie mir eine freundliche und geduldige Zuhörerin bei meiner Geschichte (obwohl ich ihr nicht alles erzählt habe, ich habe mich nicht getraut).

Jetzt sind Umstände eingetreten, die sie zwingen, demnächst nach Frankreich zu gehen. Ausgerechnet Frankreich! Ich habe sie gebeten, das Tagebuch mitzunehmen, wir haben lange darüber gesprochen, und schließlich hat sie es verstanden. Auf meinen Wunsch, es in der Côte de Nacre zu versenken, hat sie mit einem vieldeutigen Lächeln geantwortet. Ich nehme es dir ab, sagte dieser Blick. Und küsste mich sanft und liebevoll auf die Stirn.

Dies ist mein letzter Eintrag. Morgen bringe ich sie zur Fähre und gebe ihr das Buch mit. Dann muss ich wieder allein zurechtkommen.

Allein?

Mit meiner Schuld.

(Mit diesem Eintrag enden die Tagebuchaufzeichnungen von Lutz Vonholtz)

Kapitel 4

Über 20 Jahre später

Ingolstädter Kreiszeitung, 3.3.1995

„Martin Peters' Kolumne"

Geschätzte Leser und Leserinnen!

Ich möchte an dieser Stelle die Gelegenheit nutzen, ein Thema in Erinnerung zu rufen, das Ihnen und uns ständig unter den Nägeln brennt – die Geschlechterfrage. Nein, ich meine nicht in erster Linie die Frage gerechter Bezahlung, obwohl dies aus Gründen politischer correctness natürlich als erstes genannt werden muss (habe ich hiermit getan, danke), sondern um die vermaledeite Schwierigkeit, wie wir eigentlich miteinander zurechtkommen sollen, wo wir doch so eklatant verschieden sind. Männer und Frauen verstehen sich einfach nicht, lautet ein entsprechender Gemeinplatz. Warum also der ganze Stress? Nun ja – das ewig Weibliche zieht uns an, sagt man über Männer, und über Frauen: Es ist ihr ewig Weh und Ach an einem Punkte zu kurieren. Ja, schon recht, klingt sexistisch, aber irgendwie ist doch was dran, oder? Männer und Frauen scheinen sich im allgemeinen zu suchen und zu brauchen, natürlich aus

Gründen der Fortpflanzung und sexuellen Trieberfüllung, aber auch darüber hinaus.

Alte Mythen und moderne Psychologie sprechen von zwei sich ergänzenden Hälften einer ursprünglichen Einheit des Menschen. Die aktuell gängige Kurzformel dafür heißt Yin & Yang-Prinzip, wir kennen alle dieses schöne Logo mit dem Kreis, der durch eine Schlangenlinie in eine weiße und eine schwarze Hälfte geteilt ist, jede Seite in ihrem Zentrum mit einem Punkt der anderen Farbe versehen.

Ich habe dieses Logo immer sofort und unmittelbar richtig gefunden. Sie bestimmt auch (sagen Sie jetzt nicht Nein). Aber ich habe mich auch immer gefragt, warum es in der Wirklichkeit nicht so harmonisch und ergänzend läuft. Ich vermute, um mit Sigmund Freud zu sprechen, dass es sich dabei letztlich doch nur um eine erneute Wunschprojektion handelt, die nichts mit der harten Realität zu tun hat.

Soziologen bestätigen uns, dass der Mensch die eigentlich sympathische Neigung hat, sich die Welt sinnvoller zu denken als sie empirisch ist. Sie vermuten, dass das menschliche Gehirn dies aus genetisch bedingten Grundeinstellungen heraus tut, die wesentlich für die Evolution sind – andernfalls wären wir längst ausgestorben. Wie Münchhausen ziehe sich der Mensch am eigenen Zopf (vulgo Hoffnung) aus dem Sumpf (vulgo Realität). So auch in der Geschlechterfrage, die übrigens, ich vergaß es zu erwähnen, inzwischen Gender-Frage heißt. Wir glauben und hoffen quasi kontrafaktisch daran, dass Frauen und Männer die harmonische Einheit miteinander, nach der sie sich in der Tiefe ihrer Seelen aus unbewußter Urerinnerung heraus sehnen, im triebhaften Lustprinzip wie auch in der kulturellen Sublimierung wiederfinden können – so ungefähr lautet der moderne Erklärungsmix aus Soziologie, Psychologie und Esoterik.

Wenn ich Ihnen, werte Leserinnen und Leser, nun noch eine Prise Philosophiegeschichte dazu tun darf, haben wir die wesentlichen Zutaten beisammen. Spannen wir einfach den Bogen zwischen Platons Eros zu Nietzsches Willen zur Macht und werfen noch ein paar mittelalterliche Liebes-Tugenden wie Caritas und Agape dazu, dann haben wir die wesentlichen Zutaten – oder habe ich etwas vergessen? Leserbriefe zum Thema sind wie immer willkommen.

Aber eine Frage bleibt: Wie kochen wir jetzt eine Suppe daraus? Wer steht am Herd, wer macht den Abwasch? Und sind wir am Ende glücklich?

Ich glaube, ich gehe doch lieber Fußball gucken.

Guten Tag, Ihr Martin Peters

EDITORIAL

Liebe Leserinnen und Leser!

Sie kennen unsere Zeitung seit Jahren als solide und treue Quelle von Information, Kommentar und Unterhaltung über unsere Stadt und die Welt. Sie selbst sind uns der wichtigste Kritiker und getreueste Unterstützer, Ihnen sind wir verpflichtet. Um Ihnen auch weiterhin höchstes Niveau zu bieten, werden wir getreu dem Motto „Nur wer sich ändert, bleibt sich treu" unser Blatt neu strukturieren. Sie werden demnächst von einem neuen, klareren Layout, einer übersichtlicheren Aufteilung in inhaltliche Schwerpunkte und einem neuen Wochenendteil überrascht werden.

Hierzu jetzt eine Ankündigung, die Ihnen hoffentlich Appetit machen wird: Unser langjähriger Mitarbeiter und Ihnen durch seine scharfzüngigen Kolumnen wohlvertraute Journalist Martin Peters hat sich auf die Reise nach Norwegen gemacht, um für Sie die aufregende Geschichte von Lutz Vorholtz zu recherchieren. Eine Geschichte, in der sich leidenschaftliches Künstlertum, privates Lebensdrama, die große Katastrophe des 20sten Jahrhunderts und individuelle Bewältigungsarbeit auf großartige, bewegende Weise mischen und verbinden. Mit Peters' packendem Stil und bereichert durch atemberaubende Bilder werden Sie eintauchen in diese besondere Geschichte. Freuen Sie sich auf die spannende Reportage demnächst in unserem neuen Magazin.

Ihr Peter Masing, Chefredakteur

Ingolstadt und Bergen, 1995

Im April 1995 bekam Martin Peters, Journalist der Ingolstädter Kreiszeitung, einen neuen Auftrag. Er war für gesellschaftsaktuelle und tagespolitische Kommentare zuständig – früher gefürchtet und geschätzt wegen seines bissigen Tonfalls, aber in letzter Zeit wegen einer gewissen Zahnlosigkeit, wie es sein Chef und leitender Redakteur Helmut Masing süffisant nannte, in die interne Kritik geraten. Im Rahmen einer größeren Neustrukturierung sollte er nun auf einen anderen Posten kommen – als Bewährungsprobe, wie es die einen unter der Hand sagten, als Abstellgleis, wie es andere sahen. Die Ingolstädter Kreiszeitung war unter Druck, die Konzentration auf dem Zeitungsmarkt in den Händen größerer Medienkonzerne nahm zu und ließ kleineren unabhängigen Lokalzeitungen immer weniger wirtschaftlichen Spielraum. Helmut Masing hatte sich deshalb mit den Geldgebern auf eine Neuorientierung geeinigt, die sich an den aktuellen Marktbedürfnissen orientierte: mehr Farbe, mehr Unterhaltung, klarere Strukturen und weniger komplexe Artikel. Es wurde behauptet, die Leute wollten informiert und unterhalten, aber nicht unbedingt zum komplexen Selber-Denken herausgefordert werden. Sichtbarstes Aushängeschild dieser Neustrukturierung sollte eine Magazinbeilage sein. Ansprechende Reportagen, gute Fotostrecken.

Für dieses Magazin sollte Martin Peters die erste Reportage recherchieren und schreiben. Sein Chef Helmut Masing war auf ein paar Zeitungsartikel und ein Tagebuch aus den 70er Jahren gestoßen. Es ging um einen jetzt in Norwegen lebenden deutschen Holzbildhauer, der eine abenteuerliche Geschichte hinter sich zu haben schien, die sich spannend und unterhaltsam erzählen lassen müsste. Peters sollte nach Norwegen fahren, die Story recherchieren und aufarbeiten, Bilder machen und eine Reportage schreiben.

Martin Peters war zuerst ambivalent gewesen. Die Sache klang interessant und reizvoll, zumal sie ihm die Chance bot, für eine interessante Recherche aus Ingolstadt herauszukommen. Er hatte sich in letzter Zeit gelangweilt. Einem Mann wie ihm mussten Aufgaben von außen gestellt werden, er konnte nur schwer etwas Dauerhaftes aus sich heraus schaffen. Andererseits war ihm völlig klar, dass er abgeschoben werden sollte, und das kränkte ihn spürbar. Er konnte es nicht gut ertragen, wenn man ihm so deutlich seine Grenzen aufzeigte. Auf einen Kampf dagegen wollte er sich aber nicht einlassen, und so sah er keine Alternative und nahm den Auftrag murrend an.

Seine Lebensabschnittsgefährtin Waltraut, mit der er seit einigen Jahren zusammenlebte, war wenig glücklich mit dieser Entwicklung.

Schon länger hegte sie den Wunsch nach einer verbindlicheren Lebensplanung mit ihm, zu der auch Kinder gehören sollten. Die Gespräche darüber scheiterten immer wieder daran, dass er sich noch nicht soweit fühle, eine solche Verantwortung zu übernehmen und Angst um seine Unabhängigkeit habe.

Am Abend nach der Mitteilung über den Norwegen-Auftrag hatten sie erneut ein langes Gespräch darüber. Der Abend hatte mit einer routinierten, aber durchaus liebevollen sexuellen Vereinigung begonnen und sich in einem stilvollen Abendessen fortgesetzt, während dem er ihr von den Neuigkeiten von der Zeitung erzählte. Waltraut brachte sehr klar zum Ausdruck, dass sie von ihm eine Entscheidung bezüglicher ihrer gemeinsamen Zukunft erwarte. Zu der Norwegenrecherche könne sie nur dann zustimmen. Peters blieb vage, und so endete der Abend etwas traurig.

Eine Woche später fuhr er los.

Martin Peters war als Persönlichkeit schwer zu greifen. Er war durchaus intelligent und begabt, vor allem rhetorisch. Er war in einer kühlen und distanzierten Familienatmosphäre aufgewachsen, hatte eine gute Erziehung und Bildung genossen, sah gut aus, kleidete sich vorteilhaft und hatte ein glattes, aber freundliches Auftreten. Allerdings schien er, trotz viel Rhetorik, kein eigentliches Profil zu haben. Man wusste nie so recht, woran man mit ihm war. „Ein postmoderner ‚Mann ohne Eigenschaften'", so hatte ihn ein Kollege aus dem Feuilleton einmal genannt. Er hatte sich allerdings auch noch nie beweisen müssen, das meiste war ihm in seinem bisherigen

Leben relativ leicht in den Schoß gefallen. Und so sollte es auch bleiben, fand er. Er hatte Lust auf Herausforderungen, die seinen Begabungen und seinem Geltungsbedürfnis entgegenkamen, ohne ihm dabei zuviel abzuverlangen. Frauen und Sex zum Beispiel, oder schmissige Artikel und spannende Reportagen. Familiengründung gehörte bisher nicht dazu.

Der alte Mann stand in der Nachmittagssonne und schwitzte. Er wischte sich mit dem Handrücken über die Stirn und atmete heftig. Er richtete sich auf, streckte den Rücken gerade, stöhnte ein wenig unter dem Schmerz in der Muskulatur. Mit einem dumpfen Ton legte er Hammer und Stechbeitel auf den Tisch, griff nach der Flasche Wasser und trank in langen Schlucken. Mit einem schnellen Blick würdigte er das Schauspiel, dass das Sonnenlicht an diesem klaren Sommertag im Fjord von Bergen ausrichtete. Er genoss diese Atmosphäre immer wieder, auch wenn sie ihm inzwischen vertraut war. Es lag etwas Zärtliches in dem Licht, von dem er sich kurz berührt fühlen konnte. Sein Körper erinnerte sich dabei an Wärme und liebevolle Berührung, auch wenn es mit der Gefahr trauriger Gefühle verbunden war, die er lieber verdrängt lassen wollte. Er wandte sich wieder ab und stellte die Flasche beiseite.

Er betrachtete seine Arbeit. Er war mit einer Holzfigur beschäftigt, die einmal zu einem größeren Ensemble gehören sollte. Es war eine weibliche Figur in einer leichten Vorwärtsbewegung, mit einer Art Mantelumhang bekleidet. Seit vielen Tagen war er mit ihr beschäftigt, hatte zuerst aus dem rohen Stamm die groben Strukturen herausgehauen, sich immer weiter an die Anatomie einer gehenden Frau heranbearbeitet und jetzt versucht, den Mantel zu glätten und die Falten plausibel und anschaulich zu gestalten. Es war ihm nicht gut gelungen, er war unzufrieden. Der Faltenwurf des Umhanges auf der Rückenseite der Figur sollte eine Bewegung zum Ausdruck bringen, die nach vorne zieht und gleichzeitig noch nach hinten gebunden ist – wie eine bereits begonnene, aber noch zögerliche Flucht. Gleichzeitig sollte die Frontseite, der Körper und das Gesicht der Frau, Suche und Sehnsucht ausdrücken. Er hatte sich schon lange mit dieser Figur beschäftigt. Tief in seinem Innern wusste er auch, für wen sie stand. Wahrscheinlich fiel es ihm gerade deshalb schwer, die richtige Form herauszuarbeiten. Er strich noch einmal mit einer sanften und traurigen Handbewegung über die Figur und wandte sich ab.

Er würde es für heute sein lassen und nach Hause gehen, zu seinem kleinen Häuschen am Stadtrand. Er hatte dort einiges zu tun: Holz schlagen und schichten, den Zaun reparieren und mit dem Nachbarn über die Beteiligung an der Heuernte reden. Diese Sorte von Tätigkeiten war ihm zu einer Gewohnheit und erwünschten Ablenkung geworden. Er konnte es zeitweilig sogar genießen, in einen Ablauf relativ gleichförmiger Arbeiten eingespannt zu sein, die zur Aufrechterhaltung seines Lebens notwendig waren.

Seinen Holzskulpturen widmete er sich dagegen mit einer anderen, beinahe verzweifelten Leidenschaft. Lutz Vonholtz war inzwischen in der Gegend als eigenartiger, aber respektabler Künstler bekannt, seine Skulpturen wirkten bei den Leuten anziehend und eigentümlich schön. Das Projekt, an dem er jetzt arbeitete, war eine Auftragsarbeit aus Bergen. Eine Bekannte aus der kleinen Bergener Kulturszene hatte Verbindungen genutzt und seinen Namen bei Diskussionen um einen Auftrag für eine Holzkunstarbeit von einer im Zuge des Nordsee-Öl-Booms reich gewordenen Firma ins Spiel gebracht. Die Arbeit sollte den Titel „Die Familie Gottes" tragen – eine pathetische und kitschige Übertreibung, aber für Lutz' Bedürfnisse auch ausreichend unbestimmt, um seinen Ideen Raum zu lassen. Er hatte eine Gruppe von fünfzehn Figuren vor Augen, Tiere und Pflanzen, ein paar Dinge, und Menschen, Männer, Frauen und Kinder. Eine Skulptur sollte aus einem Liebespaar in inniger Vereinigung bestehen. Ein wenig wie Rodins Arbeit „Der Kuß", aber deutlicher, sexueller, mit einer Spur Traurigkeit. Ansonsten Einzelfiguren, mal suchend, mal verzweifelt, mal glücklich. Alles sollte in Bewegung sein, in verschiedene Richtungen und jede Figur auf ganz eigene Art und durchaus zueinander im Widerspruch. Die Körper in ihrer Bewegung, Widersprüchlichkeit und Gegenläufigkeit aus dem Holz herauszuarbeiten war eine schwierige Herausforderung. Ihm lag vor allem an der Sinnlichkeit der Körper. Sie sollten nicht einfach auf platte Weise ansehnlich sein. Er wollte Lebendigkeit in allen Schattierungen ausdrücken. Die klassische Idee der Schönheit mit einer modernen Wahrnehmung von Zwiespalt und Bemühung verknüpfen. Liebe und Scheitern in einem. Er wusste, wie schwer das im richtigen Leben war. Dann immerhin aus Holz, hatte er sich gedacht, wenigstens aus Holz. Er legte einen hohen, gnadenlosen Maßstab an. Was er im Leben nicht geschafft hatte, sollte in seinem Werk gelingen. Ohne sich dessen bewusst zu sein, suchte er nach der perfekten Darstellung der individuellen Unvollkommenheit. Jeden Tag war er dankbar für den Auftrag, auch wenn die Aufgabe ihn immer wieder ratlos und manchmal geradezu wütend machte. Aber er hatte keine Alpträume mehr, seit er mit der Gruppe angefangen hatte, zum ersten Mal für mehr als nur einige Tage in den fünfundzwanzig Jahren, die er jetzt hier in Norwegen in seinem Exil lebte.

Als er sich an diesem Abend schlafen legte, dachte er noch einmal über die Frau nach, an der er gerade arbeitete. Er versuchte sich Stoffe vorzustellen, die durch einen Wind oder Bewegung in Wallung gebracht wurden. Er stellte sich vor, wie sich der Umhangstoff anfühlte, versuchte sich in den Stoff hineinzufühlen. Er genoss es für einen Moment, leicht wie der Stoff zu sein, vom Wind umflossen und getragen zu werden, zu flattern und zu schweben. Er verankerte die Eindrücke innerlich, um die Details aufzunehmen. Es war eine seit einiger Zeit von ihm praktizierte Übung: Vorstellungsbilder aufzurufen und zu verankern, um sie aufzubewahren und sie in Ruhe zu studieren. Er hatte gelernt, dass die Arbeit an Holzskulpturen umso besser wurde, je mehr er selbst innerlich von dem spüren konnte, was er darstellen wollte. Das war

138

nicht einfach für ihn, denn oft rührten solche Vorstellungen auch an schmerzliche Erinnerungen von damals... damit wollte er nichts mehr zu tun haben. Ein ständig wiederkehrender Balanceakt. Müde und halb zufrieden, halb unruhig schlief er ein.

In Dänemark auf der Schnellstraße hinter Aarhus herrschte starker Verkehr. Der Wind ließ die Äste der Bäume in wilden Bewegungen hin- und hertanzen. Regen peitschte gegen die Windschutzscheibe, die Scheibenwischer konnten die Wassermengen kaum bewältigen. Martin Peters musste langsamer fahren, sich in den zähen Verkehrsfluss einpassen und äußerst aufmerksam durch die Scheibe auf die Straße starren, um überhaupt etwas zu sehen. Er schaltete das Radio ein und drehte die Lautstärke voll auf. Für einen Moment kam ihm das alles wie ein Theaterstück vor. Auf der Bühne wird getan als ob es stürmt, aber der Sound aus dem Orchestergraben ist sauber und klar. Alter Beatles-Song, Norwegian Wood, "I once had a girl ...". Gute Musik, guter Text, aber nicht seine Zeit.

Plötzlich leuchteten vor ihm Bremsleuchten auf. Er hatte vor sich hingeträumt und musste auf die Bremsen steigen, geriet ins Schleudern und war gezwungen, mit einer heftigen Gegenlenkung die Kontrolle wiederzugewinnen. Er atmete tief aus, die Hände zitterten ihm und er griff fest um das Lenkrad. Heute würde er nicht mehr weit kommen, es war gut, sich eine Pension zu suchen und morgen früh weiterzufahren.

Lutz reckte sich am nächsten Morgen und blinzelte in die Sonne. Es war erst fünf Uhr, matter Nebel lag auf dem Stück Land, das er durch sein kleines Fenster sehen konnte. Er hatte sich angewöhnt, zeitig aufzustehen, um den frühen Träumen zu entfliehen. Inzwischen war es ihm zur inneren Gewohnheit geworden. Selten kam es vor, dass ihn eine Erinnerung wie ein Schauder oder ein Hauch kurz anflog und wieder verschwand. An diesem Morgen aber sollte so ein Hauch ihn anwehen. Er streckte die Beine, stieg aus dem Bett, reckte die alten Glieder und begann mit seiner Morgenroutine. Er warf sich einen Morgenmantel über den gealterten, aber athletischen Körper, trat an das Waschbecken und öffnete den Wasserhahn. Als das Wasser plätscherte, erwischte es ihn. Plötzlich zog sich in ihm etwas zusammen, er griff mit den Händen nach seiner Brust, es war, als ob er für einen Moment keine Luft bekäme. Er sucht Halt, stützte sich auf, atmete schwer.

Nein, kein Herzinfarkt, nein, das andere, immer wieder das, dachte er erschrocken und wütend. Für eine Sekunde hatte das Wasserplätschern ihn in ein untergehendes Schiff versetzt und er spürte die eigene Todesangst und den anderen, unglaublichen Schmerz. Er richtete sich auf und schüttelte den Kopf. Nein, ich werde diesen Bildern keinen Raum mehr geben, dachte er. Ich habe mir die Seele zerfleischt, alles wiedererinnert und aufgeschrieben, ich habe nach einem Urteil gesucht und keine Antwort gefunden. Fast flehentlich hörte er sich flüstern: „Es muss doch einmal vorbei sein ... ". Er richtete sich gerade auf. „Es gibt nur einen Weg, es abzuschliessen: Ein Urteil muss gefällt werden." Heftig schüttelte er den Gedanken ab und ging mit zuerst unsicheren, aber langsam fester werdenden, entschiedenen Schritten in sein kleines Wohnzimmer.

Martin Peters war nach der Sturmnacht, die in Dänemark drei Todesopfer gefordert hatte – zwei durch herabstürzende Äste, eines durch einen schweren Unfall –, am nächsten Morgen bei klarem Wetter weitergefahren. Die Folgen des Unwetters waren überall zu sehen, aber jetzt herrschte eine reine, sonnige Klarheit und er gelangte ohne Verzögerung und von wunderbarem Radio-Sound begleitet nach Norden. In Hirtshals bekam er noch Platz auf der nächsten Fähre, es war außerhalb der Saison. Den Mietwagen ließ er stehen, in Kristiansand würde er sich einen neuen Wagen leihen. Die Spesenrechnung würde üppig ausfallen, er konnte sich die finsteren Mienen von Helmut Masing gut vorstellen. Aber jetzt war das egal, er hatte genug Vorschuss bekommen und wollte sich darüber keine Gedanken machen. Er genoss die Überfahrt mit der Fähre.

Am Nachmittag erreichte er Kristiansand, dort bekam er den neuen Mietwagen ohne Probleme. Er fuhr noch zwei Stunden durch das Setes-Tal nach Norden und suchte sich ein Motel. Abends saß er am Tisch und dachte nach, wo er mit seiner Suche beginnen und wie er ihn finden wollte. Er wusste nur: Bergen. Selbst das war nur ein Hinweis nach Masings Recherchen auf den dort lebenden Holzkünstler, der wahrscheinlich aus Deutschland stammt. Dort würde er morgen hinfahren und ihn suchen und die Geschichte aus ihm herausbringen, nach der er suchte und für die er diesen ganzen Weg gefahren war: Hitlerjunge in Weimar ... Nach dem Krieg von den Russen zuerst protegiert, dann fallengelassen ... Westen, unstetes Leben, bis eine Frau auftaucht, diese Marianne aus der Normandie ... Sie leben dort zusammen, zwei Kinder kommen ... Plötzlich, von einem Tag auf den anderen, sind alle spurlos verschwunden ... Ein halbes Jahr später dieser grausige Fund in der Bucht von St. Brieuc. Fischer finden eine Kinderleiche in ihren Netzen. Das alles ist fünfundzwanzig Jahre her. Dann sein Tagebuch, das Masing in die Hände bekommen hatte. Es ist ein Versuch, sich etwas von der Seele zu schreiben. Der Mann, der es schrieb, muss der Mann dieser verschwundenen Familie sein. Und er, Martin Peters, soll herausfinden, was da in der Normandie wirklich passiert ist und wie der Mann jetzt damit lebt. Er und seine Zeitung wollen es wissen und die Geschichte in dem neuen Magazin herausbringen.

Heute war ein guter Tag. Er hatte an der Figur weitergearbeitet, zwischendurch war die Bekannte aus dem Kulturverein vorbeigekommen. Sie hatten eine Weile miteinander geplaudert. Sie war die einzige Frau in seinem jetzigen Leben, zu der er überhaupt so etwas wie ein vertrautes Verhältnis hatte. Sie war dreißig Jahre jünger und er betrachtete sie manchmal mit zurückhaltendem Interesse. Sie unterhielten sich angeregt über das Projekt und sie konnte ihm ein paar gute Anregungen für sein Problem mit dem

142

Faltenwurf geben. Auf die Frage nach der suchenden Sehnsucht für die Vorderansicht reagierte sie lachend: „Schau mir ins Gesicht – da hast du sie auch, oder?"

Lutz lachte zurück.

Nachdem sie fortgegangen war, fuhr er zu seinem Nachbarn hinüber und ging ihm bei ein paar Dingen zur Hand. Am Nachmittag kam er zur Werkstatt zurück, um einige der Anregungen an einem anderen Objekt umzusetzen, bevor er sich an die Figur wagte. Er musste lächeln, als er an die Szene am Nachmittag dachte. Schau mir ins Gesicht … Wenn das so einfach wäre.

Sie hatte gemeint, er dürfe sich nicht von der Schwere des Materials beeinflussen lassen. Er müsse daran glauben, dass sein Holz so leicht sein könne wie Luft, die Aussage der Kunst hinge ja nun schließlich nicht von der Beschaffenheit des Materials allein ab, sondern von der Fantasie des Künstlers. Er solle nur Mut haben, drauflos schnitzen, dabei an die Leichtigkeit glauben. Des Lebens, der Liebe. Und ihn dabei leuchtend angelacht.

Lutz hatte gelächelt, als sie ihm dies alles voller Enthusiasmus und Überzeugung in der Mittagspause vorgetragen hatte. Ihr Glaube hatte für ihn etwas Komisches, aber gleichzeitig war er fasziniert und bewunderte sie dafür, ja, er ließ sich immer wieder davon anstecken. Er wünschte, dass sie recht hätte, dass er diese Leichtigkeit finden und darstellen könnte – und er glaubte es gleichzeitig nicht, es war irrational und widersprach seiner tiefen Überzeugung, dass nichts das Leben aus seinen engen Fesseln befreien würde – außer dem Tod, natürlich.

Mit diesen widersprüchlichen Empfindungen machte er sich an die Arbeit. Er liebte es, konzentriert zu arbeiten und eines aus dem anderen heraus zu entwickeln. Seinem inneren Bild einen Ausdruck zu geben durch diesen Prozess, dem Kampf mit und gegen die Begrenzungen des Materials und den ihm innewohnenden Naturgesetzen. Seine inneren Bilder und Fantasien waren oft komplexe, übersteigerte Gebilde, trotz der Visualisierungsübungen, und allzu oft hatte er sich schon in ihnen verloren, hatte nicht mehr zurückgefunden zum Material, seinen Möglichkeiten und Grenzen, hatte aufgeben müssen. Wie kannte er das aus seinem Leben – dieses Scheitern der Sehnsucht an der Wirklichkeit. Dennoch hielt er daran fest, es immer wieder zu versuchen, wie ein Liebender, der um seine Geliebte wirbt. Oder ein Fanatiker.

Das Gelände, das ihm zum Arbeiten zur Verfügung gestellt wurde, lag in Godvik, einem kleinen Vorort am westlichen Rand von Bergen, am Byfjord, mit Blick auf die gegenüberliegende Bebauung der Insel Asköv. Lutz hatte sich schnell mit dem Gelände angefreundet, weil es einen wunderbaren Ausblick auf den Schiffsverkehr auf dem Fjord erlaubte. Es lag auf einer kleinen, fast halbinselartigen Geländenase am Rand von Godvik in einer Art Niemandsland zwischen den Wohnsiedlungen und einem kleinen Industriegebiet. Das Grundstück war etwa 200 Quadratmeter groß, von welliger Oberfläche, am Rand stand der fest gebaute Schuppen für Werkzeug und Material, in dem er arbeiten konnte. Auf dem Gelände wuchsen ein paar Büsche und am Rand eine kleine Gruppe Krüppelbirken.

Gerade setzte er den Beitel ab und holte tief Luft.

Er hörte ein Auto vor dem Grundstück anhalten. Er bekam nur selten Besuch, er wunderte sich und trat vor den Schuppen.

„Habe ich einen Termin vergessen? Hatte sich jemand angemeldet, und ich habe es mir nicht gemerkt? Ach, verdammt, ich will jetzt nicht reden, mit niemandem...", brummte er leise und unwillig vor sich hin.

Lutz sah misstrauisch zu dem roten Toyota hinüber. Er hatte ihn noch nie gesehen. Einen Moment lang geschah gar nichts. Lutz schaute nur und der Wagen stand da, ohne dass jemand ausstieg. Dann hörte er das Türschloss klicken.

Martin Peters öffnete die Autotür und richtete sich auf. Suchend sah er sich um. Dort drüben, der Mann auf dem kleinen Felsenbuckel neben dem Schuppen, der so herüberstarrt, dass muss er sein. Lutz Vonholtz. Der Mann, den er seit zwei Wochen suchte, mit dem er sich soviel beschäftigt hatte. Also los, Martin, dies ist der Moment, jetzt beginnt's, dachte er sich. Er öffnete das kleine Tor im Zaun. Es war später Nachmittag, der Fjord glänzte im Hintergrund in der Sonne.

Lutz schaute zum Zaun hinunter. Der Mann, der da auf ihn zukam, war ihm völlig fremd. Was wollte er von ihm? Er war gespannt. Er fühlte sich gestört, er wollte jetzt keine Ablenkung. In seiner Hütte damals hatte er gern Besuch gehabt, von Svensson oder der Lehrerin.

Er lächelte innerlich – beide waren auf ihre unterschiedliche Art und Weise wichtige Menschen für ihn gewesen, er hatte sie schätzen und mögen gelernt. Er hatte damals in dieser schweren Zeit von ihnen gelernt, sich einzulassen auf die Augenblicke. Zu Svensson hatte er immer noch gelegentlichen Kontakt. Er hatte ihn zwar etwas aus den Augen verloren, als er vor 15 Jahren wegen eines künstlerischen Auftrags von Kristiansand nach Bergen umzog, aber dann schrieben sie sich und seitdem senden sie sich 2-3 mal im Jahr eine freundliche und interessierte Postkarte. Er freute sich jedes Mal wieder über die „Svensson-Karte" und hängte sie neben seine Tür in seinem Haus an die Wand.

Die Lehrerin war ihm sogar eine gute Freundin geworden, bis sie überraschend nach Frankreich gehen musste. Beim letzten Besuch hatte er ihr sein Tagebuch gegeben. Was sie wohl damit gemacht hatte? Er hatte damals vorgeschlagen, dass sie es für ihn im Ärmelkanal versenken sollte – er hatte das für eine gute Idee gehalten, die Solveigh und die Tagebücher beieinander.

Lutz schüttelte den Kopf, er hatte schon lange nicht mehr an das Tagebuch gedacht. So was. Da kam ein Fremder, und ein Fremder bedeutet eine Störung, die er nicht wollte. Für einen Moment stützte sich Lutz auf eine unfertige Skulptur neben ihm.

„Hello," rief Martin Peters, als er noch etwa sechs Meter entfernt war, „Are you Lutz Vonholtz?" Der deutsche Akzent! Lutz hörte den Akzent sofort heraus und erschrak.

„Ja, der bin ich. Und wer sind Sie? Was wollen Sie?" antwortete Lutz, zuerst auf norwegisch, dann wiederholte er es auf deutsch, um weitere Umständlichkeiten zu vermeiden.

„Ich heiße Martin Peters. Hallo! Ich habe Sie gesucht und bin schon eine Weile auf der Reise, um Sie zu finden. Ich möchte Sie kennenlernen. Darf ich hereinkommen?" Etwas lächerlich, er war ja schon längst auf dem Grundstück. Lutz nickte nur, zwischen Spott, Distanz und Beunruhigung schwankend, aber nun auch neugierig auf diesen fremden Deutschen.

Peters trat auf ihn zu und streckte ihm die Hand entgegen. Mit seinen Augen versuchte er Kontakt mit Lutz aufzunehmen, der aber beantwortete den Blick nicht.

Da geschah ein Missgeschick. Peters übersah eine kleine rutschige Stelle auf der Felsbacke, glitt aus und verlor den Halt. Für einen Moment jonglierte er auf seinem Standbein und wäre beinahe gestürzt, wenn nicht im letzten Moment Lutz zugesprungen und ihm Halt geboten hätte. Peters griff erleichtert nach dem Arm.

„Entschuldigen Sie, wie blöd, vielen Dank. Ja, wie gesagt, ich heiße Martin Peters und bin hierhergekommen, um mit Ihnen zu sprechen."

„Mit mir? Warum?"

„Tja. Das ist eine lange Geschichte. Ich bin Journalist einer deutschen Wochenzeitung und bin auf Ihren Namen gestoßen ..."

Peters konnte den Satz nicht zu Ende sprechen, wie aus der Pistole geschossen kam die Frage zurück:

„Wo?"

Aber er fuhr, die Irritation überspielend, fort: „ ... und wollte mehr über Sie erfahren. Beziehungsweise, mein Chefredakteur wollte, dass ich mehr über Sie erfahre, er meinte, Sie gäben eine interessante Geschichte ab. Wo? Ach ja, in der Ingolstädter Zeitung."

„Was wollen Sie von mir?"

Lutz sah ratlos und fragend den Mann vor ihm an, der so unpassend, aufgesetzt und fehlbekleidet vor ihm stand mit seinem Hut, seiner Krawatte und seinen Slippern, die ihrem Namen gerade alle Ehre gemacht hatten.

„Ich möchte mich mit Ihnen über Ihr Leben und Ihre Arbeit unterhalten. Wir hätten Sie angeschrieben, aber es gab nirgendwo eine Adresse. Wir wollen eine Geschichte von Ihnen bringen: Der deutsche Künstler in Norwegen. Wie kam es dazu, was bewegt Sie heute, was ist die Aussage Ihrer Skulpturen, wie ist Ihr Leben hier."

Mit einer ausladenden Handbewegung schwang Peters seine Hand in einem großen Bogen über die kleine Halbinsel. Die ganze Bewegung war pathetisch und oberflächlich.

Lutz blieb angespannt. Irgendetwas beunruhigte ihn an diesem Mann zutiefst. Woher hatte er seinen Namen, was wusste er und was wollte er wirklich? Er musste etwas Zeit gewinnen.

„Ja?", sagte er also mit ironischem Unterton. „Über die Aussage dieser Skulpturen wollen Sie mit mir reden? Hmm. Es ist reine Gebrauchskunst, Kunsthandwerk wie tschechische Gartenzwerge. Warum ein Artikel, noch dazu in Deutschland?"

Beide Männer standen gegenüber auf der kleinen Anhöhe. Lutz machte keine Anstalten, seinen Besucher zu dem kleinen Schuppen zu bitten, oder ihm einen von den alten Klappstühlen und einen Schluck Wasser anzubieten. Er war sich unschlüssig. Wie wollte er sich verhalten? Er war neugierig, was es mit dieser Geschichte auf sich hatte. Aber er spürte auch ein diffuses, unbehagliches Gefühl in seinen Eingeweiden rumoren. Er entschied sich, den Mann nicht vom Grundstück zu werfen, sondern sich Zeit zu lassen.

„Okay. Ich weiß nicht, wer Sie sind und was Sie wirklich wollen. Aber kommen Sie erstmal her, wir reden ein bisschen, dann sehen wir weiter."

Peters holte Luft und antwortete: „Gut, vielen Dank. Was halten Sie davon, essen zu gehen? Ich lade Sie ein. Unten, Richtung Stadt, am Hafen, habe ich ein Restaurant gesehen. Dort erzähle ich Ihnen etwas von meiner Reise hierher. Dann entscheiden Sie, ob Sie mir von Ihrer Reise erzählen. Okay?"

Lutz war irritiert. Dieser Fremde hatte in seinem forschen Ton ein Stichwort genannt, das seine Unruhe und sein Interesse zugleich verstärkte: seine Reise. Dann begann es ihn zu reizen. Irgendein Anteil in ihm horchte auf, als ob er eine Chance witterte. Was war ihm neulich erst nach diesem Traum durch den Kopf gegangen? Er erinnerte sich nicht mehr.

„Hm. Aber gut, solange sie bezahlen. Restaurants sind teuer in Norwegen. Und noch etwas: Was wir besprechen, in diesen zwei Stunden, bleibt unter uns. Nicht eine Silbe davon dürfen Sie veröffentlichen. Ich weiß noch nicht, was ich von Ihnen halten soll. Einverstanden?"

Peters willigte ein. Das Angebot versprach erste Einsichten und einen privaten Zugang. Der Fisch hatte angebissen.

Lutz schloss seine Werkzeuge in den Schuppen, nicht ohne noch einmal auf seine Skulptur zu schauen. Er hielt inne. Er hatte auf einmal den Eindruck einer Veränderung. Als ob die Probleme der Falten, der lebendigen Bewegung und der Sehnsucht plötzlich eine andere Bedeutung bekommen hätten.

Er wandte sich seinem Besucher zu und grinste gezwungen. „Na ja, stadtfein bin ich nicht. Sie müssen nun mit so einem Dreckskerl wie mir ausgehen." Er zeigte seine von der Arbeit schmutzigen Hände. „Aber die Norweger sind da nicht so. Wir sind zum Glück nicht in Frankreich". Er erschrak schon wieder: Frankreich, zum Glück nicht in Frankreich. Wenn ihm die Worte so leicht herausrutschten … Aber er wollte davon nichts verraten, nichts erzählen. Oder doch?

„Wissen Sie, Herr Vonholtz, wir sind durch eine Zeitungsmeldung auf Sie aufmerksam geworden", sagte Peters eine

Stunde später am Tisch im Godvik Krog, „jemand hat vor ein oder zwei Jahren Ihre Ausstellung in Kristiansand gesehen, ein paar Fotos gemacht und in einer Kunstbeilage einer Wochenzeitung ein paar Absätze über Sie geschrieben. Mein Chef hat das ausgegraben und mich beauftragt, darüber eine Story zu machen. Da wir Sie aber von Deutschland aus nicht ausfindig machen konnten, um Sie zu fragen, ob Sie einverstanden sind, bin ich losgefahren, um Sie zu suchen"

Lutz schaute erstaunt und zweifelnd in Peters Gesicht.

„Sie sind von Deutschland hergekommen, mit lediglich zwei Absätzen eines zwei Jahre alten Artikels in der Hand, um mich zu finden? Ich kann nicht glauben, dass ein unbedeutender Künstler wie ich einer deutschen Provinzzeitung so viel wert sein sollte. Solche Stories müssen doch auch billiger und einfacher zu haben sein."

Peters zögerte mit der Antwort, dann entschied er sich, auf Eitelkeit zu setzen.

„Machen Sie sich nicht kleiner als Sie sind. Solche Leute wie Sie sucht der Markt, solche Geschichten sind Gold wert. Sagen wir so: Sie sind derzeit noch so etwas wie ein Geheimtipp, wir glauben, dass da noch viel drin ist."

Lutz schüttelte freundlich den Kopf. „Ist ja nett, vielen Dank. Aber die Zeit für solche Schmeicheleien ist bei mir vorbei."

Ein eigenartiger Typ, dachte er bei sich, aber nicht unsympathisch. Nun ja, warum eigentlich nicht. Er würde sich auf diese eigenartige Geschichte einlassen. Es roch nach einer Chance auf Veränderung. Er hatte nicht danach gesucht, sie nicht ersehnt, im

Gegenteil hatte er bis heute Nachmittag geglaubt, seinem Leben eine klare Richtung gegeben zu haben, wenn er von diesen gelegentlichen Alpträumen absah. Aber etwas hatte nicht gestimmt, all die Jahre hindurch nicht. Es hatte keinen Abschluss gefunden, das Urteil fehlte. Und nun kam dieser Mensch und brachte eine Herausforderung mit, der er nicht ausweichen konnte. Selbst wenn er nein gesagt hätte, das spürte er, hätte er am nächsten Tag nicht mehr so weitermachen können wie bisher.

„Okay, also fragen Sie, junger Mann. Oder besser: warten Sie bis morgen. Ich melde mich. Nun essen wir erst einmal und Sie erzählen mir, wer Sie überhaupt sind".

Als Peters am nächsten Morgen in seinem Hotelzimmer aufwachte, schien die Sonne bereits hell. Er schaute auf die Uhr, 11.00. Er hatte schon lange nicht mehr so lange geschlafen. Ihm war, als ob er aus einem Traum erwachte, und nur langsam dämmerte es ihm, wo er war und was am vorherigen Abend geschehen war. Lutz Vonholtz. Norwegen, Bergen. Diesen Vonholtz suchen und die Geschichte schreiben. Die Bilder tauchen wieder auf. Der Abend war nett geworden. Lutz hatte viel über Deutschland und besonders die Wende mit ihren Folgen hören wollen. Der Abschied war kurz, er hatte versprochen, sich zu melden.

Peters streckte seine Glieder aus und stand langsam auf. Als er unter der Dusche stand, fragte er sich, ob er wohl noch ein Frühstück bekommen würde.

152

Als er etwas später die knarrenden Treppenstufen hinunterging, stand eine junge Frau mit brünetten Haaren und einem fröhlichen Ausdruck in den Augen an der Rezeption. Sie putzte gerade, hörte aber auf, als sie ihn kommen hörte und schaute ihn an.

„Bekomme ich noch ein Frühstück?", fragte er auf Englisch.

Sie lächelte etwas bekümmert. "Nein, leider nicht. Wir hatten noch bis vor 20 Minuten auf Sie gewartet, aber nun ist alles abgeräumt. Wissen sie, wir haben jetzt in der Vorsaison nicht sehr viele Feriengäste. Die meisten sind Durchreisende oder Wanderarbeiter, die stehen schon um 5 Uhr auf und wollen frühstücken. Wir können nicht 5 Stunden lang das Frühstück frisch halten."

Sie lächelte noch einmal mitleidig und schien einen Moment zu überlegen, ob sie ihm nicht doch noch ein Gedeck herausholen sollte. Peters nickte und gab zu verstehen, dass er einverstanden sei. Ob er woanders frühstücken könne? Sie überlegte nicht lang.

„Es gibt nur zwei Möglichkeiten, wenn Sie nicht weit fahren wollen. Um die Ecke und dann die Straße herunter bis zur Kreuzung mit der Nationalstraße, dort ist die Tankstelle mit dem Bistro, da bekommen Sie immer etwas. Und in die andere Richtung zur Innenstadt gibt es ein kleines Restaurant, das manchmal auch Frühstück anbietet, vor allem in den Ferien und am Wochenende, wenn das Wetter schön ist. Warten Sie, ich will nachschauen, ob es heute geöffnet hat."

Sie zog eine Zeitung hinter dem Tresen hervor und blätterte. Peters schaute ihr dabei zu.

„Tut mir leid, aber es geht wohl nur an der Tankstelle. Ach, da ist noch etwas anderes. Heute Morgen hat jemand für Sie angerufen und eine Nachricht hinterlassen."

Sie schob einen kleinen gefalteten Zettel herüber. Peters war sofort hellwach. Sollte Vonholtz ihm eine Nachricht hinterlassen haben? Er faltete den Zettel auseinander und las:

Kommen sie heute Nachmittag um zwei an die Pier im kleinen Fischerhafen von Olsvik. Ich will Ihnen etwas zeigen. V.

Die Sache kam in Bewegung, und Vonholtz, was auch immer er dachte, war offenbar an weiteren Gesprächen mit ihm interessiert. Mehr konnte er im Moment nicht hoffen, alles Weitere würde sich ergeben.

Peters schlenderte die Straße zur Tankstelle hinunter, entsprechend der Beschreibung, die ihm Julia genannt hatte. So hieß sie, er hatte es auf ihrem kleinen Namensschild gelesen. Er freute sich auf einen guten Kaffee und etwas zu essen.

Um Viertel vor zwei war Martin Peters an der Pier. Er hatte sich bei Julia erkundigt und zu seiner Erleichterung erfahren, dass der kleine Fischereihafen nicht allzu weit von seinem Hotel entfernt war. Man konnte von Skalevik aus am Wasser entlang nach Olsvik gehen,

154

etwa eine dreiviertel Stunde. Viele Fischerhäuschen standen am Fjordufer, etliche waren heruntergekommen und verfallen, einige aber auch instand gehalten und offenbar in Gebrauch. Boote dümpelten im Wasser, die meisten draußen an Bojen festgemacht, einige an den Stegen am Ufer. Die Nähe der Großstadt war zu spüren. Es schien sich einiger Beliebtheit zu erfreuen, hier ein Häuschen zu haben und das Wochenende hier zu verbringen – die weißen Sportboote und Motoryachten lagen ebenfalls da und bildeten einen Kontrast zu den Fischerbooten, ebenso wie die erkennbar neuen Häuschen mit Aussicht in Hanglage.

Er hatte nicht viel Aufmerksamkeit übrig für diese romantische Stimmung. Er musste auf den Pfad achten, denn es gab keinen durchgehenden Uferweg, manchmal musste er einen niedrigen Zaun überklettern und eine eher privat scheinende Slipanlage für die Boote überqueren. Einige Leute sahen kurz auf, ohne sonderlich interessiert zu sein.

Schließlich kam er an den Hafen von Olsvik. Etwa dreißig kleinere Trawler lagen hier, überall lag Fischereigerät herum, Netze waren aufgehängt, Kisten und Treibbojen, es roch intensiv nach Fisch. Es herrschte wenig Betrieb. Die meisten hatten ihren Fang längst in die Halle gebracht und bereits am Morgen an die Händler verkauft. Vereinzelt wurde etwas repariert, ein paar Maschinengeräusche drangen durch die Luft, verbunden mit dem Surren der Generatoren der Kühlhäuser.

Peters hatte keine rechte Ahnung, wo genau er Vonholtz finden sollte. Er hatte sich den Hafen kleiner und übersichtlicher vorgestellt. Aber Vonholtz hatte die Verabredung ausgesprochen, er würde schon nach ihm Ausschau halten.

Er setzte sich auf die Kaimauer und wartete, während er auf den Byfjord hinausschaute. Seine Gedanken gingen ins Leere.

Lutz hatte in der Nacht nicht besonders gut geschlafen. Er hatte sich hin und her gewälzt, absurde Träume und Fantasien im Halbschlaf waren ihm durch den Kopf gegangen, an die er sich nicht mehr erinnern konnte. Benommen wachte er auf. Die gestrigen Ereignisse fielen ihm ein und lösten zuerst eine unangenehme Gefühlsmischung von Angst und Ärger aus. Dann erinnerte er sich an die Entscheidung, die er getroffen, und den Reiz, den das in ihm ausgelöst hatte. Er würde diesen Peters mit Gesprächen über Kunst testen, bevor er seine Geschichte erzählen würde. Er brauchte noch Zeit. Der Ansatz eines Planes wuchs in ihm.

Den Vormittag hatte er an seiner Skulptur weiterzuarbeiten versucht, war aber nicht sehr weit gekommen. Einige Male ertappte er sich dabei, wie er innehielt und mit träumerischem Blick auf den Fjord hinausschaute. Er würde mit dem Journalisten eine Bootsfahrt machen, dachte er sich. Rüber nach Asköv, auf die andere Seite des Fjordes. Eine schöne Fahrt, auch interessant wegen des Schiffsverkehrs, den man queren musste. Das Wetter schien gut zu bleiben und man konnte sich dabei näher kommen. Lutz merkte zu seinem eigenen Erstaunen, dass er sich trotz der Skepsis und ängstlichen Unruhe auch fürsorgliche Gedanken um den Journalisten machte, so als ob er der Gastgeber sei.

Sie sahen sich fast gleichzeitig. Lutz war eine Viertelstunde zu spät gekommen. Peters hatte nach ihm Ausschau gehalten, bereits ein wenig beunruhigt, ob er wirklich kommen würde, und war dann erleichtert, als er den alten Mann hinter einem Kühlhaus auftauchen sah. Er stand auf und ging ihm entgegen.

„Hej, hej", rief Lutz.

„Hallo, Herr Vonholtz", reagierte Peters förmlich, „Ich freue mich sehr, dass Sie Ihr Versprechen von gestern wahr gemacht haben und so schnell ein Treffen vorgeschlagen haben."

„Ja, guten Tag Peters. Also, ich wollte sie einladen, einen kleinen Ausflug zu machen. Drüben ist der Fährhafen, wir könnten nach Asköv übersetzen und dort ein wenig spazierengehen, es ist ein wirklich hübsches kleines Städtchen. Ich will Ihnen dort eine Skulptur zeigen, die ich vor vielen Jahren gemacht habe, sie steht dort immer noch bei einem Bekannten im Vorgarten. Ich hab's selbst lange nicht mehr gesehen, hoffentlich hat Torvald sie gut behandelt. Haben Sie Lust?"

Eineinhalb Stunden später kamen sie an das Grundstück von Torvald Jörnsen. In dem kleinen gepflegten Vorgarten stand eine zwei Meter hohe Figur aus bereits angegrautem, verwittertem Holz.

Es waren noch Farbreste zu sehen, aber die salzhaltige Seeluft hatte dem Anstrich ziemlich zugesetzt.

„Ich habe damals noch nicht darauf geachtet, welche Farben ich bei der salzhaltigen Witterung brauchen würde. Nun ja, ich finde es eigentlich ganz gut, dass die Farbe verschwindet. Es gibt dem Ganzen einen eigenen Reiz." erklärte Lutz. Dann begrüßte er Torvald, der mittlerweile aus dem Haus getreten war, und stellte Martin als einen Bekannten aus Deutschland vor. Torvald gab ihm die Hand und schüttelte sie kräftig und herzlich.

Lutz wies auf die Figur und fragte den Norweger:

„Sag schnell, wie habe ich die Figur damals genannt?"

Torvald lachte. „Du weißt nicht mehr wie Deine eigenen Kinder heißen? Haha, ein Scherz, nicht wahr – du willst mich testen, ja ja. Du hast sie Diotima genannt."

"Wie konnte ich es nur vergessen. Aber weißt du, Torvald, im Grunde habe ich sie einfach nur ‚Die Seherin genannt". An Peters gerichtet: „Diotima, die Seherin. Sie erklärt dem Sokrates das Wesen des Eros, wissen Sie das noch aus der Schule?" Innerlich dachte er aber für sich: Nein, so habe ich sie nicht genannt.

Peters schaute die Figur aufmerksam an. Er sah eine Frauengestalt, mit offenem Mund und lang fallendem Haar. Der Körper war explizit weiblich: große, runde Brüste, eine breite Hüfte, ein prominenter Venushügel. Sie erinnerte ihn an alte Venusdarstellungen vorantiker matriarchaler Kulturen. Der Verlust an Farbe und die Verwitterung machte die Figur nicht unansehnlich,

158

der archaische Reiz des Frauenkörpers blieb. Den Namen Diotima fand er unpassend, die Nachfrage an ihn oberlehrerhaft und ärgerlich, zumal er tatsächlich nicht genau wusste, was es mit ihr auf sich hatte.

„Für mich sieht sie aus wie eine Mischung aus Madonna und der heiligen Walburga ..." reagierte Peters leicht gereizt.

Lutz wiederum hatte von der erotischen Pop-Queen Madonna noch nie gehört. Eins zu eins. „Ach, für uns Männer sind doch alle Frauen Heilige oder Huren, oder? So ist diese hier auch – beides zugleich. Wissen Sie, Diotima wollte den Weg von der Schönheit der Leiber zu der Schönheit als Idee aufzeigen – den Weg des Eros. Antike Vorstellung. Ich bewundere das sehr, deshalb der Name. Aber ich halte sie für falsch, diese einseitige Tendenz zur Vergeistigung. Der Körper bleibt doch immer die erste Adresse leidenschaftlichen Erlebens. Was glauben Sie, Peters, welchen Genuss es mir bereitet hat, diese Brüste und diese Scham hier herauszuarbeiten. Genuss – und Pein, ja. Wer ist Ihre Heilige, Peters?" sprach er weiter, ohne Gelegenheit für eine Nachfrage zu geben. „Haben Sie eine? Ich meine, eine aus Fleisch und Blut? Sie werden wohl nicht mit einer hölzernen Geliebten leben müssen ... "

„Ja. Aber wir haben kein Bedürfnis nach Heiligkeit."

Sie unterhielten sich, bis Torvald zum Tee in sein Häuschen einlud. Lutz war ganz jovialer Stimmung, und so plauderten sie noch eine Weile, mal auf norwegisch, mal auf deutsch oder englisch. Als sie schließlich den Heimweg antraten, war eine lockere Stimmung entstanden. Wieder zu zweit fragte Peters:

„Was war es denn eigentlich, was genau Sie mir an der Figur zeigen wollten? Was sollte ich daran sehen? Die Geschlechtsteile? Die Verwitterung? Warum?"

Lutz schaute ihn an. „Das fragen Sie? Ich kann Ihnen doch nicht jeden Eindruck buchstabieren. Die Frage lautet umgekehrt: Nicht was sollten Sie sehen, sondern was haben Sie gesehen? Haben Sie etwas erkannt? Dann sagen Sie es. Es gibt keine tiefe Wahrheit in diesen Figuren, die von mir käme und die Sie nachlesen könnten. Die Figur stellt für jeden etwas anderes dar, sie ist, wie alles andere im Leben auch, ein Spiegel, und was Sie sehen, sind Sie selbst. Und als Sie die heilige Walburga nannten und daraus einen Scherz machen wollten, haben Sie etwas von sich selbst gesagt. Aber ich bin nicht Ihr Psychoanalytiker. Ich wollte Ihnen die Figur zeigen, damit sie eine Arbeit von mir sehen. Und ein paar Dinge dazu haben sie von mir vorhin gehört."

Warum war Lutz plötzlich so ärgerlich? Dieser Peters hatte ihm nichts getan, gerade noch hatten sie nett beieinander gesessen und mit Torvald über Welthandel geredet. Ich merke, dachte er, dass ich mich nicht so gut verstellen kann wie ich möchte. Ich kann Marianne nicht innen einsperren und diesem Grünschnabel etwas von einer erotischen Seherin erzählen. Denn ich habe ihm natürlich mein Bild von Marianne zeigen wollen, und wollte hören, wie schön er sie findet. Aber er hat nichts gesehen außer Geschlechtsteilen.

160

Es war bereits dämmerig, als die Fähre wieder in Olsvik anlegte.

„Herr Vonholtz! Wann sehe ich Sie wieder?"

„Ich melde mich bei Ihnen im Hotel. Warten Sie ab!"

Lutz drehte sich um und ging weiter. Ihm war ungemütlich zumute. Er wollte in Ruhe nachdenken. Es war erst ein Tag vergangen seit er Peters kennengelernt hatte und sein in über zwanzig Jahren mühsam aufgebautes Schutzschild begann bereits zu schwanken.

Zum Glück lag sein Tagebuch in der Nordsee.

Er stapfte mit kräftigen Schritten vorwärts zu seinem Schuppen, als ob er lästige Gedanken abschütteln wollte. Das Grundstückstor quietschte beim Öffnen in den Angeln. Er wollte, bevor er nach Hause ging, noch einmal in seinem Schuppen sitzen und nachdenken. Es wehte ein schwacher, aber schon recht kühler Wind, sodass ihm fröstelte. Von Ferne konnte er eine Signalpfeife hören, ein Schiff suchte sich im Dunkeln seinen Weg durch das Gewirr von Fjorden zwischen Inseln und Schären hindurch. Lutz lauschte dem Signal nach. So kam er sich auch vor: Wie ein Schiff, das seinen Weg durch unsichtbares, verwirrendes Gewässer suchte. Er hatte zwar Radar und Funk, seine Intuition und seine Aufmerksamkeit, aber er spürte doch die unheimliche Nähe einiger Untiefen und gefährlicher Felsen. Worauf ließ er sich ein? Worauf steuerte er da zu?

Er hob den Kopf. Vielleicht ist es jetzt an der Zeit, die Sache doch noch zu Ende zu bringen, sagte er zu sich. Meine Schuld an Marianne und den Kindern. Aber welches Ende kann das sein?

Er setzte sich auf einen Schemel und sah in seine Werkstatt hinein, das geordnete Durcheinander seiner Arbeit.

Sein Blick fiel auf die Holzreste in den Ständern an der Seitenwand, in der sich auch das einzige Fenster befand. Rechts und links des Fensters hatte er sich im Laufe der Zeit einige Ständer und Regale gebaut, um die Bretter, Planken, Stäbe und Latten aufzubewahren. Auf der einen Seite lagerte er die bereits gesägten und gehobelten Stücke, auf der anderen die naturwüchsigen, die kleinen Stämme, dicken Äste und knorrigen Wurzeln. Er hatte mehr davon gesammelt als er je würde verarbeiten können, es wirkte überladen, das fiel ihm jetzt auf. Was wollte er damit? Er hatte im Laufe der Zeit einen Blick für interessantes Holz entwickelt und vieles davon aufgehoben. Es fiel ihm schwer, Holzreste, an denen er schon einmal einen künstlerischen Gedanken verwendet hatte, wegzuwerfen. Aber es war zuviel geworden, er würde aufräumen müssen, dachte er. Es wird jetzt Zeit, sich auf das Wesentliche zu konzentrieren.

Sein Blick wanderte weiter. Die Werkzeuge an der Wand an ihren Haken und die anderen, im Gebrauch befindlichen auf der großen schweren Tischlerbank aus massivem Fichtenholz. Die Zahl der Werkzeuge war überschaubar, dennoch wunderte er sich in diesem Moment zum ersten Mal darüber, wie viele er inzwischen besaß. Die diversen Hämmer und Stechbeitel, Messer und Eisen, Hobel und Sägen, Feilen und Raspeln neben all dem anderen Kleinwerkzeug.

Er blieb an der schweren Fichtenbank hängen. Er hatte sie vor fünfzehn Jahren von einem Norweger bekommen, der seine ersten Arbeiten mochte und ihm als Tischler diese Bank baute im Gegenzug für eine Skulptur. Der Mann war ein Handwerker alter Schule gewesen, mit einer Liebe für seine Arbeit, wie sie Lutz nie vorher in dieser Tiefe gespürt hatte. Der Mann hatte in der Arbeit von Lutz offenbar etwas gesehen, was mit einer solchen Liebe zu tun hatte. Dem Norweger war keine eigene künstlerische Ausdrucksfähigkeit gegeben gewesen, aber er sah sie in der Figur von Lutz. Und er gab ihm etwas dafür, was seiner eigenen Kunst entsprach: Er baute eine Arbeitsbank mit einer Genauigkeit und Verbundenheit zum Holz und zur Arbeit, die dazu führte, das diese Bank auch jetzt, nach fünfzehn Jahren noch keinen Millimeter verzogen war, exakt stand und spannte, und eine solide Ruhe ausstrahlte als wollte sie auch noch in 100 Jahren Werkstücke von Holzbearbeitern aufnehmen.

Dies ist, dachte Lutz, bei einem so weichen Holz wie der Fichte keine Selbstverständlichkeit. Nur die Skandinavier wissen damit umzugehen, kennen ihr Holz gut genug in jeder seiner Äußerungen, um solche Dinge bauen zu können. Nicht nur Möbelstücke und Werkzeuge, auch Häuser, Ställe und Scheunen haben sie seit Urzeiten aus diesem Holz gebaut. Diese Dinge haben die Lebensläufe der Menschen begleitet und die Widrigkeiten der Zeitläufte überstanden mit einer Mischung aus Anpassungsfähigkeit und Stabilität, wie sie nur die alten Handwerker in die Holzwerkstücke hineinarbeiten können.

Denn Fichtenholz ist verführerisch. Es lässt sich allzu leicht bearbeiten, gibt nach und schmiegt sich an, es ist überhaupt nicht widerspenstig. Aber dann fängt es allzu oft an zu zicken, zieht, spannt, wellt und dreht sich in seinem eingearbeiteten Lagern. Dieses Holz lebte, das hatte Lutz in vielen Jahren so sehr zu schätzen gelernt, auch wenn es ihm anfangs viele Flüche entlockt hatte. Fichtenholz lebt, es will verstanden werden, es braucht Spiel und Bewegung, um sich dem Willen des Tischlers und Holzkünstlers zu fügen, damit das entsteht, was entstehen soll, und nicht ein schnelllebiges Produkt, das nach einem Jahr wackelt und zusammenbricht. Solch eine Tischlerbank hatte der Norweger ihm gebaut. Eine Bank, deren Holz lebte und in der die Erfahrung von Generationen eingearbeitet worden war. Die damit zum zuverlässigen Gesellen desjenigen werden konnte, der an ihr arbeitete.

Die Bank war im Grunde der erste wirklich reelle Gegenstand, den er mit seiner Kunst verdient hatte. Fast zärtlich ging Lutz' Blick über dieses wunderbare Arbeitsgerät. Wie viele Stunden hatte er daran gestanden, Holz gehobelt, gesägt, gefeilt und Schritt für Schritt versucht, Figuren zu schaffen, die seine Vorstellung zum Ausdruck brachten. Diese Bank war die stumme, hilfsbereite und geduldige Zeugin seiner Bemühungen gewesen, nein, mehr als das, sie war seine Gehilfin, seine Gesellin gewesen, manchmal sogar seine stille Meisterin.

Lutz stand von seinem Schemel auf und ging zu der Bank hinüber. Sanft strich er mit der Hand über die Arbeitsfläche. Wie viele Kerben, Schnitte und kleine Einprägungen sie schon hatte. Nicht wie Narben, eher wie Falten im Gesicht eines klugen alten Menschen, dachte er, obwohl er selbst ihr diese Kerben und Schnitte zugefügt hatte. Aber sie waren schön, zeugten von Gebrauch, von leidenschaftlicher Arbeit, von intensivem Bemühen und häufigem Scheitern. Wie oft, dachte er reumütig und schmunzelte dabei zugleich, wie oft hatte er in Wut und Ohmacht ein scharfes Werkzeug gegen die Bank geschleudert oder mit dem Hammer auf sie eingeschlagen. Der Norweger musste derartiges vorhergesehen haben, musste gewusst haben, dass dies geschieht und dazugehört, und hatte seine Bank darauf vorbereitet, sie war nicht gewichen, hatte nicht nachgegeben, sondern ungerührt für weitere Arbeit zur Verfügung gestanden.

Nach einem besonders heftigen Ausbruch hatte Lutz eines Abends innegehalten und die Bank angeschaut. Eine Figur war ihm misslungen, er hatte daran gearbeitet und gearbeitet, bis er schließlich die Fehler nur noch schlimmer gemacht und alles verdorben hatte. Mit einem Aufbäumen von Zerstörungswut hatte er erst die Figur zertrümmert und dann auf die Bank eingeschlagen, als wollte er verhindern überhaupt jemals wieder etwas zu machen. Als er innehielt, mit Tränen der Wut in den Augen, die schon fast Tränen der Angst waren, erkannte er plötzlich diese Arbeitsbank in all ihrer Schwere und Ruhe vor sich. Der Gedanke stieg in ihm auf, die Bank spräche zu ihm, dass sie ihm für seine Arbeit zur Verfügung stände, dass er nun aber auch seine Arbeit zu tun habe, der Norweger habe gewollt, dass er an ihr gut zu schaffen lerne, also müsse er aus seinen Fehlern lernen und sich weiter bemühen, statt sich so kindisch aufzuführen.

Lutz musste schmunzeln als ihm dies wieder einfiel. Fast fünfzehn Jahre war das her, dieser Moment war ein Wendepunkt in seinem norwegischen Dasein gewesen. Damals hatte er sich entschieden, seine Arbeit als Holzbildhauer ernst zu nehmen und sie nicht mehr allein als Betäubungsmittel für die Schmerzen der Vergangenheit zu missbrauchen. Gleichzeitig hatte er auch das Trinken aufgegeben, in das er sich in den ersten Jahren geflüchtet hatte. Seitdem hatte diese Bank ihm für viele gute Arbeiten gedient und sie waren so etwas wie eine verschworene Arbeitsgemeinschaft geworden.

Er nahm ein Brett aus dem Regal, spannte es ein und setzte den Hobel an. Hobelte einfach nur die Kanten glatt, ganz langsam, er hatte keinerlei konkrete Idee, er wollte nur ein paar Züge an der Bank arbeiten. Er sog den Geruch des frischen Holzes tief ein. Wie hatte er das schätzen gelernt in all diesen Jahren! Ein tiefes Wohlbehagen breitete sich in Lutz Vonholtz aus. So viele Momente zutiefst befriedigender Arbeit: langen Ringens, vorsichtigen Tastens und Suchens, leidenschaftlichen Werkens und kraftvollen Vollendens – dies kam in ihm hoch wie ein Rausch wunderbarer Erinnerung, der den ganzen Körper durchströmte und fast ein Glück war, wenn nicht das Glück selbst, verbunden mit genau diesen Bewegungen der Hände und des Oberkörpers am Hobel und an der Bank, mit diesen Geräuschen und diesem Geruch von frisch offen gelegtem Holz. Es war keine Werkschau vor seinem Auge, es tauchten nicht all die vollendeten Figuren auf, weder die bescheidenen, die in privaten Zimmern oder Gärten ihren Platz gefunden hatten, noch die großen und bekannten, die es bis in öffentliche Räume geschafft hatten. Nein, all diese Figuren, so sehr er sie geliebt hatte und noch liebte, so sehr er an ihnen gelitten und seine Freude gehabt hatte, waren ihm doch mit der Zeit fremd geworden. Auch die in der anderen Ecke stehenden, an denen er gerade arbeitete, waren ihm bereits fremd, auch wenn er sie vorhin noch mit Freude über ihre anmutige Lebendigkeit angesehen hatte. Aber die Augenblicke der hingebungsvollen Arbeit an ihnen, an dieser Bank, mit diesen Händen und Werkzeugen, das waren die in ihm aufsteigenden Engel des Glücks, die ihn jetzt besuchten und zu segnen schienen.

Lutz hatte den Hobel hingelegt und stand schon seit einigen Momenten versonnen an der Bank. Er trat an das Fenster und schaute auf den Fjord hinaus, der nur vom fernen Mondlicht angeleuchtet wurde. Er atmete tief durch. Etwas würde geschehen, das war unzweifelhaft, er spürte es genau. Nun, er würde sich einlassen. Nicht nur das, er würde es herausfordern. Es war etwas zu Ende zu bringen.

Am nächsten Tag war er früh bei der Arbeit an seiner Figur. Es ging ihm erstaunlich flüssig von der Hand. Auf eine eigenartige Art und Weise hatte sich in ihm ein Knoten gelöst, auf einmal wussten seine Hände, wie sie arbeiten wollten. Er genoss es und arbeitete stetig. Der Faltenwurf nahm Formen an, in sehr kleinen Schritten, es war eine mühselige Kleinarbeit, aber er bekam tatsächlich etwas von der Leichtigkeit, die er im Sinn hatte. Er wusste nicht wie, hätte es niemandem erklären können, nachdem er so lange vorher darüber gegrübelt hatte, aber jetzt ging es.

Lutz arbeitete einige Stunden, nur unterbrochen von kurzen Pausen, in denen er sich Tee eingoss. Das Wetter war bedeckt, aber trocken und warm, genau das Richtige für seine Arbeit. Es war schon später Vormittag, Lutz spürte einen Anflug von Erschöpfung, konnte sich aber nicht lösen, wollte diese produktive innere Quelle weiterfließen lassen. Er hatte nicht gehört, wie das Auto unten vorfuhr und anhielt, wie die Tür schlug und Peters langsam zum Schuppen geschritten kam. Erst als er an die Tür klopfte und laut „Hallo!" rief, schaute Lutz auf.

„Kann ich hereinkommen?"

„Wenn es sein muss", antwortete Lutz ungehalten.

„Ach, Sie arbeiten an Ihrer Figur..."

„Ja. Wenn Sie nichts dagegen haben."

„Natürlich nicht, wie sollte ich. Ich... darf ich Ihnen zusehen und Ihnen ein paar Fragen dabei stellen?"

Eigentlich war es ihm lästig, dass Peters jetzt gerade hereinkam. Er spürte, wie die Quelle seiner Inspiration nachließ. Ärger und Sorge darüber tauchten in ihm auf, diese Momente waren selten

168

genug, er wollte sie nicht gehen lassen. Aber er wusste auch aus schmerzlicher Erfahrung, dass er sie nur unter großer Mühe für eine Weile verlängern konnte, meistens kamen und gingen sie nach Gesetzen, die er nicht durchschaute. Jetzt sollte also dieser Quellfluss wieder versiegen, weil dieser Mensch in seine Welt eingedrungen war und ihn störte.

„Ja, kommen Sie herein," sagte er etwas verbindlicher. „Sie müssen entschuldigen. Wir Künstler haben keine Sprechzeiten und sind wie Einsiedlerkrebse, die ungern gestört werden. Nehmen Sie Platz, hier, der Stuhl geht vielleicht. Tee?"

Lutz lächelte ihn an, gezwungen zwar, wie Peters bemerkte, aber immerhin bemühte er sich um Freundlichkeit.

Lutz wandte sich seiner Figur zu. Er versuchte sich zu konzentrieren. Womit war er gerade beschäftigt gewesen? Er schaute sich die Figur an. Die Frau schien tatsächlich in einem Zwischenzustand zwischen Schweben und Stehen zu sein, ein flüchtiger Eindruck, wie ein Kippbild: Schweben – Stehen – Schweben – Stehen... So war es eigentlich ganz gut. Nun musste er noch an dem Ausdruck von vorne arbeiten, der Sehnsucht, die mit dem Schweben korrespondieren sollte. Ob er den Deutschen wohl fragen konnte, wie er die Figur fand, nach der Erfahrung von gestern? Er nahm etwas Sandpapier und schliff an einer Stelle, schaute wieder hin, trat einen Schritt zurück, hielt inne, trat vor und schliff weiter.

Peters blieb derweil still sitzen, nahm einen Schluck von dem Tee und beobachtete den Mann vor sich. Er sah gut aus, kräftig und braun gebrannt, zäh und aufrecht in der Statur, die fast siebzig Jahre sah man ihm nicht unbedingt an. Er war grob und einfach gekleidet, der Strickpullover an einigen Stellen fleckig und ausgefranst, eine weite Hose aus schwerem Stoff. Die Kleidung als sinnvolles, praktisches Werkzeug. Seine spärlichen Haare lagen ungeordnet auf dem Kopf.

Es vergingen etwa fünfzehn Minuten, dann wandte sich Lutz um und sah ihn an.

„Sagen Sie mir, was Sie davon halten."

„Wovon?"

„Na, was Sie hier sehen. Von der Figur."

„Sie gefällt mir. Ehrlich gesagt, die ganze Atmosphäre hier gefällt mir. Ich habe Ihre Figur noch nicht so genau betrachtet. Aber es gefällt mir, Ihnen bei der Arbeit zuzusehen. Sie strahlen etwas aus..."

„Ach? Ich – etwas ausstrahlen? Nun ja, wenn Sie meinen. Mich würde mehr interessieren, was Sie hiervon halten. Schauen Sie mal her: Ich habe ein Problem mit dem Ausdruck dieser Figur. Was sie darstellt, ist klar, eine gehende Frau. Aber was drückt sie aus? Was sehen Sie? Können Sie das sagen?"

„Hmm. Diese Frau sieht irgendwie aus, als ob sie ein Problem hätte. Oder besser: Als ob sie unklar ist, eine Frage mit sich herum trage."

„Interessant. Das sehen Sie?"

170

„Na ja, ich sehe es ja nicht wirklich – woran soll man das sehen? Es wirkt eben so auf mich. Sie macht einen traurigen Eindruck. Soll sie traurig sein? Haben sie sie traurig machen wollen?"

„Nein, eigentlich nicht. Aber vielleicht..."

Später waren die beiden Männer am Wasser unterwegs. Sie gingen zügig. Sie waren auf dem Weg zu einem Platz, den Lutz Peters zeigen wollte.

Sie waren stetig vorangeschritten und kamen nach einer knappen halben Stunde hinter einem letzten Schuppen an eine von Birken umsäumte kleine Freifläche, die sich am Ende einer kleinen Bucht zum Fjord hin offen zeigte. An beiden Seiten zogen sich Felsbacken hinaus ins Wasser, etwa zehn Meter, verbunden durch einen kleinen Kiesstrand. Diese kleine Bucht erschien auffallend gleichmäßig, fast symmetrisch. Sie wirkte, wenn man von oben aus der Luft darauf hätte schauen können, wie eine Art Krebs, rechts und links die Scheren und in der Mitte der Korpus. Und genau in der Mitte des kleinen Kiesstrandes erhob sich ein Felsen, fast wie ein Tisch oder ein Sockel geformt, von vielleicht 70 – 80 cm Höhe, ein unregelmäßiges Oval mit einer nahezu flachen Oberfläche. Peters war angerührt von dieser fast archetypisch wirkenden Szenerie. Ein paar Möwen flogen herum und schrieen, der Wind strich leicht durch die Birken und ließ sie leise rauschen, und das Wasser plätscherte sanft gegen die Kieselsteine.

„Was für ein schöner Platz! Kommen Sie häufiger her?"

„Gelegentlich. Wenn ich etwas Abstand und Ruhe brauche."

Lutz sah zu Peters herüber. „Kommen Sie her. Hier, setzen Sie sich neben diesen Felsen. Ich nenne ihn den Tisch. Die Symmetrie führt den Blick nach draußen auf den Fjord, das schafft innere Ordnung. Also nehmen Sie sich einen Moment Zeit und schauen Sie einfach hinaus."

Sie verharrten einige Momente, dann fing Lutz wieder an zu sprechen: „Ich will Ihnen etwas sagen. Vorhin, als Sie über die Traurigkeit der Figur gesprochen haben, habe ich gemerkt, dass Sie ein Auge dafür haben. Es stimmt, ich habe sie traurig machen wollen. Die Figur trägt auch die Züge von jemandem aus meinem Leben, der mir einmal sehr wichtig war und den ich enttäuscht habe. Ich will nicht darüber weiter sprechen, aber Sie haben Recht mit ihrer Wahrnehmung, das gefällt mir. Ich bin bereit für Ihre Story. Vielleicht verstehen Sie mehr davon als ich zuerst dachte, und ich lerne etwas von Ihnen, wenn sie mir zuhören und dann Ihre Worte benutzen, um meine Arbeit zu beschreiben."

Peters war freudig überrascht. Innerlich ballte er die Faust zu einer Triumphgeste.

Sie saßen eine Zeitlang schweigend und schauten über den Fjord. Dann stand Peters auf, einer Eingebung folgend, und hob ein paar flache Kieselsteine auf, um sie über das Wasser springen zu lassen. Am Anfang war er etwas ungeschickt und versenkte einige schöne, flache Steine nach zwei und drei Sprüngen. Aber er verbesserte sich schnell und kam schließlich auf knapp acht Sprünge, als Lutz sich neben ihn stellte und lächelte. Dann nahm er auch einige Kiesel in die Hand, bekam aber die schnelle Schleuderbewegung aus dem Handgelenk nicht hin, sodass er lachend aufgab und sich wieder neben den Felstisch auf den Boden setzte.

„Sie sehen, ich bin ein alter Mann. Ich muss die Dinge zu Ende bringen, bevor die Zeit mich zu Ende bringt. Also: Was wollen sie wissen? Fragen Sie mich. Wir haben genug Zeit, oder?"

Ein paar Tage später saßen die beiden Männer in einer der Studentenkneipen in der Altstadt von Bergen. Martin Peters wollte dorthin, und obwohl Lutz sich eigentlich zu alt dafür fühlte und sich nicht mehr daran erinnern konnte, wann er eigentlich das letzte Mal in dem Studentenviertel gewesen war, ging er darauf ein. Sie schlenderten durch die alten Gassen mit den schönen Holzhäusern und kehrten in einem Lokal ein. Der Ton zwischen den beiden war freundschaftlicher geworden, sie hatten sich das ‚Du' angeboten.

Martin allerdings trieb eine gewisse innere Unruhe, weil er immer noch nicht auf die zentralen Ereignisse der Geschichte und das Tagebuch zu sprechen gekommen war. Lutz hatte das Gespräch immer wieder auf die Kunst gelenkt, manchmal auch auf die Politik und die Medien oder das Leben im Allgemeinen. Lutz' Plan hatte in ihm Klarheit gewonnen, aber er brauchte noch Zeit. Er wollte Martin hinhalten. Gleichzeitig tat es ihm gut, nach all den Jahren mit jemandem in seiner Muttersprache über Themen zu sprechen, die ihn interessierten.

Sie saßen in einer ruhigeren Ecke, um sie herum das Treiben der jungen Leute, die jetzt zum Semesterbeginn wieder die kleine, lebendige Universitätsstadt bevölkerten. Bevor Martin auf sein Thema zusteuern konnte, war Lutz ihm schon zuvorgekommen.

„Erzähl mir von deiner Frau" sagte er.

„Meiner Frau? Warum? Was willst du wissen?"

„Frauen sind unser Schicksal, oder? Ich interessiere mich eben für sie. Oder besser, ich interessiere mich dafür, was für ein Mann du bist."

„Nun ja, eigentlich ist sie nicht meine Frau. Wir leben zusammen und wir lieben uns auch, aber wir sind nicht verheiratet, weil wir uns, beziehungsweise ich mir, noch nicht sicher bin, ob es wirklich richtig ist." Martin kam sich selber blöd vor bei diesem Satz. Auf einmal spürte er, wie unreif er sich Waltraut gegenüber immer verhalten hatte.

„Ach du lieber Gott, was ist denn das für ein Schmarren", lachte Lutz, „weil du dir noch nicht so sicher bist? Na ja, ich will nichts Schlechtes sagen. Meine Frau und ich waren auch nicht verheiratet. Erzähl was von ihr. Lass uns heute Abend über Frauen reden, okay? Ich möchte wissen, wie du über sie denkst."

Martin schluckte.

„Na gut. Sie heißt Waltraut. Sie ist groß, schlank, brünett, hat einen spitzen Humor, ist intelligent und liebenswürdig, und sie kann fantastisch italienisch kochen. Genügt dir das?"

174

„Nein, natürlich nicht. Ich will nicht den Text einer drittklassigen Heiratsannonce aufgesagt bekommen, sondern wissen, wie du mit ihr lebst."

„Na ja, ich weiß nicht, eigentlich..." Martin wurde es ungemütlich zumute. „Wie soll ich schon mit ihr leben. Wir mögen uns, wir streiten uns, wir schlafen miteinander, wir denken aneinander, wir fehlen einander und wir gehen einander auf die Nerven. Sie ist weiblich, davon verstehe ich ungefähr zehn Prozent, und ich bin männlich, davon versteht sie vielleicht zwei Prozent, hält es aber für zwanzig."

Lutz lachte laut auf. „Das ist gut gesagt. Aber du unterschätzt die tiefe Macht, die das Weibliche und das Männliche aufeinander ausüben."

„Wie ist das denn bei Dir gewesen? Jetzt bist du dran zu erzählen!"

Lutz hielt inne. Er spürte eine leichte Wut auf „die Frauen". Warum? Eigentlich hatte er in all den Jahren viel Kraft darauf verwendet, den Verzicht auf sie zu kompensieren. Wie oft war ihm vor seinem Auge ein schöner Frauenkörper erschienen und hatte ihm lustvoll und verführerisch zugelächelt. Wie oft hatte er sich in Fantasien gestürzt und dabei seinem eigenen Körper nur das Drängendste ermöglichen können, immer mit dem traurigen Gefühl der Einsamkeit. Und es war ja nicht die Schuld der Frauen, dass er jetzt so lebte. Er hatte gewählt. Na ja, er hatte nicht gewählt, das Schicksal hatte ihn hier in dieses Land gespült wie den Odysseus an die Gestade der Phäaken, aber dann hatte er doch sein Schicksal in die Hand genommen. Warum war er wütend? Lieber wütend als einsam und traurig? Er wusste es nicht.

„Bei mir? Nun ja. Weiß nicht. Also, meine Frau – ja, ich hatte eine Frau..." Lutz schüttelte den Kopf. Ach, hör doch auf, dachte er unwillig über sich selbst. Sag etwas über Marianne, los. Du hast damit angefangen, weil es dich danach drängt. Er schluckte kurz, während er bemerkte, dass Martin ihn bereits irritiert anschaute, und holte Luft.

„Okay. Wir sollten sowieso irgendwann darüber sprechen, es gehört zur Geschichte dazu. Meine Frau war Französin, wir lebten in der Normandie, am Meer. Wir sind an unserer nie erklärten Ehe gescheitert. Sie starb vor zwanzig Jahren, es war schrecklich, aber es ist ja auch schon sehr lange her. Ich glaube, sie ahnte nichts von der Macht, die sie über mich besaß durch ihre Weiblichkeit. Wenn du mich fragst: sie war die Königin und fühlte sich als Sklavin, und dagegen revoltierte sie, ununterbrochen und verbrauchte dadurch ihren ganzen Reichtum."

„Und du? Was warst du?"

Lutz lächelte unschlüssig. „Gute Frage. Wahrscheinlich war ich in einem ebensolchen Irrtum verfangen. Jedenfalls war ich unfrei, immer, von Anfang an, aber ich ahnte, dass ich die Unfreiheit selbst herstellte. Bis der Tod meiner Frau mich aus dieser Unfreiheit, in der ich mich eingerichtet hatte, herausstiess. So war es. Knapp gesagt. Und nun Schluss. Kein Wort mehr, entschuldige bitte, vielleicht später, es geht nicht so einfach." Und nach einer kurzen Pause: „Schau lieber dort drüben, die jungen Frauen mit ihren kurzen Röcken und den schönen Beinen. Eine Freude für die Augen, oder?"

Martin schwieg. Er war beschäftigt mit dem eben Gehörten. Auf einmal war das Thema auf dem Tisch. Ganz einfach. In wenigen Sätzen hatte der alte Bildhauer die Geschichte umrissen, wegen der er hier war. Nur ausgeleuchtet, erhellt war sie noch nicht. Es war die grobe erste Skizze des tragischen Missverständnisses zwischen Mann und Frau. Martin atmete tief, er wusste nicht genau, ob er genervt war von der Melodramatik oder persönlich berührt.

„Vielen Dank. Du hast mir eben viel erzählt. Es klingt schwer."

Lutz schwieg.

Zwei Tage lang sahen sie sich nicht. Lutz hatte nicht angerufen und Martin sich nicht auf den Weg gemacht. Stattdessen war Martin ein wenig in der Stadt herumgelaufen, war mit der Seilbahn auf den Ulriken, den Hausberg der Bergener, gefahren und hatte von dort die großartige Aussicht auf die Fjordlandschaft genossen. Ein Gefühl großer Leichtigkeit hatte ihn angeflogen, fast als ob er selbst davonsegeln und all den komplizierten Fragen und Geschichten entfliehen konnte angesichts dieser wunderbaren, ewig scheinenden Landschaft.

Er beobachtete ein junges Liebespaar, dass eng aneinandergeklammert den Weg von der Seilbahnstation ins Fjell hinaus nahm, um einen der längeren Spaziergänge zu unternehmen,

177

die hier oben möglich waren. Das Bild der beiden war schön und rührte Martin an. Er hätte tauschen mögen. Die üblichen Klischees von Jugend und Verliebtheit, Zukunft und Optimismus drangen ihm in den Kopf. Vor allem nach dem Verliebtsein sehnte er sich. Diese tiefe, durch keinerlei nüchterne Überlegung irritierte Überzeugung, dass nur und genau im Kontakt mit diesem anderen Menschen und der erotischen Schwingung zwischen ihnen, dem Kribbeln, der Lust und dem Aufgehobensein, der unvertraut-vertrauten Nähe und dem zarten Verschmelzen der Grenzen die ganze Welt aufgehoben sei und das ganze Leben in einer Schale des Glücks läge. Und nur langweilige und boshaft-neidische Geister mochten das Trügerische daran aussprechen, freundlich oder zynisch, je nach dem Maß der eigenen Enttäuschungserfahrung. Martin Peters atmete tief ein, zog dabei kalte Bergluft in seine Lungen und spürte die Sonnenwärme in seinem Gesicht. Das Paar war inzwischen langsam aus seinem Gesichtskreis herausgewandert und er war allein zurückgeblieben. Eine leise Wehmut kroch in ihm hoch. Die Wirtstochter Julia tauchte kurz vor seinem Auge auf mit ihrem freundlich-fürsorglichen Blick.

Der Empfindung innerer Leere war Martin bisher in seinem Leben immer durch aktive Eroberung von Frauen aus dem Wege gegangen, und diese Neigung wollte sich jetzt auch aufdrängen. Es war nämlich so, dass er sich in einem inneren Zwiespalt befand in Bezug auf Lutz Vonholtz. Die Begegnung fing an, persönlich zu werden. Er wusste auf einmal nicht mehr, wie weit er sich darauf einlassen wollte. Hier in Norwegen war das anders als in Deutschland. Wenn er dort eine

178

Recherche machte, führte er seine Interviews mit einer gewissen Rücksichtslosigkeit. Nie hatte er sich wirklich Gedanken um die Leute gemacht. Zwar hatte er das immer behauptet und auch die entsprechenden Floskeln benutzt („Wir Journalisten tragen eine besondere Verantwortung für die Geschichten, die wir schreiben. Die Leute vertrauen sich uns an, wir müssen dieses Vertrauen achten!"), aber er hatte nie ein wirkliches Interesse an „den Leuten" gehabt. Und vor allem hatte er sich nie weitergehende Gedanken über die Folgen seiner Interviews gemacht, die über ein berufliches Interesse daran „wie die Geschichte weitergeht", hinausgegangen wäre. Wie auch? Er wollte die Leute nicht therapieren oder versorgen, sagte er immer zu sich, sondern eine gute Geschichte herausbringen, die Leser faszinieren, mit seinem eigenen Namen Begeisterung auslösen.

Aber hier, mit Lutz Vonholtz, begann es anders zu werden. Er spürte die Lebensdramatik in diesem Mann. Und diese kam auf ihn zu wie eine Welle und ließ etwas ins Wanken geraten. Martin schaute immer noch in die Ferne hinaus über die Stadt und die Fjorde hinweg, es war warm und frisch, die Sonne stand schon im Nachmittag. Wie würde diese Geschichte weitergehen, was würde sie mit ihm machen?

Martin löste sich von diesem Gedanken und dachte an das Tagebuch. Wie sollte er das lösen? Wie sollte er Lutz davon erzählen, dass er es nicht nur kannte, sondern sogar dabei hatte? Was würde es für diesen Mann, der es vor zwanzig Jahren geschrieben hatte, bedeuten? Lutz konnte nicht mehr zurück. Die Geschichte trieb ihn vor sich her, er konnte ihr nicht mehr entkommen, und das war es auch, was ihn, Martin, ängstigte. Er selbst schien inzwischen ebenfalls von der Geschichte getrieben. Er konnte nur versuchen, rechtzeitig auszusteigen und abzuspringen, wenn er genug Material hatte. Und dann? Was würde die Geschichte mit Lutz machen, erst einmal in Fahrt nach zwanzig Jahren Scheinruhe? Martin schüttelte heftig den Kopf.

Er entschied sich, nicht mit der Seilbahn zurück in die Stadt zu fahren, sondern den langen Fußweg zu nehmen.

Am nächsten Tag tauchte Lutz im Hotel auf. Martin saß noch beim Frühstück und hatte gerade mit Julia zu flirten versucht. Attraktive Frauen lösten ihn ihm automatisch den Eroberungsimpuls aus, dem er in der Regel auch gerne nachgab, wenn er sich ein paar bewundernde Blicke und vielleicht ein sexuelles Abenteuer dafür einhandeln konnte. Julia war vielleicht Mitte Zwanzig und strahlte auf eine wunderbar natürliche Weise Weiblichkeit aus. Eigentlich nicht unbedingt der übliche Frauentyp für Martin Peters, dem mehr die anlehnungsbedürftigen Frauen lagen, denen er vorübergehend seine starke Schulter anbot. Julia wirkte überhaupt nicht anlehnungsbedürftig, im Gegenteil. Fast war es, als ob Martin bei sich selbst so etwas wie Anlehnungssehnsucht fühlte, was er aber schnell wieder abschüttelte. Sie war gerade mit einer kecken Kopfdrehung aus dem Zimmer gegangen, nachdem sie ihm den

180

Kaffee gebracht und er ihr beim Eingießen wie zufällig den Arm gestreift und dabei gespielt unschuldig gelächelt hatte.

Die Tür draußen klappte und wenige Augenblicke später stand Lutz im Frühstücksraum. Martin fuhr kurz zusammen, er hatte nicht mit ihm gerechnet.

„Guten Morgen", brummte Lutz.

„Ja – guten Morgen. Hej, hej! Das ist aber 'ne Überraschung!"

„Nun ja. Darf ich...?", fragte Lutz und zog ohne eine Antwort abzuwarten einen Stuhl an den Tisch. „Ich wollte dich abholen. Du hast dich nicht gemeldet. Was war los?"

„Ja, also... Na, zuerst mal: Willst du einen Kaffee?"

Er bestellte ein zweites Gedeck und sagte nach einem schweigsamen Moment zu Lutz: „Ich war gestern oben auf dem Ulriken. Ein schöner Ort. Ein toller Blick."

Lutz blickte ihn mit einer Mischung aus Anerkennung und Neugier an. „Wieso hast du nichts gesagt? Ich hätte dich begleitet, dir gezeigt, wo man gehen kann."

„Ehrlich gesagt, ich wollte nachdenken."

„Und was hat Dein Nachdenken gebracht?"

In diesem Moment kam Julia herein, brachte ein zweites Kaffeegedeck und schenkte Lutz ein. Dabei sah sie ihm aufmerksam ins Gesicht.

„Kenne ich Sie nicht? Sie sehen nicht wie ein Norweger aus, haben auch einen deutschen Akzent wie er," wobei sie fast vertraulich auf Martin zeigte, ohne ihn dabei anzusehen, „aber irgendwie sind Sie mir bekannt. Wo kommen Sie her?"

Lutz war, im Gegensatz zu Martin, von dieser sehr direkten Frage nicht überrascht und antwortete lächelnd auf norwegisch: „Ich wohne draußen in Godvik, junge Frau. Ich lebe schon zwanzig Jahre in Norwegen. Aber sie haben Recht, ich bin in Deutschland geboren. Es freut mich übrigens, wenn sie mich schon einmal gesehen zu haben glauben. Es ist immer angenehm, von einer schönen Frau gesehen zu werden!"

Lutz war sich der Plumpheit seiner Bemerkung bewusst, aber Julia lachte unbefangen. „Na, Sie gefallen mir ja! Immer ran, was? Aber für mich sind Sie zu alt. Nun trinkt mal euren Kaffee, ihr beide, ich bin noch einen Weile da und habe in der Küche zu tun, wenn ihr was braucht."

Lutz lächelte, wurde dann aber ernst und wandte sich an Martin. „Hör mal, ich will weiterreden. Ich will mit der Geschichte durchkommen, und du bist derjenige, der sie anhören muss, deshalb hat das Schicksal dich offenbar hierhergeschickt. Wir haben einen Vertrag. Ich möchte es hinter mich bringen, auch wenn es mir verdammt schwer fällt."

„Was meinst Du?"

„Die Geschichte, die mich hierher gebracht hat. Die hinter der Kunst, hinter den Figuren steht. Stell dich nicht blöder an als du bist. Du bist doch deshalb hier, um sie zu recherchieren. Also lass uns nicht mehr um den heißen Brei herumreden, dazu ist das Leben zu kurz und zu wertvoll!"

Martin war erstaunt über die Entschiedenheit in Lutz' Stimme. Was war in ihm vorgegangen in den vergangenen zwei Tagen? Worüber hatte er nachgedacht?

„Jetzt sofort?"

„Weißt du, Martin, es ist ganz einfach so, dass ich mit dieser Sache abschließen möchte. Ich halte es nicht mehr aus, ganz einfach. Zwanzig Jahre habe ich alles unter der Decke gehalten, und kaum kommt ein Deutscher hier an und ich höre nur die Stimme, schon rumort und pocht es in meinem Hirn. Ich sage dir die Regeln. Ich werde erzählen, und du hörst zu. Keine Fragen. Du machst dir Notizen, dann nimmst du dein Zeug und fährst fort und schreibst deinen neunmalklugen Artikel."

Martins Gehirn arbeitet heftig, er mahlte mit den Kiefern, sagte aber kein Wort.

„Ich bin kein Pastor, ich kann keine Beichte abnehmen. Und ein Therapeut bin ich auch nicht. Ich bin Journalist und will die Story."

„Genau deshalb bist du der Richtige. Diese ganzen Seelenschwätzer kann ich nicht leiden. Ich will kein säuseliges Verständnis, ich will meine verdrängten Gefühle nicht kennen lernen (Na? Wirklich nicht? Trauer und Sehnsucht und Schuld, dachte er gleichzeitig), und ich will auch nichts lernen. Es ist wie es ist, fertig. Ich will nur erzählen. Verstehst du, es geht doch letztlich nur darum, es zu erzählen. Nichts, was man erlebt und erlitten hat, gilt, wenn man es nicht erzählt, wenn es niemand mitbekommt. Eine Geschichte, die niemand kennt, ist auch nicht passiert, oder?"

Lutz wusste, dass das am Kern vorbeiging. Natürlich war seine Geschichte geschehen und brannte in ihm. Aber das reichte nicht. Er wollte Martin an seiner Journalistengier packen und ihn in Fahrt bringen. „Das Tagebuch-Schreiben hat nicht ausgereicht. Es muss jemand zuhören und urteilen. Deshalb werde ich sie dir erzählen, und du wirst sie heraus bringen. Das ist meine Beichte: die Welt, und wenn es nur du und ein winziger Bruchteil deiner Provinzleser sind, soll diese Geschichte kennen und sich ein Urteil bilden. Hast du das verstanden?" Lutz schwieg und schaute Martin gerade in die Augen. Dieser hatte mit interessierten Augen zugehört.

„Hmm. Als Journalist habe ich die Leidenschaft, von der du sprichst. Geschichten müssen in die Welt, ja. Aber das mit dem Urteil ist eine andere Sache. Eine Zeitung ist kein Beichtstuhl und der Leser kein Seelsorger und Beichtvater."

„Doch. Genau das sind sie heutzutage geworden. Also: fangen wir an?"

„Wie du meinst", gab Martin nach. „Jetzt, hier?"

„Nein. Wir fahren zu mir, ich koche uns Tee und dann setzen wir uns an den Küchentisch. Hast du was zu schreiben oder dein obligatorisches Tonband?"

Martin zuckte leicht zusammen. Er hat sein Tonband nicht mitgenommen.

„Nein, ich mache nur Notizen. Du musst langsam sprechen und mir Zwischenfragen erlauben, ich stenografiere mit."

„Dann los. Jetzt gleich."

Beim Hinausgehen stand Julia hinter dem kleinen Empfangstresen und schaute den beiden Männern nachdenklich hinterher.

Sie fuhren ein Stück mit dem Wagen durch Skalevik und Olsvik nach Godvik. Nach einer Weile hielten sie vor dem kleinen Häuschen. Es war in dem typischen Norweger-Rot gestrichen, mit weißen Fensterrahmen und einer kleinen weißen Veranda inmitten eines verwilderten Gartengrundstückes, das deutliche Spuren gelegentlicher und vergeblicher Kultivierungsversuche aufwies, die ihm einen sympathischen Ausdruck von begrenzter Unvollkommenheit gab.

„Hier lebst du?"

„Tja."

„Na, es ist doch traumhaft. Idyllisch."

„Das Dach ist undicht, an zwei Stellen inzwischen. Außerdem hat es keinen Keller, und unter den Bodendielen ist es feucht. Aber es geht, es gibt genug Holz zum Heizen hier. Nur wenn ich eine Weile weg bin, riecht es klamm und etwas schimmelig. Ich brauche dann drei Tage, um es wieder erträglich zu haben. Ein Steinhaus oder ein modernes Holzhaus mit Zentralheizung ist da schon netter. Aber du hast recht, mir gefällt's", grinste er. „Es ist schon ganz gemütlich. Im Sommer."

Sie gingen über die kleine, knarrende Veranda hinein. Lutz hatte Recht, es roch ein wenig klamm. Die Tür führte direkt in einen kleinen Wohnraum, an den sich eine Küchenecke anschloss. Neben der Tür waren Haken und ein kleines Regal für die Schuhe, sie legten ihre Mäntel ab und gingen auf einen ausgezogenen Küchentisch zu, der mitten im Raum stand. Martin schaute sich um, es gab kein Sofa oder etwas ähnliches, was für eine wohnzimmerartige Gemütlichkeit hätte herhalten können. Lediglich den Tisch mit drei Stühlen, an den Wänden einige Schränke und zwei Bücherregale sowie in einer Ecke zwei übereinander stehende Seemannskisten aus Holz. Drei Fenster sorgten für ein behagliches Licht, die Vorhänge davor wirkten zwar verstaubt, aber ordentlich. Wie überhaupt der ganze Raum eine beständige, nicht übertriebene Aufmerksamkeit für eine leidliche Grundordnung verriet, die überall aus den Fugen zu geraten drohte, aber eben nicht tatsächlich aus den Fugen war.

In einem Winkel lag ein Stapel Zeitungen übereinander, sicherlich dreißig oder vierzig Blätter. Lutz bemerkte Martins Blick. „Ich muss sie eine Weile sammeln. Ich lese gelegentlich mit großem Vergnügen die Zeitungen von der vergangenen Woche oder des letzten Monats. Ich merke dann genau, welche Nachricht immer noch interessant ist, und welche völlig bedeutungslos geworden ist. Dort" – er zeigte auf die Kisten – „sammele ich Artikel, die mich interessieren. Es ist wie ein persönliches Archiv. Ich will immer mal

186

etwas daraus machen, eine Erzählung oder so etwas, aber vermutlich wird nichts daraus. Dennoch sammele ich sie. Ich habe das schon immer gemacht. Marianne hat es erst gehasst, weil es so unordentlich sei, später hat sie es milde belächelt. Vermutlich hatte sie Recht. Es ist eine völlig sinnlose Sammlung von Altpapier, die irgendwann in diesem Ofen landen wird. Aber jetzt ist es noch zu früh dafür. Jetzt gibt der Stapel mir noch das Gefühl, das ich irgendwie an der Welt beteiligt bin, und sie an mir."

Martin lächelte. Er musste an seinen Vater denken, der auch so einen Sammeltrieb von Zeitungsartikeln hatte. Er wollte gerade auf den Stapel zugehen und sich die oberste Seite ansehen, da rief Lutz ihn zurück.

„Nein, jetzt nicht. Wir haben anderes zu tun. Das ist nur Zeitvertreib. Die wirkliche Geschichte ist woanders." Er zeigte mit seinem Finger auf seinen Kopf und sein Herz.

Der Tee war gekocht und der Ofen angezündet, langsam wurde es warm in der Stube. Draußen war es Mittag geworden, hier drinnen wirkte es dennoch wie später Nachmittag, trotz der Fenster bleib es ein wenig dämmerig. Sie saßen am Tisch und Lutz hatte begonnen zu reden. Er sprach von Weimar, vom Krieg, von den Bomben und Bränden. Dann von den Amerikanern und der wilden, abenteuerlichen Zeit, vom Schwarzmarkt, von ersten Zigaretten. Von Buchenwald erzählte er nicht, auch nicht von seiner Mutter. Martin fragte nicht nach. Schließlich kam er auf den Vater zu sprechen.

„Er war ein Wrack, als er zurück kam aus dem Krieg. Der Krieg hat ihm alles genommen, was er hatte, vor allem seine Würde. Er war eine Panzerhülle ohne Inhalt, ausgebrannt, nur noch Lebensverachtung und Hass. Später kam er dann in den Knast, weil er durchgedreht war und einen russischen Offizier beleidigt hat. Sie müssen ihn fürchterlich gedemütigt haben, die Russen, aus Rache oder aus fanatischem Umerziehungswahn, keine Ahnung. Mein Vater hat es aber gewusst. Er hat sich ihnen ausgeliefert. Es war eine Art Selbstmord, nur durch andere vollzogen. Ich habe ihn nie wiedergesehen, habe auch nie gehört, wann und wo er gestorben ist – aber überlebt haben wird er nicht in dem Lager, dazu waren die Stalinisten nicht fähig."

Martin schaute Lutz lange an. "Hast du denn nie danach gefragt? Mal recherchiert? Sein Grab gesucht? Er war doch immerhin dein Vater!"

„Nein, ich habe mich nie dafür interessiert. Ich wollte es wohl nicht wissen. Erst war ich mit meinem eigenen Leben beschäftigt, da störte so ein abgewrackter Vater nur, und dann, als es hätte wichtig sein können – als ich meine Frau kennenlernte und wir eine Familie gründeten –, da war es mir irgendwie peinlich und ich war froh, immer darauf verweisen zu können, dass es keinerlei Zugang gab. Du weißt, DDR, eiserner Vorhang, kalter Krieg. Keine Chance auf irgendwelche Informationen aus dem Osten. Und dann, nach Brandt und den Ostverträgen, ließ ich es lieber auf sich beruhen. Niemand fragte mich, und ich wollte es nicht so genau wissen. Nach der

188

Wende dachte ich kurz noch einmal daran. Jetzt wäre es vielleicht möglich gewesen, etwas herauszufinden. Aber ich wollte nicht. Nein, mein Vater bleibt eine unscharfe Gestalt in meinem Leben. Ich erinnere mich gut an fröhliche Stunden als kleiner Junge, noch vor dem Krieg. Aber das war es dann auch."

Eine kleine Pause trat ein. Martin schaute in seinen Tee und dachte an seinen eigenen Vater. Lutz sah aus dem Fenster in die Leere hinaus. Nach einem Moment sprach er weiter:

"Ich habe ihn vermutlich mein Leben lang vermisst. Nein, nicht diesen Kitsch von Lagerfeuer und Fußballspielen, sondern als ein Gegenüber, als eine Reibungsfläche Ich bin seit meinem 12. Lebensjahr mehr oder weniger ohne Erwachsene groß geworden. Ich war der Held, habe mich um meine Mutter gekümmert und mich ansonsten selbst versorgt, in jeder Hinsicht" - er machte eine Gedankenpause, dann sprach er unvermittelt weiter: „Ich habe mir nie Gedanken darüber gemacht, wie es meinem Vater eigentlich ergangen sein muss, als er aus dem Krieg nach Hause kam. Ich fand ihn schrecklich in seiner autoritären Strenge und Unnahbarkeit, seinen cholerischen Anfällen und seiner schlechten Laune. Und bin ihm aus dem Weg gegangen. Bis auf die Amerikaner habe ich in meiner Jugend keine Männer kennengelernt, an denen ich mich hätte orientieren können. Woher sollten wir denn als befreite Hitlerjungen auch ahnen, wie man auf gute Weise Mann wird, wenn es einem keiner glaubwürdig und ehrlich vormacht? Dann bleibt man zurückgeworfen auf die eigenen Triebe und Fantasien, bleibt eine mal fade, mal explosive Mischung aus Feigheit und Rohheit. Ich habe meinen Vater so oft im Stillen gehasst – nicht dafür wie er war, sondern wie er nicht war. Und in dieser Verachtung bin ich hängen geblieben. Die Nazis haben mir das Mannsein und die Vaterliebe nachhaltig verdorben."

Lutz hatte am Ende die Stimme erhoben, war lauter geworden. Martin zuckte innerlich zusammen. Er spürte seine Verkrampfung, er spürte auch, wie er selbst den Gedanken an seinen Vater abwehrte. Er brachte lediglich ein dumpfes „Hmm" heraus, aber Lutz schien davon keine Kenntnis zu nehmen.

„Diese ganze Wahnsinnszeit, dieser Wahnsinnskrieg, diese unglaublichen Zerstörungen von Leben – man kann sich das gar nicht vorstellen. Ich war ja noch ein Pimpf, ich habe mir keine Gedanken darüber gemacht, war sogar stolz auf das ganze heroische Getue. Aber mein Vater, der hat erst sich selbst, dann seine Familie und zuletzt sein Leben verloren. Mit ihm fing es an, irgendwo auf dem Russland-Feldzug muss er seine Seele verloren haben. Wer weiß wodurch. Keine Ahnung, was er durchgemacht hat. Er hat nie geredet, ich habe nie gefragt, und meine Mutter auch nicht. Wollte auch keiner wissen, waren ja alle froh, dass es vorbei war, und man musste sich auch wieder politisch neu einfinden."

Lutz schüttelte den Kopf, er sprach jetzt leiser, mehr vor sich hin als zu seinem Gast, sodass Martin sich anstrengen musste, genau zu verstehen. Er hatte viel mitgeschrieben, jetzt räusperte er sich. Ihm wurde es unbehaglich. Musste er sich das jetzt anhören? Von diesen

Dingen war in den letzten 30 Jahren viel die Rede gewesen. Hatte er eigentlich irgendetwas davon zur Kenntnis genommen? Hitlerbiographien, Historikerstreit, Familienforschung, transgenerationale Delegation. Ganz zu schweigen von der „Unfähigkeit zu trauern" des alten Mitscherlich? Mancher Kommentar und Leitartikel ließ sich damit aufladen und die Leute waren mit Themen wie Liebe, Familie und Schuld im Zusammenhang mit dem dritten Reich leicht hinter dem Ofen hervorzulocken. Das zog, mit populärer Psychologie gewürzt, das Thema lag in der Luft, auch weil die Mischung aus Schweigen und Betroffenheit genug Brisanz hatte. Aber jetzt klang das auf einmal anders, aus Lutz' Mund rückte es nah. Er spürte eine Art von dunkler Verzweiflung im Raum, die keinen richtigen Namen hatte und die nicht greifbar war, wie ein Nebel oder eine Rauchschwade. Damit wollte er lieber nichts zu tun haben.

„Stammt dein Vater aus Weimar?"

Lutz schaute auf, offenbar kurz überrascht, dass jemand im Raum war, der Fragen stellte. Nach kurzem Zögern antwortete er: „Ja. Seit vielen Generationen leben die Vonholtzens in Weimar. Obwohl der Name so klingt, waren sie keine Adeligen, sondern ins Bürgerliche aufgestiegene Handwerker. Ursprünglich waren sie Werkzeugmacher. Einer der Vorfahren soll angeblich Goethe persönlich auf der Straße begegnet sein und ihn in ein Gespräch verwickelt haben – über den Kampf von Mann zu Mann. Dieses Gespräch soll, behauptet die Familienlegende beharrlich und augenzwinkernd, die Szene, in der Faust den Bruder Gretchens im Kampf erschlägt, inspiriert haben. Du siehst also einen Nachfahren von jemandem vor dir, der an der Entstehung des Faust beteiligt war."

„Wenn das kein Lebensmotto ist", erwiderte Martin trocken. „Und wer wurde in deinem Leben erschlagen, und wegen welchen Gretchens?"

„Ach, lassen wir die Spielereien", antwortete Lutz ungehalten. „Ich habe kein Gretchen mehr, weder eines zu erobern noch eines zu verlieren. Wahrscheinlich bin ich der Bruder, der erschlagen werden muss... Die Familie meines Vaters, ja, mehr Bemerkenswertes ist nicht zu sagen. Es wurde nichts erzählt. Ich weiß nur deshalb etwas von dieser Goethe-Geschichte, weil mein Vater sie vor dem Krieg immer mit einem geheimnisvollen Lächeln erzählte. Als kleiner Junge habe ich sie voll und ganz geglaubt." Lutz lächelte. „Ich habe mir damals vorgestellt, mein Vater würde mit Goethe durch die Stadt wandern und leidenschaftlich diskutieren. Das war schon ein Bild, auf das ich stolz sein konnte. Weißt du, ich bin ja wegen der Nachkriegszeit nicht besonders gebildet und habe mich auch gedrückt, wo ich konnte und später nie ein besonderes Interesse mehr dafür entwickelt ..."

„Wofür?"

„Na, für die Klassik, für Weimar, für Goethe-Schiller-Klopstock. Für mich war immer nur „Loch in Erde - Bronze rin - Glocke fertig - bim bim bim". Aber jetzt würde ich schon gern so ein klassisches

Wort zur Hand haben wollen. Für den schicksalsträchtigen Augenblick. Im Grunde hat Weimar meine Familie immer durchseucht, im Guten wie im Schlechten. Und ich, der ich davongelaufen bin, sitze im norwegischen Wald und kann nicht einmal ein simples Goethe-Zitat aufsagen. Als Sohn Weimars!"

„Wie wär's mit dem: ‚Und sehe, dass wir nichts wissen können! Das will mir schier das Herz verbrennen'."

„Du hast ja in der Schule doch aufgepasst! Das mit dem ‚Herz verbrennen' klingt gut. Wie oft habe ich mich so gefühlt – wie mit einem verbrannten Herzen. Aber genug. Ich habe, glaube ich, seit dreißig Jahren oder länger nicht mehr soviel von mir erzählt. Es macht mich ehrlich gesagt traurig. Ich hätte nicht gedacht, dass ich meinen Vater einmal vermissen würde. Dass ich es jetzt tue, macht es nicht leichter. Aber jetzt keine Gefühlsduseleien mehr, Feierabend. Trink deinen Tee aus, ich fahr dich nach Hause."

„Moment, Lutz!" Martin erhob Widerspruch. „Das war nicht die Geschichte, die ich hören sollte, nicht wahr? Du bist nicht hier wegen der deutschen Klassik, nicht wegen des Faschismus und auch nicht wegen der Verstrickung deines Vaters. Was wolltest du mir erzählen?"

Lutz schaute ihm gerade in die Augen, und mit ruhiger Stimme sagte er: „Du hast Recht. Dies war das Präludium, mehr nicht. Es war mehr zu erzählen als ich gedacht hatte. Mehr geht jetzt nicht. Wir werden weiter reden."

Er summte die erste Zeile von „Norwegian Wood": „I once had a girl, or should I say, she once had me", dann schüttelte er den Kopf mit unwilliger Heftigkeit, die jede weitere Diskussion ausschloß. Martin fiel wieder ein, wie er das Lied auf der Fahrt durch den Sturm in Dänemark gehört hatte.

Nachdem Lutz Martin zu seiner Pension gebracht hatte, fuhr er noch eine Weile durch die Gegend, ohne ein bestimmtes Ziel zu haben. Er wusste nicht so recht, was er tun sollte. Die Ordnung, die er sich in den letzten 20 Jahren geschaffen hatte, bekam die erwarteten Risse. Sie hatte so lange gehalten, dass er bis vor dem Auftauchen von Martin nicht mehr ernsthaft daran gezweifelt hatte, dass ihn noch etwas aus dem Gleis werfen könnte. Und nun war eine Wende im Gange, die er selbst aktiv gestaltete. Aber er war unsicher.

Er fuhr wie ein Fremder über Straßen, die ihm seit zwanzig Jahren vertraut waren, und spürte ein leichtes Frösteln. Er kam von dem Gedanken an seinen Vater nicht los, das war es, was ihn auf einmal fremd sein ließ an diesem Ort und ihn schmerzlich daran erinnerte, wo er herkam. Ein unheimliches, diffuses Gefühl von Einsamkeit und Verlorenheit beschlich ihn. Er wusste nicht, wo seine Eltern begraben lagen, er hatte nur noch blasse, schwammige Erinnerungen an die Stadt und die Landschaft, dieses Weimar und dieses Thüringen, die er seit fünfzig Jahren nicht nur nicht gesehen, sondern an die zu denken er sich geweigert hatte. Auf einmal kamen ihm Tränen, sie rannen ihm über die Wangen und tropften auf den

Pullover, während er ziellos Richtung Süden weiterfuhr. Wie sehr sehnte er sich auf einmal danach, durch die Straßen von Weimar zu gehen, an den Ecken stehen zu bleiben, die er kannte, auf dem Friedhof am Grab seiner Eltern zu stehen.

„Was für ein sentimentaler Altmänner-Kitsch!", herrschte er sich an, noch mit Tränen in den Augenwinkeln. „Ich bin fast siebzig Jahre alt. Und ich habe noch etwas zu tun, bevor ich in die ewigen Jagdgründe eingehe. Und das ist etwas anderes als meinem Vater nachzujammern." Er spürte, wie er störrisch wurde. Nein, er wollte nicht weiter nachdenken. Dafür sollte es keinen Raum geben, allen Psychologen der Welt zum Trotz. Schließlich war er der Herr im Haus bei sich im Kopf, das hatte er sich in den letzten zwanzig Jahren bewiesen. Er hatte einen Plan gefasst und den wollte er verfolgen.

Er hielt an einer Tankstelle kurz vor Osøyro an, zwanzig Kilometer südlich von Bergen. Es war inzwischen Nacht geworden. Ein Kaffee würde ihm gut tun. Die Tankstellen waren im Laufe der Jahre seit dem Boom um das Nordseeöl ein über das ganze Land gezogenes Netz von Versorgungsstellen für alle möglichen Bedürfnisse geworden. Viele Norweger kauften hier ein, es gab meist einen kleinen Supermarkt und ein Bistro. Immer traf man auf andere Menschen, die unterwegs waren, und wenn es nur auf dem Weg nach zu Hause war.

Er nahm sich Kaffee, bezahlte und ging auf einen Tisch am Fenster zu, etwas weiter von dem Tresen entfernt, an dem die Jungbauern von den umliegenden Höfen standen. Alkohol war teuer, und so hielt sich der Bierkonsum in Grenzen. Einige nickten ihm mit undurchdringlicher Miene zu, Lutz erwiderte den Blick ebenso ausdruckslos. Er gehörte nicht dazu. Er war hier in der Gegend nicht fremd, niemand hatte etwas gegen ihn, aber er gehörte noch lange nicht dazu. Ihm war das recht, er hatte trotz aller Sympathie kein Interesse an den privaten Melancholien der Norweger gehabt, die sie sich hinter grobschlächtigen Gesten und markigen Worten versteckt mitteilten.

Er saß am Fenster und starrte in die dunkle Welt draußen. Er nippte an seinem Kaffee, er war köstlich und belebte ihn sofort. Bilder schossen ihm durch den Kopf, vom Vater mit ihm auf dem Schoß, vom Vater als frischem Soldaten mit siegesgewisser Miene am Bahnhof, vom zerbombten Weimar, von den tatkräftigen Armen seiner Mutter. Und so weiter, in wildem Durcheinander, ohne Rücksicht auf Chronologie und Orte. Ein fernes Bild von Großeltern, dann auf einmal Vierville und das Haus der Eltern von Marianne. Das eigene Haus in den Dünen, der wunderschöne Blick aufs Meer, den sie beide in manchen romantischen Augenblicken zu Beginn ihrer Zeit so geliebt hatten. Bilder um Bilder, ein ganzer Stummfilm von Bildern, die meisten schön und warm.

Er trank einen Schluck. Warum war es ihm nicht gelungen, sein Leben und seine Liebe in der Hand zu behalten? Warum hatte das Schicksal ihn hierher getrieben? Er hatte nie nach Norwegen gewollt, dieses Leben, das er jetzt führte, war niemals in seiner Vorstellung gewesen, und auch jetzt würde er es sich nicht auswählen. Er würde

196

sich sofort, ohne Bedenken, wieder nach Vierville hindenken. Dort ist mein Ort, dort gehöre ich hin, dachte er, obwohl ich nie dorthin gehört habe. Aber dort kann ich nicht hin, von dort bin ich geflohen, dort ist für immer und ewig verbotenes Land für mich. Nur in der Fantasie gehört es mir, kann ich in den Dünen spazieren gehen, über den Strand wandern, über die Dörfer gehen, in Mariannes Nähe sein, vor der ich geflohen bin. Cydamanoe. Dann ist es mein. Wie jetzt. Jetzt bin ich in Vierville. Gleich werde ich unser Haus sehen, hinaufsteigen, die Tür öffnen, durch die Zimmer gehen und auf die Terrasse treten. Nichts hat sich verändert seit dem Tag, seit Marianne und ich dort eingezogen sind. Alles spätere ist ein schlechter Traum. Wahr ist, dass dieser Augenblick mein Leben ist: Ich stehe auf der Terrasse und schaue aufs Meer und Marianne tritt hinter mich, legt ihrem Arm über meine Schulter, streichelt mich und flüstert mir zu: ‚Es ist schön'. Ich lege meinen Arm um ihre Hüfte. So stehen wir und sehen aufs Meer, hören das Rauschen und den Wind und die Möven. Und so stehen wir immer noch, bis heute. Alles andere danach ist nur noch ein schlechter Film.

„Hej, was machst du denn hier? Wie geht's denn so? "

Lutz erschrak. Er war völlig versunken gewesen. Er blickte auf und sah in das Gesicht eines älteren Bauern, der vorhin noch nicht da gewesen war, den er aber schon häufiger gesehen hatte. Er wusste nicht, wie er hieß, aber sie hatten sich einmal anlässlich einer

Landmaschinenausstellung länger unterhalten und sie hatten sich sympathisch gefunden.

„Hej. Ach, ich sitze hier und tue gar nichts. Komm setz dich."

Der Bauer setzte sich zu ihm, seinen Kaffee in der Hand, und schaute Lutz an.

„Ich komme jede Woche her. Die anderen", mit einer Kopfbewegung wies er nach hinten, Lutz folgte der Geste und sah eine Gruppe von vier Männern, die er auch alle schon einmal irgendwann gesehen hatte, einige Tische weiter sitzen, „kommen auch her. Nun ja, so ist das eben. So sind wir."

Lutz lächelte. Ihm war diese kurz angebundene Art, dieses unbeholfene Sprechen sympathisch. Er hatte oft den Eindruck, so könnte das sowieso Unaussprechliche, was Menschen bewegt und sich meist in peinlichen Umschreibungen versteckt, noch am ehesten ausgedrückt werden. Er wäre oft gerne einer von ihnen gewesen. Einer, der einfach sagt: „So ist das eben".

„Ja, fein. Ich bin zufällig hier. Musste nachdenken. Dies und das, aber es nützt nichts. Jetzt schaue ich einfach raus."

„Tja, manchmal muss man dasitzen und rausschauen. Wir Norweger tun das oft, gerade wenn es dunkel ist. Man muss sich treiben lassen, damit innerlich alles seinen Platz findet. Wie im Wasser. Wenn man immer rumrührt, kann sich nichts setzen."

Der Alte stand wieder auf und streckte ihm die Hand hin. „Ich geh zu den anderen, bleib mal alleine, du bist doch so einer, der alleine sein muss, das sieht man dir an. Kopf hoch."

198

Lutz lächelte, angenehm berührt. Obwohl der Norweger in Wirklichkeit nicht sehr viel älter sein konnte als er, vielleicht Ende Siebzig, kam er sich gerade doch sehr viel jünger und unerfahrener vor. Er trank seinen Kaffee aus und schaute noch eine Weile aus dem Fenster. Es hatte sich in ihm beruhigt. Er wusste jetzt, er würde Martin wieder treffen. Er musste es vollenden. Martin sollte seine Story haben, es war ihm egal, was er daraus machen würde. Aber er würde ihn und seine Gier nach der Geschichte für seine Zwecke benutzen. Er würde ihm sogar sein Tagebuch geben, wenn er es noch hätte.

Lutz stand auf. Beim Hinausgehen nickte er der Runde der Männer zu, alle blickte auf und nickten wortlos zurück.

Draußen war es kalt, er zog die Jacke enger um sich. Die Sterne waren klar zu sehen, eine wunderbare Nacht. Er stieg in sein Auto, ließ den Motor noch eine Weile warm laufen und fuhr langsam nach Hause.

Martin hatte Julia nicht mehr angetroffen. Als Lutz ihn abgesetzt hatte, war die Pension dunkel. Er zögerte einen Moment, dann entschied er sich, noch einen Spaziergang zu machen und nicht gleich in seinem Zimmer zu verschwinden.

Eine Stunde später kam er zurück, es war immer noch dunkel. Er ging auf sein Zimmer, las dann noch eine Weile in seinem Reiseführer und schaltete das Licht aus. Er hatte nicht allzu viel über das Gespräch am Nachmittag nachgedacht, aber jetzt tauchte es wieder auf. Er fand es lächerlich, sich mit 70 noch mit den Eltern abzuplagen. Seine Gedanken schweiften ab, diffuse Erinnerungen an seinen eigenen Vater tauchten auf, verschiedene Situationen aus seinem Leben. Er wollte sie nicht festhalten. Die Augen fielen ihm zu, er legte den Kopf zur Seite ins Kissen, langsam schwappten die ersten Wellen des Schlummers über ihn. Kurz vor dem Einnicken tauchte noch eine Szene auf, in der seine Eltern ihm als siebenjährigen Jungen zusahen, wie er im Schwimmbad den Freischwimmer machte. Das Gesicht seines Vaters strahlte. Dann schlief er ein.

Am nächsten Morgen war das Wetter umgeschlagen. Es wurde nass und kalt, eine ungemütliche Feuchtigkeit lag in der Luft. Drinnen wurde es umso wärmer. Das Holz roch gut, Julia hatte den Ofen angefeuert.

„Guten Morgen. Wie geht es Ihnen? Wir waren gestern nicht zu Hause, wir haben Freunde in Bergen besucht. Ich hoffe, Sie haben alles gefunden, ja? Aber Sie haben sich gar nichts zu essen gemacht, ich hatte extra noch etwas in den Kühlschrank gestellt und Ihnen einen Zettel auf die Treppe gelegt."

Julia redete für ihre Verhältnisse außergewöhnlich schnell. Sie schien aufgeregt.

„Was ist los mit Ihnen?" fragte Martin freundlich und lächelte sie an. Julia wurde rot. „Ach, nichts ... Es ist nur ... Ach, wissen Sie, Sie haben es ja noch gar nicht gehört, gestern ist etwas Schreckliches geschehen, draußen auf dem Fjord. Eine deutsche Segelyacht ist von einem Frachtschiff gerammt worden, und fast wären sie untergegangen. Einer ist gestorben dabei, ein deutscher Seemann."

Sie bekam feuchte Augen.

„Und außerdem hat Ihr Freund sich gemeldet. Er will mit Ihnen nach Bergen fahren, er kommt um zwölf Uhr hier vorbei".

„Was hat das miteinander zu tun, Julia? Um warum werden Sie so traurig? Kannten Sie jemanden?" Martin war verunsichert von dieser natürlichen Norwegerin, die so direkt und ungekünstelt ihre Gefühle zeigte.

„Ach, wissen Sie, es ist nicht so einfach. Es geschieht so vieles, es ist so viel durcheinander. Sie, zum Beispiel, schauen mich immer so an, das geht mir nah. Und der alte Mann, mit dem Sie sich immer treffen – meine Eltern sagen, er sei ein guter Mensch, aber er habe ein Geheimnis, man dürfe ihm nicht zu nahe kommen. Und außerdem sei er Deutscher, das ist sowieso schwierig hier bei uns. Ach, ich habe ja keine Ahnung von dem was früher war, aber der Krieg und die Besatzung, obwohl Norwegen doch befreundet war, und dann all das Schreckliche, was die Deutschen getan haben, mit so einem Volk will man doch nicht befreundet gewesen sein. Ach, es ist mir zu kompliziert. Jedenfalls reden die Eltern immer merkwürdig von den Deutschen.

Dann geschieht so ein Unglück, hier bei uns. Meine Eltern sagen, so etwas kann ja nur den Deutschen passieren, typisch, die schönste Yacht im Fjord, und dann vor die Wand fahren. Aber es war gar nicht die schönste, die schönste haben die Amerikaner, und dann die

Angeber aus Bergen, unsere Leute, und außerdem ist es gar nicht die Schuld der deutschen Besatzung gewesen, das Großschiff hat nicht auf die Lotsenwarnung gehört und ist eine Abkürzung gefahren, eine schmale Rinne, die normalerweise nur bei Flut gefahren werden darf, aber sie wird manchmal auch bei Niedrigwasser genutzt, um Zeit zu sparen, aber davon wussten die Deutschen natürlich nichts. Und dann ist da kein Platz zum manövrieren, der Frachter konnte nicht ausweichen, und die Yacht hatte ihn erst viel zu spät auf ihrem Radar, na, so etwas bringt mich immer völlig durcheinander. Es geschieht etwas Furchtbares, keiner ist geschützt davor, es geschieht einfach."

Julia schaute ihn gerade an, mit Tränen in den Augen, aber der Blick war klar.

„Nicht dass sie jetzt etwas Falsches denken. Ich mag sie einfach, mehr nicht." Sie stand auf, kam auf ihn zu und drückte ihm einen Kuss auf die Wange. Dann ging sie hinaus. Martin schaute ihr irritiert hinterher. Diese Art von Klarheit und emotionaler Offenheit, frei von Ironie und taktischen Hintergedanken, kannte er nicht. Es berührte ihn, aber es war ihm auch unbehaglich. Wie soll man darauf reagieren?

Lutz und Martin kamen in Bergen an der Mole an, als der Schlepper das Wrack der deutschen Yacht in den Hafen schleppte. Viele Menschen standen herum, die Nachricht hatte sich verbreitet und etliche Neugierige angelockt.

„He, siehst du das? Hast du schon davon gehört?" Lutz wies aufgeregt auf das Wasser. „Nicht zu fassen. Wie konnte das nur passieren? Mein Gott, hoffentlich ist nichts Schlimmeres geschehen."

"Julia hat mir heute morgen erzählt, dass einer umgekommen ist, einer von der Yacht-Besatzung."

Martin schaute Lutz von der Seite an. Lutz war aufgeregter als die Tage zuvor. Er spürte eine von ihm ausgehende Anspannung. Unter den umstehenden Leuten wurden weitreichende Spekulationen über Schuld und Verantwortung gewechselt, die üblichen Verdächtigen wurden identifiziert: der Staat und seine unfähigen Beamten; die internationalen Konzerne und ihre menschenverachtende Wirtschaftsideologie; das Schicksal, vertreten durch Gott und seinem undurchsichtigen, höchst widersprüchlichen und fragwürdigen Schöpfungsplan; der Fluch der Technik und sonstiger Auswüchse des modernen Lebens; zuletzt das gewöhnliche Böse in Form von Kriminalität, Rücksichtslosigkeit und Vorteilssucht.

Lutz hatte in steifer Anspannung daneben gestanden und unverwandt aufs Wasser gestarrt, ohne auf das Gerede zu hören. Martin dagegen hatte die Gesprächsfetzen sehr genau aufgenommen. Er wüsste zu gern, auf welche Version sich die Leute nach ein paar Tagen einigen würden. Er wusste, in wie hohem Maße das moralische Urteil über die Schuld an diesem Unglück von dem abhängen würde, was am nächsten Morgen in der Zeitung stände. Er würde gern seinem Kollegen, dem jetzt diensthabenden Redakteur, bei der Formulierung des morgigen Leitartikels und Kommentars zuschauen. Im Geiste begann er sich in seine Schreibstube zu setzen und selbst einen zu verfassen: Schreckliches Unglück – mal wieder hat die See ein Opfer gefordert – aber vergessen wir nicht die Hintergründe – rücksichtslose Profitinteressen auf der einen Seite – ahnungslos-selbstherrliche Touristen auf der anderen – und doch ist die Natur stärker als die Macht des Geldes – die Natur auch in ihrer vernichtenden Macht – und ist nicht die Enge der Fahrrinne geradezu symbolisch für die Lage, in der wir uns befinden? – aber unsere Gedanken (und Spenden) sollten bei dem Opfer und seiner Familie bleiben – wir werden weiter berichten.

Martin atmete aus. Er freute sich, wie leicht es ihm fiel, dies alles spontan zu formulieren. Er war in seinem Element. Auch wenn er merkte, dass es nach Phrasendrescherei und Sonntagspredigt klang, waren Journalisten nicht die modernen Verkünder des Wortes und der Moral?

Er schaute sich um. Lauter normale Menschen waren um ihn herum, die die Neugier und die Sensationslust hergetrieben hatte, um zu schauen. Sympathische und unsympathische Gesichter, junge und alte, Arbeiter und Angestellte, Jungmanager und Neureiche, einfache Leute. Ihn überkam die Lust, mit einem Mikrophon eine Umfrage zu machen und ein paar Interviews zu führen.

Da fiel ihm Lutz wieder ein. Wo war er? Er sah sich um – Lutz war nicht mehr bei ihm, er hatte in seiner Gedankenverlorenheit nicht bemerkt, wie Lutz sich entfernt hatte. Einen Moment später entdeckte er ihn ein wenig abseits auf einem Poller sitzen. Er saß da, gebeugt, den Kopf in die Hände gestützt und den Blick geradeaus aufs Wasser gerichtet, starr und unbeweglich.

„Lutz? Was ist los?"

Lutz reagierte nicht. Martin zögerte, stieß ihn dann aber mit der Hand kurz an der Schulter an. Ein kaum wahrnehmbares Zucken lief durch seinen Körper, dann schaute er hoch und sah Martin ins Gesicht.

„Komm, lass uns gehen. Ich muss jetzt mit dir reden. Ich will es dir erzählen..."

Er stand kraftvoll auf, im Gegensatz zur Starre eben noch war jetzt eine klare Entschiedenheit zu spüren. Martin ahnte, was kommen würde. Sie gingen einige Schritte und entfernten sich von den vielen Menschen. Sie setzten sich auf eine kleine Mauer. Lutz begann:

„Ich will dir erzählen, was damals in Vierville und auf dem Meer geschehen ist. Dieses Unglück hier", er deutete zurück auf die Stelle, an der sie eben gestanden hatten, „hat es noch mal hochgebracht. Ich habe es jetzt völlig klar vor Augen, alles, was geschehen ist, und ich will es erzählen. Mein Schiff war viel kleiner als diese Neureichen-Yacht hier, und ich bin auch nicht von einem Frachter gerammt worden. Mein Schiff ist in einem Sturm untergegangen, und mit ihm..." Lutz erzählte und erzählte. Von Marianne, von der Krise ihrer Ehe, von dem Streit und dem unglücklichen Sturz, von Mariannes plötzlichem Tod und seiner sinnlosen, panischen Flucht mit den Kindern auf das Schiff und hinaus aufs Meer, und schließlich von dem grauenvollen Untergang der Solveigh.

Sie waren aufgestanden und langsam immer weitergegangen. Lutz' Erregung hatte nachgelassen, er erzählte einfach und chronologisch wie ein Berichterstatter, enthielt sich der Kommentare und Emotionen. Nicht kalt, aber er hatte sich in einen unbeteiligt klingenden Tonfall geflüchtet, als würde er nicht von sich selbst, seiner Frau, seinen eigenen Kindern sprechen, sondern eine Nachricht mitteilen. Martin wurde es unbehaglich, er spürte, dass Lutz scheinbar gerade durch das Offenlegen etwas umso mehr verschleiern wollte, aber er konnte es nicht sagen. Er hörte zu, schwieg, versuchte sich die Dinge zu merken.

Sie gingen vielleicht zwei Stunden durch den alten Hafen, ohne besonders auf den Weg zu achten, sie gingen mehr oder weniger im Kreis und kamen immer wieder an denselben Becken, Molen und Lagerhäusern vorbei. Schließlich hielt Lutz inne und sah Martin lang an.

„So. Das war die Geschichte. Mach daraus, was du willst. Von mir aus auch so eine Sensationsstory wie sie morgen in der Zeitung stehen wird über die Sache mit der deutschen Yacht hier. Aber eines will ich von dir wissen, bevor du fährst. Nicht jetzt. Sondern in drei Tagen. Du weißt, was ich meine. Ich will wissen, ob ich schuldig bin."

Martins Unbehagen steigerte sich.

„Komm her, es war schwer für dich, das alles zu erzählen. Ich danke dir für deine Offenheit. Du musst jetzt sehr aufgewühlt sein, auch wenn du versucht, es so sachlich zu erzählen. Lass uns irgendwo hineingehen, etwas essen und trinken, du erzählst weiter oder wir reden über etwas anderes. Okay?"

„Nein. Nett gemeint, Martin, aber ich sage, wie es weitergeht. Vorhin ist mir beim Zuhören der Leute wieder etwas klar geworden, was ich wohl schon lange in mir herumtrage und dir auch schon angedeutet habe. Man kann mit einer schlimmen Erfahrung nicht fertig werden, wenn die Schuldfrage nicht entschieden wird. Es muss nicht nur erzählt werden, es muss vor allem bewertet und mit einer Konsequenz belegt werden, damit es einen Platz in der inneren Lebensordnung bekommt. Da ich nicht alles fatalistisch in überirdische Hände legen will, bleiben doch nur wir Menschen als Verantwortliche übrig. Die Welt und die Natur sind wie sie sind. Wenn Menschen sterben oder leiden, dann gehört das entweder zum schicksalhaften Lauf der Welt und verlangt demütige Fügung, oder etwas Menschengemachtes ist verantwortlich dafür. Hochmut, Gier, Neid, Gleichgültigkeit ... All die Todsünden, die auch ohne den alten Herrn da oben ihre Macht als menschliche Schuld nicht verlieren. Was das mit mir zu tun hat? Marianne und die Kinder sind nicht gestorben, weil der Lauf der Welt das so eingerichtet hatte, genauso wenig wie der Mann dort draußen letzte Nacht. Warum also dann? Waren es meine Feigheit, mein Hochmut, meine Gier und meine Trägheit? Ich glaube, ja. Und welche Konsequenz muss das haben?"

Er hielt inne und schaute über die Gebäude und das Wasser. Möven kreischten, Hafenschlepper tuckerten, Arbeiter schrieen in einiger Entfernung. Martin schwieg und wartete, bis Lutz fortfuhr.

„Ich habe mich vor zwanzig Jahren schon einmal darum bemüht. Ich habe ein Tagebuch geschrieben und darin versucht, mich zu befreien. Es ist nicht gelungen. Ich habe die Schuldfrage nicht klären können. Ich schrieb und schrieb und schrieb, weil ich niemanden hatte, dem ich es erzählen konnte oder wollte. Ich verhörte mich, ich tröstete mich, ich klagte mich an, ich vergab mir - es führte zu nichts. Das Schreiben sollte zu meiner Therapie werden, es führte jedoch nur dazu, dass ich dieser Therapie überdrüssig wurde. Ich gab das Tagebuch einer Bekannten mit, die es dann im Kanal ins Meer geworfen hat, ich sagte das schon. Dann habe ich ein paar Jahre getrunken und halbherzig mit Holz herumgebastelt, bis ich mich aufraffen konnte und mich wieder meinem Leben zuwandte. Einfach in der Gegenwart leben und praktisch arbeiten. Das hielt ich für eine gute Lebensphilosophie, und ich habe 20 Jahre einigermaßen zufrieden damit gelebt. Und nun kommst du – und all die alten Fragen sind wieder da, die Philosophie funktioniert nicht mehr. Es muss also ein anderes Ende damit finden."

Er machte eine Pause, atmete schwer. Martin holte Luft, wollte ansetzen, aber Lutz sprach schon weiter, ohne ihn anzusehen.

„Nachdem wir gestern über den Vater gesprochen haben, dachte ich dass er es damals nicht hinbekommen hat. Es gab keine Klärung, kein Gespräch, keine Offenlegung. Keinen Zuhörer und keinen

Richter, also musste er letzten Endes sich selbst richten – für eine Schuld, die keiner kennt, die er niemandem mitgeteilt hat. Das ist grausam. So konnte nicht einmal jemand am Ende sagen, er habe für die Verbrechen, deren er sich schuldig fühlte, die gerechte Strafe gezahlt. Nicht einmal diese Gerechtigkeit wurde meinem Vater zuteil. Da ist mir deutlich geworden, jetzt mit meinen siebzig Jahren, dass es für mich so nicht geht, dass ich es anders machen muss. Ich will reden, und du sollst mein Richter sein. Oder meinetwegen der Staatsanwalt, der Ankläger, der ein Urteil fordert. Ich will, dass meiner Frau und meinen Kindern von mir am Ende Gerechtigkeit widerfährt."

Martin zögerte. Er musste jetzt darüber sprechen, es war höchste Zeit. „Da ist übrigens noch etwas. Hm, also, nun ja, da ist etwas, was du wissen musst."

Lutz schaute hoch.

„Nun ja, also, dein Tagebuch – das liegt nicht in der Nordsee. Ich habe es."

Lutz Gesichtszüge entglitten ihm, ein Ausdruck von ungläubigem Erstaunen erfasste ihn. Es dauerte einen langen Moment, bis überhaupt der Sinn der Worte sein Bewusstsein erreicht.

„Wie bitte??"

Spannung breitete sich zwischen den beiden Männern aus.

„Ich weiß nicht so genau, wie es dazu kam, aber in den Unterlagen, die ich von meinem Redakteur für diese Recherche bekommen habe war auch dein Tagebuch. Ich sollte auch über das

Familiendrama damals schreiben, nicht nur über dein künstlerisches Leben hier. Das eine folgt aus dem anderen. Ich habe alles gelesen."

Lutz starrte Martin fassungslos an. In seiner Miene spiegelte sich eine Achterbahn der Gefühle wieder. Erst wurde er blass und starr. Kurz schien es dann, als ob er ihm in einer Welle rasenden Zornes an den Hals springen wollte. Dann wechselte der Gesichtsausdruck plötzlich wieder und Lutz fing an zu lachen.

„Das gibt es doch gar nicht. Ich glaube, ich spinne. Da quäle ich mich mit meinem Geheimnis, und alles ist längst öffentlich. Meine tiefsten Gedanken, meine ganze Quälerei – alles schon draußen. Das ist doch absurd!" Er lachte, es klang ein wenig hysterisch.

„Ich sollte herausfinden, was diese Tragödie aus dir gemacht hat. Wie du damit lebst. Das war die Geschichte, die mich interessiert hat."

„Na, das hast du ja mitbekommen". Lutz lachte immer noch übertrieben und fassungslos.

Dann wurde er wieder ernst. „Vielleicht ist es sogar gut, dass du die Aufzeichnungen kennst. Es ist so lange her, ich habe selbst keine Ahnung mehr, was ich genau geschrieben habe, und ich habe auch nicht die geringste Lust, sie noch einmal zu lesen. Ich wüsste allerdings gerne, was die Lehrerin damals damit gemacht hat. Wir hatten uns gut verstanden. Vielleicht war sie dann doch zu sentimental, um das Tagebuch wirklich ins Meer zu werfen. Aber dass es dann seinen langen Weg wieder hierher zu mir findet, ist schon bemerkenswert, oder? Unglaublich! Ich gebe zu, ich bin

210

fassungslos. Aber es hat auch etwas Interessantes, das es so gekommen ist. Hmm. Es befähigt dich noch einmal mehr dazu, ein Urteil zu fällen. Schließlich kennst du sogar die Aktenlage."

Lutz schaute ihn unverwandt und mit einer Härte im Blick an, die nicht zu dem lustig-ironischen Ton passen wollte.

Martin wurde wieder unbehaglich. Worauf sollte das hinauslaufen? Lutz wollte ein Urteil. Er wollte eine Story schreiben, auch damit wurden Menschen beurteilt, aber das war nicht das, was Lutz offenbar wollte. Er schüttelte nur merklich den Kopf, ohne etwas zu sagen.

„Na ja, überleg es dir", lenkte Lutz versöhnlicher klingend ein und senkte den Blick. Er wusste jetzt, dass seine Zeit gekommen war. Da machten einige Tage nichts mehr aus. Auf einmal war es, als ob ein Vorhang hochgezogen worden wäre. Martin würde an dem Ablauf, der jetzt einsetzen musste, nichts ändern können, dazu war er zu schwach. Er dachte kurz über den nächsten Schritt nach, während Martin ihn aufmerksam anschaute wie ein unerfahrener Jäger, der sein erstes Großwild vor der Flinte hat und noch nicht weiß, dass der Tiger ihn erlegen wird statt umgekehrt.

Lutz holte Luft. „Ach, da ist noch etwas. Ich möchte dich einladen zu einem Ausflug. Ich hatte es schon seit einiger Zeit vor, aber jetzt passt es besonders gut. Es gibt einen großartigen Aussichtsfelsen hoch über dem Lysefjord, den sogenannten Prekestolen, was soviel wie Predigtstuhl oder Kanzel bedeutet. Man wandert ungefähr drei Stunden dorthin, von hier noch zusätzlich etwa zwei Stunden Fahrt.

Wir könnten auf dem Rückweg in der Prekestolhytta übernachten. Es ist eine der ganz besonderen Sehenswürdigkeiten Norwegens. Auf der Wanderung können wir weiterreden. Okay? Ich hole dich in drei Tagen ab. Solange brauche ich Ruhe. Ich hab einiges zu verdauen."

Am nächsten Tag geschah etwas Unerwartetes.

Martin war nach dem Frühstück am Fjord spazieren gegangen und hatte sich anschließend in sein Zimmer begeben, um einen Brief an Waltraut zu schreiben, erste Entwürfe für den Artikel zu skizzieren und ein paar Fragen zu notieren. Eine Mischung aus Unruhe und Vorfreude stieg in ihm auf. Die Einladung zu dieser Wanderung war eine zusätzliche Wendung eines Gesprächs, das eigenartig und dramatisch verlaufen war. Auf einmal lag alles auf dem Tisch, die ganze Lebensgeschichte von Lutz und die Tatsache, dass er das Tagebuch kannte. Sein journalistisches Interesse an der Geschichte hatte er deutlich gemacht. Lutz hatte rigide ein Urteil über sich gefordert, er klang als ob ihm Recht vor Gnade ginge. Martin dachte nach. Er war kein Jurist und kein Therapeut, aber ihm war klar, wofür er plädieren würde: Freispruch, mildernde Umstände, kein echter Tatbestand, Schicksalsakzeptanz, Verkettung unglücklicher Umstände. Vielleicht, hoffte Martin, würde er auf dieser Wanderung zum Prekestolen diesen strengen Eigenbrötler etwas aufweichen können.

Lutz hatte unruhig geschlafen und schwer geträumt. Mehrfach war er wach geworden, hatte sich umhergewälzt und konnte nicht loskommen von den immer wiederkehrenden Erinnerungsfetzen an die Zeit, als er das Tagebuch geschrieben hatte. Schließlich hatte ihn doch noch ein gnädiger Tiefschlaf erreicht, der aber nicht lange währte, denn in der Morgendämmerung war er von den Geräuschen des Tages aus Gewohnheit erwacht. Zerschlagen hatte er den Tag begonnen und mit nur wenig Freude war er schließlich zu seinem Grundstück gefahren, um an der Skulptur weiterzuarbeiten. Er hatte die Hoffnung, dass die Arbeit ihn von den Ereignissen der letzten Tage ablenken konnte. Er wollte seinen Plan mit Martin durchführen und sich keinesfalls durch verwirrende emotionale Turbulenzen oder Zweifel davon abbringen lassen. Sein Vorhaben versetzte ihn in eine innere Unruhe, wie er sie vor schweren Prüfungen kannte, diese Mischung aus Vorfreude auf den Abschluss und Angst vor dem Scheitern.

Er nahm sich eine Figur aus seinem Ensemble der Familie Gottes vor und machte sich an die Arbeit.

Er konnte sich ablenken und arbeitete konzentriert. Nach einigen Stunden verspürte er Hunger und stellte fest, dass er sich entgegen seiner sonstigen Gewohnheit nichts zu essen mitgenommen hatte. Er hatte es am Morgen vergessen. Als er an den Morgen dachte, kamen ihm die nächtlichen Träume und Gedanken und die gestrigen Ereignisse mit Martin schlagartig wieder in den Sinn. Auf einmal schoss eine undifferenzierte, tiefe Wut über „den ganzen Scheiß" wie ein Vulkanausbruch in ihm hoch. Mit einer plötzlichen, ungeduldigen und zornigen Geste schleuderte Lutz das Hohlmesser, das er gerade in der Hand hielt, auf die Werkbank, verfehlte sie aber, sodass das Werkzeug in einem Haufen Abfallholz landete. Gereizt ging er zu dem Haufen und griff zwischen die Bretter, um das Messer herauszuholen.

Dabei passierte es. Er hatte zu heftig zugegriffen, ohne wirklich genau hinzuschauen, sodass er mit der rechten Handinnenfläche gegen das scharfe Ende des Messers stieß und dieses sich in seine Hand bohrte. Ein scharfer Schmerz durchfuhr ihn, er zog die Hand zurück, sah Blut aus der Wunde fließen und auf den Boden tropfen, erschrak, ohne irgendetwas zu tun. Er starrte auf den tiefen, stark blutenden Schnitt in seiner Hand, eine Mischung aus Faszination und Abscheu durchflutete ihn. Gleichzeitig zum Schmerz verspürte er für einen kurzen Moment eine Art Befriedigung, ein Einverständnis, aber dieser Moment war schon wieder vorbei, noch bevor er ihn bewusst zur Kenntnis genommen hatte.

Das Blut pulsierte aus der Wunde heraus und rann an seinem Arm herunter, es floss immer stärker, hellrot, eine kleine Schlagader schien getroffen zu sein, und es dauerte einen faszinierend langen Moment, bis sich endlich in seinem Gehirn ein Gedanke Bahn brach, der ihn zum Handeln aufforderte. Mit einem lauten Fluch, der gleichzeitig die Wahrnehmung für den Schmerz zu eröffnen schien, griff er mit der linken Hand nach seinem rechten Handgelenk und

214

versuchte, die Pulsader abzudrücken. Er bewegte die rechte Hand, doch es gelang ihm nur schwer. Mit Tränen von Wut und Schmerz stolperte er zu dem Handwaschbecken hin, das nur wenige Schritte entfernt war. Mit dem Handtuch – er hatte nichts besseres, auch wenn es keineswegs sauber war – umwickelte er die rechte Hand, bis sie nur noch wir ein Stumpf aussah, und drückte gegen die Innenseite. Für den Bruchteil einer Sekunde schoss ihm das Bild seines Vaters in den Kopf, ein Phantasiebild. Ob er so ausgesehen haben mochte, irgendwo an der Ostfront, damals?

Der Schmerz holte ihn zurück. Gedanken wie treibende Blätter auf einem Wasserfall von Gefühlen und Körperreaktionen, von Schmerz und Wut. Was tun? Sofort versorgen, Wundreinigung, Naht, Impfung gegen Wundstarrkrampf – er hatte sich nie darum gekümmert, aber jetzt kamen ihm Schreckbilder in den Sinn, Warnungen vor Tetanus. Er musste irgendwohin. Wohin? Krankenhaus. Oder der nächste Doktor. Er war ja ewig nicht bei einem Arzt gewesen. Scheiße, oh, wie verdammt weh das tat. Wohin? Welcher Doktor? Das dreckige Handtuch war schon fast durchgeblutet, er hielt den Arm in die Höhe, drückte wieder die Ader ab, das Blut rann den Unterarm hinunter. Schweinerei! Ganz hinten in seinem Kopf tauchte eine Erinnerung an einen Arzt auf, bei dem er vor etlichen Jahren einmal gewesen war, er wusste nicht mehr, weshalb, vielleicht wegen der Lungenschmerzen, die er damals für eine Weile hatte. Der Mann war ihm sympathisch gewesen, aber er war nicht wieder hingegangen. Ob der die Wunde nähen konnte? Na ja, ein Landarzt würde das schon hinbekommen. Jedenfalls war ihm das lieber als in irgendeiner Ambulanz im städtischen Krankenhaus auf dem Flur zu sitzen und einem jungen Assistenzarzt erklären zu müssen, wie er sich diese Verletzung zugezogen hatte. Er stapfte unentschlossen und verkrampft durch den Schuppen, beide Arme eigentümlich nach oben gestreckt, die eine Hand das Gelenk des blutig verbundenen Stumpfes umfassend. Wie sollte er damit Auto fahren? Sollte er jemanden anrufen, Martin etwa? Nein, unter keinen Umständen, der sollte ihn so nicht sehen, dies war absolut seine eigene Sache.

Alles ging in seinem Kopf hin und her, keine Systematik, nur der pulsierende Schmerz, ein regelmäßiges scharfes Zucken und Stechen in der rechten Hand.

Nach zehn weiteren Minuten nervösen Herumlaufens machte er sich auf den Weg zu seinem Auto. Ihm war die Adresse des Arztes eingefallen, es war noch früh genug am Tag, er würde einfach dorthin fahren, irgendwie würde das schon gehen, dann würde man weitersehen. Es gelang ihm, mit der linken Hand den Zündschlüssel herumzudrehen und den Wagen anzulassen. Schweißtropfen bildeten sich auf seiner Stirn, er befürchtete einen Schwächeanfall, versuchte ruhig und gleichmäßig zu atmen und sich ein wenig zu beruhigen. Der Motor lief, er hatte vorher ausgekuppelt, und nun legte er mit der linken Hand den zweiten Gang ein, ließ langsam die Kupplung kommen und der Wagen ruckte zögernd und schwerfällig los. Nicht mehr während der Fahrt übergreifen müssen zum

Schalten, also im zweiten Gang starten und dabeibleiben, eben etwas langsamer fahren, es war nicht so furchtbar weit, wie er sich erinnerte. Die Rechte mit dem eingewickelten Stumpf lehnte er aufgerichtet gegen den Beifahrersitz. Ein seltsames Bild. Während der Fahrt ließ der Schmerz nach, vielleicht auch, weil er sich konzentrierte. Er vermied die Hauptstraße wegen des Verkehrs und der höheren Geschwindigkeit. Nach etwa einer halben Stunde ließ er den Motor vor einem weißen Holzhaus mit typischer, hübscher Veranda und einem hässlichen Anbau aus den 60er Jahren ausgehen und stieg aus.

„Tja, mein Lieber, da haben Sie aber Glück im Unglück gehabt. Ein verdammt tiefer Schnitt, und doch nicht den Nerv getroffen. Wenn alles gut geht, können Sie in drei Wochen wieder vorsichtig mit der Hand arbeiten."

Die Stimme des Doktors hatte die wohltuende Mischung aus Güte und Strenge, der man sich gerne anvertraut, wenn man sich schwach und hilflos fühlt. Lutz entspannte sich und blickte dankbar zu ihm hin. Der Arzt saß ihm gegenüber, hinter dem großen Schreibtisch, dahinter die Wand mit den medizinischen Nachschlagwerken und Fachbüchern. Auf dem Tisch die üblichen Utensilien, Stethoskop, Ophtalmoskop, Klopfhammer, Taschenlampe, einige Zettel und Stifte, eine kleine Figur des unvermeidlichen Hippokrates, ein Bilderrahmen, in dem ihn vermutlich seine Familie anlächelte. Notizen, Brieföffner, zwei Fachzeitschriften, an einigen Ecken

Staub, ein zerknülltes Papier; eine Mischung aus Ordnung und Chaos. Alles strömte eine Atmosphäre von milder Gelassenheit und Selbstverständlichkeit angesichts des Unvermeidlichen aus, gepaart mit dem engagierten Bemühen um das Mögliche. Jetzt fehlte nur noch, dass er die Flasche Cognac aus dem Schrank holen und sich und seinem Patienten nach getaner Arbeit einen Schluck genehmigen würde.

Vor zwei Stunden war er in die Praxis gestolpert und hatte in einer Wallung von plötzlicher dramatisierter Panik gerufen „Ich bin verletzt, ich bin schwer verletzt, ich brauche Hilfe!" und hatte seinen in das dreckige Handtuch gewickelten Arm hochgehalten. Die Sprechstundenhilfe hinter dem altmodischen Tresen hatte ihn skeptisch und gleichzeitig ironisch angeschaut, ihn dann aber gleich in ein Behandlungszimmer geführt. Nach kurzer Frage nach dem Hergang hatte sie dann sehr routiniert und sachlich das schon an der Wunde festgeklebte Handtuch zerschnitten, Tuchreste mit der Pinzette weggezupft, immer wieder Antiseptikum darüber geträufelt, das alte Blut abgewischt, mit frischen Tupfern nachfliessendes Blut abgetupft und nach und nach den Anblick einer sauberen Wunde hergestellt. Sie arbeitete ruhig und konzentriert, nichts schien sie aus der Ruhe bringen zu können. Allerdings war es auch ruhig in der Praxis, es waren keine anderen Patienten da. Lutz atmete mehrmals tief durch. Manchmal zuckte er zusammen und stieß einen vernehmlichen Seufzer aus, denn das Wegzupfen der Tuchreste tat weh. Die Helferin schaute kurz hoch, sah ihn freundlich und
218

teilnahmsvoll an, war aber gleichzeitig streng: „Ssst, nicht bewegen, bitte, sonst tut es noch mehr weh. Atmen Sie tief durch, Sie machen das schon ganz gut."

Sie war vielleicht an die Fünfzig, eine erfahrene und gestandene Frau, die sicherlich schon einiges miterlebt hatte und für die dieser Vorgang nichts Überraschendes war. Damit hatte sie bereits eine beruhigende Wirkung auf Lutz. Er entspannte sich von Minute zu Minute.

Nach einer Weile erschien der Doktor. Lutz hatte nicht wahrgenommen, wie lange die Prozedur schon dauerte und wann er informiert worden war. Auf einmal stand ein älterer, freundlicher Mann im Raum, in einem offenen weißen Kittel und dem obligatorischen Stethoskop um den Hals.

„Guten Tag. Ich bin Doktor Brand. Tja, zeigen Sie mal her. Na, das sieht ja schon ganz gut aus, vielen Dank, Maria. Holen Sie doch bitte das Nahtbesteck schon einmal her und die sterilen Handschuhe, na ja Sie wissen ja, und die Betäubung."

Er lächelte wissend und freundlich, Maria lächelte zurück. Ein eingespieltes Team, das sich kannte und aufeinander verließ, und mehr im Scherz noch aussprach, was eigentlich selbstverständlich war. Lutz gefiel diese selbstverständliche, ruhige Art. Vermutlich, dachte er, arbeiten die beiden schon seit dreißig Jahren zusammen, und auf eine angenehme altmodische Art und Weise, allerdings untypisch für Norwegen, siezen sie sich immer noch. Maria ging aus dem Raum, während Doktor Brand sich zu ihm setzte und die Wunde betrachtete.

„Nun ja, ziemlich tief."

Er tupfte ein paar Blutstropfen, die immer noch hervorquollen, ab.

„Wie haben Sie das denn hinbekommen?"

Lutz erzählte in wenigen Worten den Hergang, Brand nickte nur knapp.

„Tja, so passieren diese Dinge eben, nicht wahr?"

Er sah nicht so aus, als ob er eine Antwort auf diese Frage hören wollte. Er blickte Lutz kurz ins Gesicht und fragte, ob er noch etwas gegen Schmerzen brauche. Lutz schüttelte den Kopf, Brand nickte erneut.

„Okay. Wie sieht es mit Tetanus aus? Geimpft? Wahrscheinlich nicht, wie immer. Als Erwachsener achtet keiner mehr darauf, und wissen Sie was? Ich habe erstaunlich viele Leute hier mit offenen Wunden, schlimmer als diese mit dreckigen und zerfetzten Rändern, gesehen und vielleicht höchstens 3 oder 4 Mal einen Wundstarrkrampf. Und keiner von denen war geimpft. Na ja, Naturburschen, oder ich weiß nicht welche guten Geister die Leute hier beschützen. Vielleicht ist es auch nur Maria, die Sie eben gesehen haben, eine prachtvolle Frau, die die Wunden so gut versorgt. Medizinisch muss die Impfung aber sein, keine Frage, machen wir nachher bei Ihnen auch."

Lutz nickte brav, er war bereit, ihm zu vertrauen.

„Ich muss die Wunde jetzt nähen. Bei der Länge – na ja, drei oder vier Stiche. Kommen Sie jeden Tag her und wir schauen nach, ob sich Gasbrand darunter entwickelt. Das ist viel schlimmer als Tetanus. Wir reinigen die Wunde jeden Tag, in zwei Wochen ziehen wir die Fäden, und dann geht's auch bald wieder. Die Wundränder sind zum Glück glatt und wachsen gut zusammen. Aber eine Narbe wird bleiben."

Die Stimme des Doktors surrte angenehm über Lutz hinweg, er hörte gar nicht genau hin, Hauptsache, er wurde versorgt. Es hätte ihm auch egal sein können angesichts seines Vorhabens mit Martin, aber jetzt fühlte er eine geradezu kindliche Sehnsucht nach Fürsorge. Langsam wichen der Schreck und die Anspannung aus seinen Gliedern und eine angenehme Müdigkeit machte sich breit. Die Wunde biss noch und die bevorstehende Näherei in seiner Haut beunruhigte in für einen Moment, aber dann nickt er nur und sagte: „Machen Sie einfach, Doktor."

Dr. Brand schaute ihn kurz an, dann beugte er sich wieder über die Hand. Maria war hereingekommen und stellte ein Tablett neben Brand auf einen Tisch und nahm das Tuch herunter. Instrumente, Pinzetten, eine chirurgische Schere, daneben ein paar Tütchen mit Nadeln und Fäden, eine Ampulle und eine Spritze mit Kanüle, Tupfer. Brand machte sich an die Arbeit, Maria reichte eine Pinzette oder schnitt den Faden, gelegentlich schaute sie zu Lutz, der in seinem Stuhl saß, den Kopf nach hinten gelehnt und die Augen geschlossen hatte.

„Fertig! Schauen Sie mal! Eigentlich müsste ich zur Haute Couture gehen, so schön wie ich nähen kann", rief Brand aus und schaute mehr zu Maria als zu Lutz hin.

„Sie bleiben noch ein paar Minuten hier sitzen, Maria wird bei Ihnen bleiben und Sie ein paar Dinge fragen."

Lutz atmete tief ein. Alles geschafft. Was war überhaupt passiert? Womit war er beschäftigt gewesen, was hatte er vorgehabt, bevor dieses Missgeschick geschehen war? Es war ihm gerade egal. Die ganze Geschichte mit Martin, mit der Vergangenheit – es schien ihm wie in weite Ferne gerückt. Hier durchzog ihn tiefes Wohlgefühl, er fühlte sich versorgt und verstanden, ohne Worte, er kam sich wie ein kleiner Junge vor, der von seinen liebevollen und starken Eltern sicher geleitet wurde. Er lächelte, was für ein übertriebenes Bild. Schließlich war er selbst schon fast siebzig. Und doch! Er schloss die Augen und überließ sich den sicheren Handlungen Marias. Tief in seinem Inneren tauchte eine Sehnsucht auf, als ob er seit seiner frühesten Kindheit darauf gewartet hätte, dass genau dieser Moment endlich eintrete. Aber er konnte nicht erkennen, wonach er sich eigentlich sehnte.

Zwei Tage später saß er erneut im Sprechzimmer von Doktor Brand und schaute zu, wie der Verband gewechselt wurde. Die Wunde sah gut aus. Immer noch frisch und rot, aber rundherum hatte sich Granulationsgewebe gebildet. Es gab keine schmerzhafte

Schwellung, die auf einen Abszess hindeuten würde. „Alles sauber",
freute sich Maria, die daneben stand.

Lutz hatte die beiden Tage alleine zu Hause verbracht und nur das
Allernötigste erledigt: Essen, einige Einkäufe, die notwendigsten
Hausarbeiten, Körperpflege, einen Spaziergang. Bei Martin hatte er
sich nicht gemeldet, war auch nicht ans Telefon gegangen, als es
klingelte. Nun war er froh, wieder hier beim Doktor zu sein, bei
jemandem, der sich um ihn kümmerte. Die Wunde hatte geschmerzt,
er hatte schlecht geschlafen, fühlte sich alleingelassen und war in
eine dunkle Stimmung von Verzweiflung, Einsamkeit und
Lebensmüdigkeit geglitten, die nichts mehr von der Zielstrebigkeit
der vorangegangenen Tage hatte. Irgendetwas in ihm wollte es nicht
akzeptieren, den Unfall mit dem Messer einfach hinzunehmen und
vorbeiziehen zu lassen. Etwas in ihm drang darauf, dem Unfall eine
Bedeutung zu geben. Als ob der Tod nun auf ihn warte. Er hatte die
Nacht lange wach gelegen, sich hin und her gewälzt, in kurzen
Phasen war er eingenickt und hatte heftige Träume vom Tod gehabt,
Folterszenen, drastische, unterirdische, teuflische Strafen für ein
falsches Leben. Er war nach kurzer Zeit wieder wach geworden,
schweißnass und voller Staunen und Nichtbegreifen, dass ihm
derartige Träume kamen. Er konnte nichts damit anfangen, oder
besser, er wollte nichts damit anfangen. Er drehte sich um, spürte
erneut den stechenden frischen Schmerz in seiner Hand, stand auf,
holte einen Schnaps aus dem Schrank, trank und trank noch einmal,
um schlafen zu können.

So war es zwei Nächte gegangen. Jetzt war er froh, dass er den Termin hatte. Dass jemand da war, der ihn anfasste und anschaute, etwas an ihm tat, körperlich und praktisch.

„Sie sehen nicht sehr gut aus, Lutz", sagte Dr. Brand. Er nannte ihn beim Vornamen, so war es in Norwegen üblich. Seine Stimme war anteilnehmend und verständnisvoll.

„Sie haben nicht gut geschlafen. Was war denn los? So starke Schmerzen?"

Lutz stöhnte leidender als er klingen wollte. „Schreckliche Nächte. Schmerzen, Träume und so. Alles in Ordnung mit der Wunde?"

Wie alle Männer seiner Generation tat Lutz das ab, was ihm eigentlich gut tat. Keine Gefühligkeit. Er straffte sich, schluckte, die sentimentale Regung war schon unterdrückt, und er antwortete knapp:

„Alles okay, Doktor. Machen Sie mal den Verband fertig, Sie haben noch anderes zu tun. Ich komme schon klar."

Brand schaute ihn gerade an und sagte ruhig: „Wissen Sie was, Lutz? Sie kommen heute Abend nach der Sprechstunde noch mal her. Wir müssen ein paar Dinge besprechen. Sie erinnern mich da an etwas. Nun, also heute Abend. Bis dann."

Brand ging aus dem Raum und strich sich dabei den Kittel glatt, ohne Lutz noch einmal anzuschauen.

Am Nachmittag hatte Lutz die Nachricht für Martin hinterlassen, dass er für ein paar Tage nicht erreichbar sei. Er müsse sich leider gedulden, er werde sich dann wieder melden, und ob er, Martin, solange warten könne. Das Umland von Bergen sei für Ausflüge sehr zu empfehlen, hatte er noch hinzugefügt, und außerdem würde er ihn gerne noch auf die Wanderung mitnehmen, die er geplant habe. Er wollte seinen Plan unbedingt weiter verfolgen, trotz des Unfalls.

Nun saß er wieder bei Dr. Brand in der Praxis. Er kam sich vor wie bei einem Beichtvater. Aber er wollte nicht beichten. Er wollte es zu Ende bringen, und dazu brauchte er Martin.

Brand kam herein und lächelte freundlich. „Cognac?"

Er holte ein Flasche und zwei Gläser aus dem Schrank.

In Brands Gesicht spiegelten sich die Spuren eines intensiven, auch leidvollen, aber letztlich erfüllenden Lebens. Lutz sah dies mit einer Spur von Neid. Brand strahlte ihn mit seinen blauen Augen offen und forschend an.

„Ich habe über Sie nachgedacht. Ich plaudere gern mit manchen meiner Patienten, es hilft mir gegen die Einsamkeit. Erzählen ist eine gute Medizin, wissen Sie. Ich bin nun seit zwanzig Jahren Arzt hier, obwohl ich ursprünglich Schauspieler werden wollte. Aber Unentschlossenheit ließ mich den Weg gehen, den mein Vater vorgesehen hatte. Ich hätte gerne mal euren Faust gespielt, Sie wissen schon, ‚Habe nun ach …' und ‚sehe dass wir nichts wissen können'. Nun, im Laufe der Jahre habe ich das Arztsein lieben gelernt und viele Aspekte des Theaters darin entdeckt. Die meisten

Patienten spielen ein Stück ihres Lebens auf, in dem ihre Schwächen und Leiden nicht vorkommen sollen. In diesen oft sehr verkrampften Versuchen, ein Heldenepos darzustellen, offenbaren sie ihre Unvollkommenheit und ihre unerfüllte Sehnsucht erst recht, sie verstärken sie geradezu. Die Psychotherapeuten wissen das. Ich habe meine schauspielerische Nase oft in diese unbewußten Drehbücher meiner Patienten gesteckt und ein wenig eingegriffen. Manchmal war ich aber auch einfach dankbarer Zuschauer, fasziniert von der tiefen und schlichten Weisheit mancher Inszenierung eines Lebensweges."

Lutz hörte zu. Der Cognac tat gut, er entspannte sich, der warme Tonfall des Doktors klang angenehm in seinem Ohr. Aber er konnte sich noch keinen rechten Reim auf Brands Ausführungen machen. Worauf wollte er hinaus?

„Sehen Sie, Lutz, ich habe mich gefragt, was denn Ihr Stück ist, mit Ihrer eigenartigen Verletzung. Ich glaube, dass Sie etwas mit sich herumtragen, eine Art alter Schuld, und irgendetwas ist jetzt passiert, das diese Sache wieder hervorgebracht hat. Aber Sie müssen nicht reden, keine Sorge. Ich will Ihnen stattdessen etwas von mir erzählen, vielleicht können Sie etwas damit anfangen."

Der Abend wurde lang. Der Doktor erzählte von seiner Herkunft, den Eltern, seinem Weg als Arzt entgegen seinem eigenen Wunsch vom Theater, von der Familiengründung, der Arbeit in der Klinik. Eine langsame Depression hatte sich entwickelt, aus schleichender Unzufriedenheit und dauernder Anpassung heraus. Er entfremdete

226

sich von seiner Frau, Spannungen entstanden, die keine Auflösung erfuhren, sondern sich aufstauten. Gelegentlich sei er alleine ins Theater gegangen und habe wehmütig den Schauspielern zugeschaut.

Dr. Brand sah Lutz an. „Es ist erstaunlich, wie verzweifelt man werden kann, ohne dass es jemand merkt. Man gewöhnt sich daran, die Verzweiflung wird zum Alltag, man verachtet sie vielleicht sogar als Selbstmitleid. Es darf nur nichts zu nahe kommen, dann gerät die Lawine ins Rutschen".

Lutz war aufmerksam geworden. Fast kam es ihm vor, als ob der gute Doktor seine eigene Geschichte erzählte. Eine unangenehme Ahnung beschlich ihn, er wollte nicht hören, worauf Brand hinauswollte, konnte aber auch nichts über die Lippen bringen und blieb sitzen.

Der Doktor kam zu dem Zerwürfnis mit seiner Frau vor vielen Jahren, von der emotionalen Druckwelle, die sich in ihm aufgebaut und auf einmal eine Schwelle übertreten hatte. Vom inneren Orkan der lange aufgestauten Energien getrieben war er aus dem Haus in die Nacht gelaufen, irgendwann hatte er sich auf einer Brücke wieder gefunden. Er war bereit gewesen, seinem Leben durch einen Sprung in den reißenden Fluss ein Ende zu setzen.

„Ein trauriges Finale furioso. Schlechtes Theater wäre es gewesen. Allerdings unterbrochen und vermieden durch unerwartet auftauchende Spaziergänger. Meine melodramatische Inszenierung war gestoppt. Ich hatte zwar diesen erhabenen Augenblick der letzten Freiheit gefühlt, aber ich wusste auf einmal mit aller Klarheit auch, dass ich meine Not anders lösen musste und konnte."

Lutz' Unbehagen nahm zu, vielleicht auch weil er spürte, dass der Doktor ihm auf der Spur war und ihn beeinflussen wollte. Er hörte, wie er weiter erzählte. Von Trennung und Neuanfang, von Versöhnung mit den Kindern, von dem liebenswerten Alltag des Landarztes und der Schauspielerei im Kleinen, von Selbstliebe und Selbstironie.

Brand holte tief Luft und trank noch einen Cognac.

„Und jetzt zu Ihnen: Sie, mein Lieber, wollen etwas erzwingen. Mit künstlerischer Gewalt – ihre Figuren zum Beispiel verehren das Monumentale und verachten das Individuelle. Ich habe ein paar Ihrer Sachen gesehen, Sie sind ja hier nicht unbekannt. Handwerklich und künstlerisch gelungen, beeindruckend. Aber oft ist in Ihren Figuren auch ein Ausdruck – vielleicht gar nicht gewollt, sondern nur so geworden – von Verachtung des Kleinen und Verehrung des Großen. Ja, Sie gehen sogar so weit, dass Sie selbst bei gewollter Darstellung des Unvollkommenen, zum Beispiel bei einem Kranken, mit einem ungeheuren Vollkommenheitsanspruch arbeiten: die perfekte Darstellung der Mangelhaftigkeit des Menschen. Bemerken Sie die Perfidie daran? Auch jetzt wollen Sie etwas mit persönlicher Gewalt erzwingen und durch eine monumentale Geste eine Antwort auf eine alte Sache geben. Ihre Wunde da, die wir nun schon einige Tage verbinden – ehrlich gesagt tun wir das, um Sie mit ein paar menschlichen Streicheleinheiten zu versorgen, nicht aus medizinisch notwendigen Gründen – also diese Wunde wirkt so, als hätten Sie sich selbst eines der Wundmale Christi zufügen wollen, den Nagel am Kreuz durch die Hand! Sie inszenieren sich als den die Schuld der Welt auf sich nehmenden Schmerzensmann. Sie leiden mit Stolz und Hochmut an ihrem alten Drama."

Brand holte Luft, nahm einen Schluck und schaute Lutz an. Lutz war voller Wut über diese Zumutungen, konnte dem Blick aber nicht ausweichen und blieb stumm. Nur langsam ließ die Erregung in ihm nach, bis er kein Verlangen mehr danach verspürte, mit ihm zu diskutieren. Etwas war wahr an der Rede Dr. Brands. Schließlich fand er seine Stimme wieder und sagte, während er aufstand:

„Vielleicht suche ich auch nach dem kritischen Augenblick, um meine Lektion zu lernen, so wie Sie Ihre gelernt haben. Es ist nicht zu ändern, Doktor. Und ich will es Ihnen auch nicht erzählen. Vielen Dank für Ihr ehrliches Bemühen. Ich habe verstanden, was Sie mir sagen wollen, und es ehrt Sie sehr, dass Sie sich dafür Zeit genommen haben. Aber ich muss meinen Weg gehen. Jetzt will ich schlafen. Haben Sie Dank für alles. Auch für die Streicheleinheiten. Die waren wirklich wohltuend."

Lutz wandte sich zur Tür, während Dr. Brand am Tisch sitzen blieb, ihm mit einem Blick aus Freundlichkeit und Sorge nachschauend. Lutz drehte sich noch einmal um. „Ach, noch etwas: Sie sind ein guter Arzt, wirklich. Und ein guter Schauspieler."

Am nächsten Morgen hinterließ Lutz in dem Hotel eine Nachricht für Martin.

„Lieber Martin!

Ich muss mich entschuldigen. Ich war ein paar Tage krank, unpässlich sozusagen, ein wenig behindert, aber nicht der Rede wert. Vielleicht hast du vergeblich versucht, mich zu erreichen, aber ich bin nicht ans Telefon und nicht zur Werkstatt gegangen, und du hast freundlicherweise nicht nach mir gesucht. Nun also, wir müssen ein paar Dinge besprechen wegen der Wanderung. Komm morgen Nachmittag zu meinem Schuppen, wir werden einen kleinen Spaziergang machen. L."

Martin war in den vergangenen Tagen ein wenig herumgekommen. Obwohl er irritiert gewesen war über Lutz' Verschwinden, hatte er eine aufgeräumte Stimmung behalten. Er hatte mit Julia beim Frühstück gescherzt, sich von ihr über Bergens Sehenswürdigkeiten aufklären lassen, sie sogar einmal beim Einkauf für die Pension begleitet und ihr beim Tragen geholfen. Einige Male war er allein in Bergen herumgewandert, einmal auch stadtauswärts am Fjord entlang. Über Julias Ausbruch am Morgen nach dem Schiffsunglück hatten sie nicht mehr gesprochen.

An diesem Morgen fand er die Nachricht von Lutz unter seiner Zimmertür. Sie war offen, Julia hatte sie mit Sicherheit gelesen. Martin erschrak kurz, sie musste sich doch Gedanken machen. Schon ihre Äußerungen neulich hatten so einen Unterton, als ob ihr all die Vorgänge um den deutschen Künstler nicht geheuer wären. Er schob diese Gedanken jedoch beiseite.

Am Nachmittag traf er Lutz an dessen Schuppen. Sofort fiel ihm der Verband an seiner rechten Hand auf.

„Was ist mit dir passiert?", rief er.

Lutz nickte nur und winkte ihn heran.

„Komm rein. Nicht der Rede wert, ein Arbeitsunfall vor einigen Tagen, deshalb habe ich mich nicht gemeldet, aber jetzt ist alles in Ordnung. Alles klar bei dir?"

Martin war erstaunt über den fürsorglichen Tonfall. Er nickte.

„Gut. Hast du deine Fragen vorbereitet? Du kannst mich auf der Wanderung fragen, was du willst. Wenn es mir zu intim wird, verweigere ich die Aussage. Was wirst Du dann damit machen?"

„Ich habe es dir doch schon mehrmals gesagt: Die Story schreiben. Ein paar gute Fotos, ein altes aus der Normandie, dann du vor deinem Schuppen hier, norwegische Landschaft, der Prekestolen, deine Skulpturen. Die Story - menschliches Drama mit happy end. Ich bin sicher, sie wird gerne gelesen und die Leser werden dich am Ende mögen und bewundern."

„Mögen und bewundern? Mir ist ehrlich gesagt inzwischen egal, was deine Leser denken. Ich will wissen, was du mit der Geschichte vorhast. Ja, ich weiß, verkaufen natürlich. Aber was denkst du darüber? Ich sagte neulich schon, dass ich von dir ein Urteil erwarte. Ich will, dass du auf unserer Wanderung über die ganze Sache nachdenkst und mir sagst, wie du das bewertest. Wo du mich für einen Versager oder einen Verräter hältst, allen mildernden Umständen zum Trotz. Das will ich von dir."

Martin schluckte. Er kannte diese Forderung, und dennoch war ihm der unerbittliche Ton in Lutz' Stimme erneut unheimlich. Und gleichzeitig glänzte in seinen Augen eine versteckte freundliche Wärme. Wie war das möglich, wie hatte er das gelernt: so hart zu klingen und zugleich so zurückhaltend herzlich zu schauen? Dieser Mensch muss gelernt haben, seine Liebe zum Leben hinter einer strengen Pflicht zu verbergen. Martin sah Lutz an und sagte:

„Ich will es versuchen. Mir ist noch nicht klar, was das genau heißen soll, aber meinetwegen."

„Du bist wenigstens mutig. Du musst dich um feste Schuhe und einen kleinen Rucksack kümmern. Den Rest organisiere ich. Hast du Kondition? Gut, das beruhigt mich. Übermorgen fahren wir los, ich hole dich ab. Nimm Papier mit, Schreiberling", fügte er noch lachend hinzu.

Ich hatte diese Geschichte zu zwei Dritteln geschrieben und war mir an dieser Stelle unklar, wie es weitergehen soll. Im Laufe der Arbeit waren mir Lutz und Martin näher gekommen und entwickelten nun eine Art Eigendynamik. Ich war und war zugleich nicht mehr Herr über meine Figuren. Ich wurde ungemütlich, ging meiner Frau auf die Nerven und brütete vor mich hin.

Einige Wochen zuvor hatte ich im Radio einen Vortrag gehört über die Art und Weise, wie das Gehirn Erinnerung gestaltet. Objektive Erinnerung gebe es nicht, die kreative Anpassungsfähigkeit der Erinnerungsarbeit des Gehirns an unbewußte Überlebensmuster wurde betont. Demgegenüber müsse sich der bewusste Geist manchmal sehr anstrengen, um eine für die Gegenwart hilfreiche, menschliche und rationale Version zu aktivieren. Verdrängung oder Projektion auf andere sei da allemal einfacher. Das musste natürlich auch für Lutz gelten.

Was hatte Lutz nun vor? Wohin sollte seine quälerische Mühe führen?

Ich musste an die Studentin aus Frankfurt/Oder denken. Ob sie ihre Geschichte schon angefangen hatte? Ich widerstand der Versuchung, ihre Telefonnummer zu recherchieren und sie um Rat zu fragen. Stattdessen schrieb ich „Lutz", „Martin" und „Studentin" auf drei Zettel, legte sie im Halbkreis vor mich auf den Tisch und schloß die Augen.

Die mentale Diskussion dauerte eine Weile, dann war klar geworden, dass es zwei plausible Versionen gibt. Ich beendete die innere Debatte. Mein Gefühl sprach für die zweite Alternative, aber die erste gefiel mir aus dramaturgischen Gründen besser. Nun ja, was sollte ich da tun? Keine Version ist freiwillig zurückgetreten. Beide sind „wahr".

Kapitel 5

Prekestolen I

Die beiden Männer standen oben auf der Felsenplattform und schauten in die Tiefe. Es war unglaublich. Senkrechte Felswände, kein Halt für den Blick, bis auf kleine Absätze und Stufen am Anfang, dann geht der Blick ins Leere, weil die Wand sich ein wenig zurückzieht und die Plattform wie eine große Kanzel nach vorne übersteht. 250 Meter tiefer, senkrecht unter ihnen, ist Wasser. Dunkel, fast schwarz und von den Streifen der Dünung überzogen lag es wie eine Stahlplatte dort. Die Wasserfläche wirkte auf die beiden Männer eigentümlich anziehend, fast magnetisch. Sie standen am Rand und setzten sich diesem eigenartigen Nervenkitzel aus.

Sie hatten eine lange Wanderung hinter sich.

Vor vier Stunden waren sie an dem Parkplatz aufgebrochen und durch den Wald gelaufen, über Felsen, Baumstümpfe und nassen Waldboden, immer dem mit einem roten-weißen Balken markierten Pfad entlang. Martin hatte das Gefühl, geführt zu werden und gleichzeitig ausgesetzt zu sein. Wegmarkierungen können solche Doppelbedeutungen haben. Er war dankbar für die Orientierungshilfe, die sie beide ohne größeres Nachdenken sicher zu dem Felsen führte.

Innerlich waren beide mit anderen Orientierungsfragen beschäftigt. Man hätte meinen können, zwe_ Mönche bei einem nächtlichen Gebetsgang durch einen Kreuzgang zu beobachten, getrieben von einem unbestimmten Gefühl drohender Gefahr und bemüht, kontemplative Ruhe zu bewahren. Nur die Notwendigkeit, auf den Weg selbst zu achten, führte zu einem sprunghaften, manchmal federnden Gang.

Martin fühlte sich wie ein Abenteurer. Er stöhnte leise und spürte die Kraftanstrengung dieses Marsches, sein Herz schlug kräftig, die Hände schwitzten. Lutz stapfte vor ihm her, er wirkte, als ob er mit diesem Pfad und der nordischen Landschaft in einem natürlichen Vertrauensverhältnis stände, als ob er hier und nicht im Weimar des dritten Reiches aufgewachsen sei. Lediglich der Verband am rechten Arm wirkte irritierend. Vor seinem inneren Auge ließ Martin dessen Leben und die Ereignisse in Vierville und an der Cote Fleurie noch einmal Revue passieren. Daran maß sich alles andere: vorher Weimar, Frankfurt, Brüssel, dann Norwegen. Vor drei Monaten erst war er selbst auf die Geschichte gestoßen. Nun ging er hier durch den Wald hinter dem Mann her, der der Träger dieser Geschichte war. Er fühlte sich wie ein Getriebener, obwohl er sich noch bis vor kurzem für jemanden gehalten hatte, der souverän sein eigenes Ding durchzieht. Lutz hatte ihn vor ein paar Tagen im Scherz als einen Pseudo-Mimetiker bezeichnet, mit einer leichten Verachtung, als käme es einer Art Schmarotzertum gleich, wenn ein erwachsener

Mann es vorzog, sich über die Geschichten anderer zu profilieren statt seine eigene zu gestalten.

Martin war ein ganzes Stück hinter Lutz zurückgeblieben, er sah ihn nur noch als bewegten Schatten zwischen den Bäumen vor sich, und musste nun stärker auf die rot-weißen Balken achten. Dies riss ihn aus seinen Gedankengängen heraus. Er zwang sich, wieder auf den Weg zu achten. Aber die Gedanken ließen sich nicht zwingen, wanderten ihre eigenen Wege. An einer Stelle stolperte er über eine Wurzel und stieß sich schmerzhaft den Zeh, verärgert über seine Unaufmerksamkeit und leicht humpelnd ging er weiter.

Er schaute nach vorne und sah, dass der Wald deutlich lichter geworden war. Lutz stand auf einer Felsnase und wartete. Er wirkte gelassen und guter Stimmung. Als er Martins humpelnden Gang sah, rief er:

„He, hast du dich verletzt? Na, wir sind gleich da. Wir machen als erstes eine schöne Brotzeit, ich habe gute Sachen eingepackt. Zeig mal her, na, so schlimm ist es nicht, zuviel geträumt, was? Bei der Hitlerjugend hätte dich der Gruppenführer jetzt vor der versammelten Mannschaft lächerlich gemacht. Oh Mann, mir ist das einmal passiert, da bin ich unterwegs ausgerutscht und so blöd ins nasse Gras gefallen, dass meine Hose aussah als hätte ich hineingepinkelt, da haben mich die anderen aber fertig gemacht. Am schlimmsten waren die Sprüche der strammen Nazi-Jungs, undeutsches Verhalten, mich so nass zu machen, ob ich denn die deutsche Ehre in den Dreck ziehen wollte.

238

Also komm, geht's noch? Pass auf, gleich zeige ich dir einen Blick, den du dein Leben nicht mehr vergessen wirst. Gott hat in seine kleine Welt ein paar außerordentlich schöne Stellen hineingebastelt, und diese gehört dazu."

Martin freute sich auf die grandiose Aussicht nach der langen Wanderung. Die letzten Meter gingen sie langsamer, Martin dicht hinter Lutz. Der Wald hörte auf, es wurde licht und weit, und doch gab es erst einmal keine Aussicht über einen Fjord, sondern sie standen vor einer Wand. Die Plattform war etwa zweieinhalb Meter über ihnen. Sie kletterten noch einige in den Fels gehauene Stufen hoch, eine letzte Anstrengung, die Martin mit seinem verstauchten Zeh nicht leicht fiel, dann standen sie oben. Eine etwa 15 x 15 Meter große Fläche mit natürlichen Unregelmäßigkeiten, aber erstaunlich eben. Lutz ging voran und stellte sich genau in die Mitte der Fläche. Eine Weile stand er da, ganz still, mit geschlossenen Augen, und breitete die Arme aus, verharrte einen Moment, dann entspannte er sich, ließ sie sinken und rief Martin zu:

"He, Novalis, komm her, hier ist die Tankstelle, dies ist der Pluspol der Weltenbatterie. Hier kannst du aufladen, du merkst sofort das metaphysische Kribbeln. Komm!"

Lutz war auffällig gehobener Stimmung. Diese neue Vertraulichkeit war Martin nicht angenehm. Er stellte sich an die Stelle, die Lutz gezeigt hatte, aber er merkte nichts, er war nicht hier wegen esoterischer Energiefeldwahrnehmungen an Felsen, sondern wegen der Energie einer Geschichte.

„Nein, ich merke nichts. Aber ich habe Hunger. Was hast du mitgebracht?"

Sie saßen eine ganze Weile auf der Plattform. Der Blick war gigantisch. Die Nachmittagssonne wärmte noch etwas, aber es begann schon kühl zu werden. Martin war ein paar Mal dicht an den Rand herangetreten und hatte in die unglaubliche Tiefe geschaut. Er hatte es aber nur kurz ausgehalten, er war nicht ganz schwindelfrei. Schließlich hatte er sich auf den Bauch gelegt und den Blick auf den Fjord weit unter ihm genossen. Die beiden Männer sprachen kaum, aßen und tranken und reckten die Glieder nach der Wanderung.

Schließlich ergriff Lutz das Wort, die fröhliche Stimmung war einem merkwürdigen Ernst gewichen.

„Ich will es dir endgültig erzählen." Er hustete gekünstelt. „Ich bin ja nun ein alter Mann..."

„Na ja, so alt nun auch wieder nicht, du bist noch besser bei Kräften als ich."

„Nein, das meine ich nicht. Ich will noch mal mit dir reden über das, was ich hinter mir habe, und weshalb du hierher gekommen bist. Mir liegt das alles auf dem Herzen."

„Ja, ich weiß."

Lutz holte noch einmal Luft. Ich muss ihn provozieren und aus seiner Deckung holen, damit er tut was ich von ihm will, dachte er.

„Du hast mein Tagebuch auf eigenartige Weise in die Hände bekommen, fast so, als sollte es so kommen. Hast mich gesucht und

240

gefunden und mich herausgefordert zu erzählen. Du hast dich an mich rangehängt wie ein Alkoholabhängiger. Ich weiß immer noch nicht, was du eigentlich von mir willst, und ob es gut ist für dich, dir alles das zu erzählen. Du kommst mir vor wie ein kleines Kind, das vom Großvater immer wieder die gleiche Abenteuergeschichte hören will, weil sie so spannend ist und das Kind darin selbst ein bisschen zum Helden wird. Der Großvater weiß aber, dass die Geschichte nur halb eine Heldengeschichte ist, zur anderen Hälfte eine Geschichte von Feigheit und Schuld. Willst du dich als Held fühlen und an dem wohligen Grusel dieser Schattenseite laben?"

„Ich bin doch nicht dein Enkel. Ich weiß nicht, worauf du hinaus willst, Lutz. Zumal es bis jetzt keine Helden gab in deiner Geschichte. Nein, ich will mich nicht an deiner Feigheit weiden, bewahre. Aber wenn du von Schatten sprichst, muss es auch Licht geben."

„Oh, das gab es! Und du weißt, wer es ist, das Licht. Ich habe nie aufgehört, mich nach ihr zu sehnen. Und Helden gab es auch, wenigstens einen - den Amerikaner."

„Hat sie dir selbst von ihm erzählt?"

„Sie hat es mir erzählt... ja, sie hat es mir erzählt, mehrfach sogar. In jedem Detail, von mal zu mal ausgeschmückter. Anfangs um die Spannung zwischen uns anzuheizen, später um mich zu demütigen. Weil ich kein so guter Verführer war. Nicht so charmant, nicht so erotisch, nicht so wild, nicht so zärtlich. Ich war ihr immer zu ‚deutsch'. In Vierville in unserem Haus hatte ich immer das Gefühl, dieser GI steht hinter uns und schaut mir lächelnd zu, wie ich mir Mühe gebe, es ihr recht zu machen. Jetzt verstehe ich das besser, jetzt begreife ich etwas von meiner angestrengten Unfreiheit, mich selbst zu zeigen. Siehst du, sie war doch noch ein junges Ding in einer Zeit, in der alles, aber auch alles ein offenes, unberechenbares Abenteuer voller Gefährdungen war. Und sie hat mit dem GI etwas erlebt, was dieser ganzen Atmosphäre noch die Spitze aufsetzte: wunderschönen und liebevollen ersten Sex. Jetzt würde ich sagen, er war ein seltener Glücksfall. Kein unter Hormondruck stehender Vergewaltiger, sondern ein liebevoller Mensch. Die Regel war doch anders: Soldaten holten sich bei den jungen Frauen besitzergreifenden und unterwerfenden Sex. Manche Mädchen hielten es vielleicht dennoch für Liebe, weil sie nichts anderes kannten oder auf nichts anderes mehr hofften, und die Väter und Brüder keine Möglichkeit hatten, sie zu schützen.

Aber Marianne hatte Glück, ihr GI war gut zu ihr, er hat sie versorgt und unterstützt in der schlimmen Zeit kurz nach der Invasion, als der Krieg in Frankreich ja erst richtig ausbrach. Der Preis war allerdings, dass sie in ihrer Familie und im Dorf als Ami-Hure verachtet wurde. Deshalb suchte sie sich das zu erhalten, was ihr für eine sehr kurze Zeit Sicherheit und Glück gebracht hatte, und das waren paradoxerweise das Abenteuer und das Fremde. Sie hatte geglaubt, als wir uns in Brüssel getroffen hatten, sie würde mit mir das wieder erleben und bewahren können, was sie mit diesem GI 14 Jahre vorher erlebt hatte. Sie hatte diese Erfahrung wie einen Schatz in ihrem Herzen und in ihrem Schoß getragen, bis er sich in Sehnsucht verwandelt hatte.

Schließlich sollte ich der Mann sein, der diese aufbewahrte Sehnsucht erfüllt. Immerhin war sie da schon dreiunddreißig, und sie hatte durchaus realistische und konkrete Vorstellungen von einer gesicherten Existenz. Sie wollte Kinder haben, einen Mann und Ernährer, und eine eigene berufliche Perspektive, alles, was sich eine aufmerksame Frau aus den schüchternen Anfängen der Emanzipationsbewegung als Wunsch herauslesen konnte. Aber dahinter war immer diese romantische Sehnsucht nach Wiederholung der ersten abenteuerlichen Erlösung."

Martin schaute Lutz fragend an. Er hatte nicht erwartet, dass Lutz noch einmal so ausführlich von Marianne sprechen würde.

„Warte mal. Du hast gefragt, was ich eigentlich von dir will. Als ich dein Tagebuch gelesen habe, war ich gierig nach der Story, die ich mir davon versprach. Ich wollte herausfinden, ob du vor 25 Jahren tatsächlich deine Frau umgebracht hast, sie dann hast spurlos verschwinden lassen, schließlich deine Kinder ermordet und im Meer durch ein fingiertes Schiffsunglück versenkt hast."

Lutz war aufgestanden und schaute auf Martin herab, der noch auf dem Felsen saß. Er knetete seine Finger, er wirkte blass, sein Körper hatte die Spannung und die Farbe, die ihn auf der Wanderung ausgezeichnet hatte, verloren. Martin fuhr fort:

„Und ich wollte herausfinden, wie du entkommen bist und seitdem überlebt hast, wie du dir die Wahrheit zurechtgelegt hättest,

243

um dich vor dir selber sauber zu halten. Wie du angefangen hast, eine eigene Geschichte zu erfinden, die du dann in dein Tagebuch geschrieben hast und an die du selbst zu glauben begonnen hast. Das alles wollte ich herausfinden und mit einem realen Gesicht in Verbindung bringen.

Und jetzt stehe ich hier auf dieser Kanzel und habe das Gefühl, die Story unterwegs verloren zu haben. Ich habe dich kennen gelernt und ich habe angefangen, dich irgendwie zu mögen. Ist das schon zuviel Nähe? Bin ich für dich nur ein unreifer, narzisstischer Typ, den du verachtest? Ich habe dir noch nicht von meinem Vater erzählt. Ich habe ihn geliebt, aber er war ein Feigling. Er hatte keine Ahnung was Jungen von ihren Vätern brauchen, wie so viele nach dem Krieg. Du weißt, wovon ich rede, du bist selbst einer. Er hielt sich für einen guten Vater, bis zum Tod, obwohl er mich in allen wichtigen Dingen im Stich gelassen hatte. Ich habe mir geschworen, mein Herz nie mehr an etwas zu hängen, was sich mir wieder entziehen könnte. Dass ich dir hinterhergefahren bin, dich in Norwegen gesucht und gefunden habe, das habe ich anfangs aus ziemlich alltäglichen Motiven von Geld- und Geltungssucht getan. Hier erst habe ich gemerkt, dass ich mir selbst etwas zeigen wollte. Es war das erste wirklich ernsthafte Bekenntnis in meinem Leben: Ich wollte diese Story! Verstehst du mich? Ich war zum ersten Mal bereit, wirklich etwas herzugeben, mich einzusetzen, schwer zu arbeiten und der Verachtung und Zurückweisung die Stirn bieten. Dann ist im Lauf der Zeit die Story unwichtiger geworden und du bist an die Stelle gerückt. Und jetzt merke ich, wie du mich verachtest."

„Mann, mir kommen die Tränen!" Lutz stand immer noch über Martin, maß ihn mit einem verächtlichen Blick und knetete weiter die Finger. Martin fand seine Lage unangenehm, wollte aber nicht aufstehen und sagte nichts.

„Ich will ja nicht respektlos sein, aber ich bin keine kleine Lady mit einem süßen Arsch und festen Titten, und du bist nicht mehr zwanzig. Oder sollte ich deine romantische Liebeserklärung eben missverstanden haben? Und ich bin auch nicht dein Vater und schon gar nicht dein Psychotherapeut, also lass mich mit deinem gekränkten Ehrgeiz und deiner Wiedergutmachungssucht in Ruhe." Lutz holte tief Luft, atmete mehrmals langsam ein und aus. „Okay. Ich schenk dir alles, was ich dir erzählt habe. Wir haben es so verabredet. Mach daraus deine verdammte Geschichte. Nimm's als Gesellenstück, aber ich sage dir, es taugt nicht als Sensationsstory."

„Mariannes Tod. Hast du sie umgebracht?"

„Ja. Ich habe sie umgebracht. Nein. Ich habe sie nicht umgebracht. Ja. Nein. Ja. Nein. Seit fünfundzwanzig Jahren geht das so. Habe ich in diesem schlimmen Streit mit Absicht das Sofa derart zurückgestoßen, dass der Teppich verrutschen und sie auf genau diese Art und Weise stürzen und sich das Genick brechen musste? Habe ich gewusst, dass sie so wütend werden würde, habe ich es gezielt oder unbewusst wollend provoziert, dass sie die Kontrolle über ihren leichten Körper verlieren und sich gegen mich werfen musste, ohne Chance auf Halt, getrieben von Wut und Hass und enttäuschter Sehnsucht? Habe ich das provoziert, um sie mit einem kleinen Schritt zu Fall kommen zu lassen? Mein Gott, Martin, was willst du hören? Natürlich bin ich schuld. Ich war nicht in der Lage, ihre leidenschaftliche Sehnsucht zu erfüllen, ich habe es dir schon so oft erklärt. Sie hat ihre Enttäuschung mit Hass gefüttert. Wir konnten nicht mehr reden. Kein warmes, vernünftiges, freundliches Wort, kein Verstehen unserer beider Enttäuschung über die Unfähigkeit des anderen. Heute kann ich manchmal Marianne als alte Frau neben mir sehen und mir vorstellen, wie wir uns gnädig in die Arme nehmen und uns unser Unvermögen verzeihen. Aber die Wahrheit ist, dass ich sie enttäuscht habe, und damit habe ich sie auch getötet. Und dann bin ich geflohen."

„Und wo hast du sie...?"

„Wo ich sie gelassen habe? Ihre Leiche, meinst du? Ich habe es doch beschrieben, du hast es gelesen. Willst du es noch einmal hören, weil es so schaurig-schön klingt? Oder willst du meine Aussagen überprüfen? Ich habe sie in den Teppich gerollt und in der Nacht zum Bunker getragen und dort hineingelegt. Dass mich niemand gesehen hat, ist wohl reiner Zufall. Jedenfalls habe ich ihr einen letzten Dienst getan und sie dorthin gelegt, wo sie in ihrem Leben ihr größtes Glück gefunden und wo sich ihr Schicksal bereits entschieden hatte, in den amerikanischen Bunker. Eigenartig, nicht? Wie eine dunkle, feuchte Höhle, und doch ein wunderbares Liebesnest, umtost von Meeresrauschen und Kriegsgetöse zur Befreiung Europas. Dass ausgerechnet ich als Deutscher nun derjenige hatte werden sollen, der diese Geschichte fortsetzt und auf den Höhepunkt führt, kann ich nicht ohne Ironie sehen. Jedenfalls habe ich sie in diesen Bunker gelegt, und vermutlich liegt sie immer noch dort."

Lutz war sichtlich aufgewühlt. Er hatte auf etwas anderes hinsteuern wollen, aber jetzt sprudelte es aus so ihm heraus. Martin atmete tief durch.

„Erzähl mir von der Flucht mit den Kindern und dem Untergang der Solveigh. Erzähl mir, hier oben auf diesem Felsen, noch einmal die ganze Geschichte. Und dann will ich wissen, wie du vom sinkenden Schiff nach Norwegen gekommen bist. Wie du überlebt hast, ist bis heute dein Geheimnis geblieben. Erzähl ... "

Sie saßen lange oben auf der Plattform und schwiegen. Jetzt war wirklich alles erzählt. Die zwei Männer schauten sich nicht an, jeder trank seinen Tee still vor sich hin, beide schauten über den Lysefjord hinweg, irgendwo ins Leere.

Martin fragte sich, wie es jetzt weitergehen solle. Ich weiß alles aus dem Leben dieses Mannes. Was er mir preisgeben konnte, hat er mir gesagt. Die ganze Geschichte. Und? Es sollte eine Story werden. Nachgetragene Aufklärung eines Verbrechens aus Lebensangst, die Geschichte eines tragischen Lebens, so hatte ich mir das mal gedacht. Oder besser, so hatte sich Masing das gedacht. Jetzt habe ich alles Material zusammen, sitze hier und weiß nicht wirklich, wie ich damit umgehen soll. Eigentlich will ich diese Geschichte gar nicht schreiben. Aber ich komme auch nicht mehr aus ihr heraus.

„He!"

Martin schrak aus seinen Gedanken auf. Mit dem rechten Fuß stieß er gegen die Thermosflasche. Sie fiel um und rollte metallisch klackernd auf der leicht geneigten Felsfläche der Abbruchkante entgegen. Mit einer schnellen Bewegung griff Lutz zu und hielt sie fest.

„Meine Güte, wie schreckhaft du bist! Wo warst du mit deinen Gedanken?" fragte er.

„Ach, gar nicht so weit weg, im Gegenteil. Ich habe versucht, mir vorzustellen, wie es weitergehen soll, jetzt nach der Geschichte und diesem Ort hier. Es ist mir nicht gelungen."

„Nicht gelungen? Ha ha, dass ich nicht lache." Eine Schärfe war in Lutz Stimme geraten, die Martin nicht einordnen konnte. Er brachte es mit der umgeworfenen Flasche in Verbindung, aber damit sollte er sich irren. Jetzt wollte Lutz Martin provozieren, auch mit unfairen und verletzenden Mitteln. Er hatte sich gefangen. Sein Plan. „Du hattest doch eine Aufgabe. Was willst du noch? Du fährst zu deiner Waltraut, ihr werdet eine nette Familie und du schreibst deine Artikel. Vielleicht weißt du nicht, wie du dich jetzt bei mir aus der Affäre ziehen sollst. Irgendeine Abschiedsfloskel musst du dir ausdenken, und das fällt dir schwer, weil du Angst hast." Lutz hielt einen Moment inne und schaute Martin kalt an, der den Blick irritiert und verunsichert erwiderte. „Weil du Angst hast, ich könnte im

248

letzten Moment deine wahren Absichten erraten. Hör zu, Schluss mit den Späßen, ich weiß, warum du mich so lange verfolgt hast und so viel Zeit mit mir verbracht hast. Nicht, wie du sagtest, um eine interessante Lebensgeschichte in deiner Zeitung zu bringen. Nein, in Wahrheit hast du Detektiv gespielt, wolltest ein Verbrechen aufklären. Ein bisschen im dunklen Dreck der Vergangenheit wühlen und eine Story schreiben, die auf dich das Licht des guten Menschen fallen lässt: Der unerschrockene und ehrliche Martin Peters hat wieder zugeschlagen und ein altes Verbrechen aufgeklärt. Der schlimme Familienmörder lebt seit zwanzig Jahren friedlich und unbehelligt in der ländlichen Idylle. Oder: Die Bestie von Ouistreham entdeckt. Oder: Wieder ein Glanzstück investigativen Journalismus. Vor Supermann Peters ist kein Mörder sicher."

Lutz starrte Martin mit blitzenden Augen an. Er steigerte sich bewusst in seine Wut hinein. Martin wurde bleich. Er wusste nicht, was er erwidern sollte. Was ging hier vor sich? Lutz war auf einmal wie ausgewechselt. Worauf wollte er hinaus? War Lutz plötzlich verrückt geworden? Panik kam in Martin auf. Hier war niemand in der Nähe, keine Menschenseele würde helfen können, Lutz vor sich selbst oder ihn vor Lutz zu schützen. Außerdem fühlte Martin den stechenden seelischen Schmerz der Kränkung in sich.

„Also du weißt nicht, wie du hier wieder rauskommen sollst?", fuhr Lutz fort. „Wie es weitergeht? Mit dir? Nicht wahr, das hast du dich gefragt, wie es weitergeht mit dir. Nicht wie es weitergeht mit mir, sondern mit dir, das hast du dich gefragt, und du hast keine

Antwort gefunden. Du Weichei, du Feigling. Weil du dich an meine Geschichte gehängt hast wie ein Parasit, der keine eigene Geschichte hat, weißt du jetzt auch nicht, wie du alleine weiterkommen sollst."

Endlich fand Martin Worte: „He, Lutz, hör auf, was ist los mit dir, was soll denn das?" Er war aufgestanden, Aufregung und eine diffuse Angst hatte ihn ergriffen.

„Was das soll? Keine Ahnung. Meine Geschichte wurde zu Ende erzählt. Du hast sie bekommen, Stück für Stück, zuerst durch das Tagebuch, das ich vor 25 Jahren geschrieben habe, nicht für dich oder irgendeine Zeitung, sondern für mich. Und dann durch deinen Besuch hier, deine Recherchen, deine Gespräche mit mir, deine Beobachtungen."

Lutz wurde etwas ruhiger und ein sanftes Leuchten trat ihm für einen kurzen Moment in die Augen. Er steuerte auf etwas zu.

„Und du hast dich immerzu das gleiche gefragt, genau das, was ich mich auch mein Leben lang gefragt habe, immer wieder, immer wieder. Schon als du in Godvik bei meinen Figuren auftauchtest spürte ich die Frage, die du eben gestellt hast. Bin ich ein Mörder? Was muss ich bereuen, wie muss ich bestraft werden? Ich habe keine Antwort gefunden, bis heute nicht. Die Verhandlung wurde fortgesetzt, über 25 Jahre hinweg bis heute, jeden Tag von morgens bis abends. Die inneren Ankläger waren voller Eifer dabei, voller Überzeugung. Aber sie hatten keine Beweise. Und selbst der tapfere, aber müde Verteidiger und der genervte Richter konnten nicht anders, als immer weiter verhandeln. Unterbrechen, vertagen, neue

Beweisaufnahme, neues Verhör, und so weiter. Einen Freispruch aus Mangel an Beweisen ließ mein innerer Gerichtshof nicht zu."

Lutz schaute Martin mit harten Augen an. Der Glanz darin war wieder verschwunden. Martin fiel wieder ein, was Lutz von ihm wollte. Er sollte das Urteil fällen, schuldig oder nicht schuldig. Und auf einmal war ihm klar, dass Lutz nur einen Schuldspruch akzeptieren würde. Um endlich zur Ruhe zu kommen mit allem. Obwohl es nicht stimmte, dachte Martin, und es auch nichts nützen würde. Er war nicht schuldig. Für ihn war Lutz unschuldig.

„Hör zu, Martin," fing Lutz wieder an. „Du bist ein kleiner Gernegroß, sonst nichts, aber du bist mir über den Weg gelaufen mit deinen Interessen und deinem Vorwissen aus meinen Tagebüchern, und deshalb hast du den Job bekommen."

„Welchen Job? Wovon redest du überhaupt?"

„Den Richter-Job. Du sollst mir sagen, was du denkst. Ob du mich für schuldig hältst am Tod meiner Frau und meiner Kinder. Bin ich ein gewissenloser Mörder oder ein fahrlässiger Totschläger? Ein Mitspieler in deren Lebenslauf, zufällig verstrickt? Oder selbst ein armseliges Opfer unglückseliger Umstände im großen Schicksalslauf? Du weißt doch alles. Ich sag's dir: Nur deshalb habe ich dich überhaupt auf mein Grundstück gelassen, ich habe es nicht sofort gewusst, aber eine Weile später ist es mir dann klar geworden. Du bist der Richter, den ich brauche. Deshalb habe ich dich mitgenommen, dir meine Hütte gezeigt, dir meine Geschichte noch einmal erzählt, deine Fragen beantwortet. Du hast es für

Freundschaft oder so etwas gehalten, warst dankbar, hast alles aufgenommen wie ein trockener Schwamm, weil du nichts dergleichen hattest. Du warst ein leerer Topf, eine taube Nuss, eine Null, gar nichts."

Lutz hielt inne, zögerte einen Moment. Er holte Luft, offenbar strengte es ihn an. Er war aufgewühlt, alte Energien nahmen von ihm Besitz. Der verbundene rechte Arm wirkte wie ein erhobener Prügel. „Hör zu: du bist ein netter Kerl. Ich hab nichts gegen dich, auch wenn es sich anders anhört. Ich will dir nur nichts vormachen. Du bist nicht mein Freund und nicht mein Vertrauter. Du hast einen Job zu tun und dann zu gehen, klar? Du hast kein Format, du bist ein Hohlkopf, wenn auch ein netter. Aber den Job wirst du tun. Die erste wirklich männliche Tat in deinem Leben."

Martin zuckte zusammen. Aus dem stechenden Schmerz von eben stieg etwas in ihm auf, etwas Heißes und Kaltes zugleich, eine bekannte Gefühlswallung, die ihm noch sehr weit weg erschien, wie eine ferne Ahnung, eine leises Grollen und Schwingen eines bevorstehenden Bebens. Er schauderte. Zu der leisen Angst vor Lutz, der ihm wieder fremd und bedrohlich erschien, kam die Angst vor sich selbst hinzu. Es war sehr lange her, dass ihm sein Jähzorn zuletzt durchgegangen war, damals war viel zerstört worden. Waltraut hatte ihm später verziehen, und dennoch war ein Gefährdungsmoment zwischen ihnen geblieben, eine Art alarmierte Leerstelle. Es war ihm nicht gelungen, diese impulsive Kraft, die da urplötzlich aus ihm herausströmen konnte, zu bändigen. Er hatte gelernt, den Deckel darauf zu halten und Situationen aus dem Wege zu gehen, in denen er gereizt werden könnte. Aber er hatte diese Energie nicht umsetzen können, kein Kraftwerk daraus machen können, und daran litt er ebenso wie an der Zerstörungskraft seiner Explosionen. Diese diffuse Wut auf sich selbst, mit seiner Energie nichts gemacht zu haben außer sie zu unterdrücken, richtete sich dann gegen Waltraut. Wollte sie nicht immer einen modernen, zivilisierten und kultivierten Mann, einen freundlichen und liebevollen, fürsorglichen und netten? Hatte er nicht durch sie gelernt, seinen Wolf an der Leine zu halten und ein Schafsgesicht aufzusetzen? Dies eine Mal, als er sie so wüst geschlagen hatte, aus einer Nichtigkeit heraus, aber mit dem existentiellen Impuls, seine Selbstachtung herzustellen, da war er auf eine überraschende Weise er selbst gewesen – und hatte es sofort bereut und verachtet. Und jetzt kroch der Wolf tief in seinen Eingeweiden aus der Höhle und streckte seine hungrige Schnauze an die Luft, angelockt und herausgefordert von den abwertenden Provokationen, die ihm Lutz ins Gesicht spie. Ihn schauderte.

„Lutz, was soll das? Hör auf mit dem Scheiß! Lass uns gehen, nach Hause fahren in deine Hütte, den Kamin anzünden. Die ganzen Geschichten sind doch vorbei. Alles nicht so wichtig. Auch für mich nicht. Ich werde dich nicht richten. Es wird keine Story geben, keine Schlagzeile." Mühsam hatte er diese Worte hervorgepresst, gegen die inneren Brandungen ankämpfend.

Lutz schaute ihn unverwandt an. Innerlich musste er lächeln, dann sagte er leise, mehr zu sich selbst: „Ich kriege dich genau dahin, wohin ich dich haben will, und du wirst es tun, obwohl du nicht willst. Zumindest glaubt deine kleine feige Krämerseele, dass du es nicht willst. Denn ich kenne dich gut, ich durchschaue dich, ich kenne deinen wunden Punkt, nicht zuletzt weil es auch mein eigener ist. Du bist schon heiß. Du beherrschst dich noch, sogar ganz gut, Kompliment, gehst nicht gleich in die erste Falle, aber ich habe dich schon am Haken, du entkommst mir nicht. Du bist vielleicht ein feiner Kerl, Martin, und wenn dies hier jetzt nicht notwendig wäre, dann wäre ich gerne einmal Onkel deiner Kinder geworden und hätte mit deiner Waltraut einen Kaffee getrunken. Schade. Und was jetzt gleich hier passieren muss…", Lutz hielt inne, schwieg einen Moment, starrte vor sich hin, setzte dann wieder an, „… ist unausweichlich und notwendig. Die ewige Geschichte geht weiter. Es wird weiter ungeklärte Schuld getragen auf unbedarften Schultern, andere werden zu Richtern aufgerufen und fällen Urteile ohne die geringste Ahnung. So oder so. Und doch", Lutz spürte in sich eine Euphorie aufsteigen, „muss es jetzt passieren. Du wirst nach meiner Regie tanzen, ich werde dich dazu bringen, und am Ende wird meine Schuld gesühnt sein – und du wirst dadurch ein Mann oder ein Wrack, das liegt in deiner Hand. Aber dein Schafsgesicht wirst du verlieren für immer. Tja."

Lutz stand auf und ging ein paar Schritte. Dann dreht er sich wieder um und sah Martin an, der wie versteinert dasaß und nicht wirklich zu glauben vermochte, was er gerade gehört hatte.

„Du hast meine ganze Geschichte, mein ganzes Leben aus mir herausgeholt. Selbstverständlich machst du deine elende Story, irgend so eine Story zwischen Rührstück und Krimi. Deine gefühligen Vorbehalte werden schmelzen wie der Schnee im Frühling. Dein Redakteur wird zufrieden sein. Du kannst doch gar nicht anders, Martin Peters. Du bist ein Schmarotzer. Jetzt ist dir noch ein wenig übel, hast dich vielleicht überfressen, was? Konntest nicht Maß halten. Aber du bist auf den Geschmack gekommen, hast Blut geleckt. So wird es weitergehen mit dir: Sensationsjournalist, irgendwelchen Geschichten hinterherlecheln, Menschen aussaugen wie ein Untoter. Dann etwas Verdauungszeit, anschließend kannst du Artikelchen für Artikelchen herausscheißen."

Martin wurde starr, Blut schoss ihm ins Gesicht. Lutz sah es mit Zufriedenheit.

„Na? Traust du dich nicht, mich einen Mörder zu nennen? Ernsthaft, Martin, ich warte begierig darauf. Schön wäre noch der Zusatz ‚faschistisch', und vielleicht noch, wie deine Generation sagt, ‚feiger Wichser'. Oder soll ich das alles erstmal zu dir sagen, he? Ist dir doch auch nicht fremd, oder?"

Martin spürte, wie Zorn ihn überflutete. Er wollte noch mit dem letzten Rest Vernunft abdrehen und in den Wald rennen, aber es war zu spät. Die mit der Beleidigung gefühlte Kränkung aktivierte eine derart maßlose Wut, dass er die Kontrolle verlor. Es war zuviel. Dann ging es sehr schnell. Martin brüllte laut auf, riss die rechte Faust hoch, schrie „Hör auf, Du Schwein!", und während ihm die

Wut das Gesicht rot färbte, stürzte er auf Lutz zu, der ihn mit kaltem Blick ansah. Jetzt ist es gleich geschafft, dachte Lutz. Tut mir leid, Martin, tut mir leid. Es geht nicht anders. Und laut:

„Na, schrei doch, spuck es aus, was du denkst, du feiger Hund, dass ich ein Arschloch und ein mieser Mörder bin."

„DU MIESES MÖRDERSCHWEIN!!!"

Martins Faust donnerte gegen Lutz' Brust. Lutz erhob in einer letzten Geste, reflexhaft und doch energielos, den linken Arm zur Abwehr, aber er war zu langsam. Martin war mit explosiver Kraft nach vorne auf Lutz zugestürzt und krachte gegen seinen Oberkörper. Lutz stolperte nach hinten über eine Felsenkante, strauchelte wieder, versuchte sich instinktiv irgendwo in der Luft festzuhalten, ruderte mit den Armen, kam aber nicht mehr hoch und versuchte es auch nicht wirklich. Sein Oberkörper neigte sich nach hintenüber, er versuchte die Füße noch rückwärts nachzusetzen, trat noch einmal auf und dann, mit dem nächsten Fuß, trat er jenseits der Abbruchkante ins Leere.

„Neiiiiiiiiiiiinnnn ...."

Martin schrie, stürzte vor, griff nach Lutz, doch er griff ins Leere. Es gab noch einen kurzen Blickkontakt. Martins Augen, vor Entsetzen und Unglauben weit aufgerissen und die von Lutz, jetzt auf einmal weich und sanft, fast schmerzlich liebevoll, mit einer Spur

Angst, trafen sich in einem letzten Sekundenbruchteil. Dann verdrehte Lutz die Augen, er spürte, wie er weiter nach hinten kippte und wie die mächtige Tiefe unter ihm an seinen Schultern zog, noch bevor er eigentlich das Gleichgewicht richtig verlor. Sein Körper drehte sich, kippte und fiel fast wie in Zeitlupe in die Tiefe.

Ich falle. Adieu Martin, tut mir leid. Es geht so schnell. Mir ist rasend schwindelig, zum zerbersten, alles in mir ist auf höchster Alarmstufe, Panik. Und gleichzeitig bin ich völlig ruhig.

Marianne!

„Na, schrei doch, spuck es aus, was du denkst, du feiger Hund, dass ich ein Arschloch und ein mieser Mörder bin ...“

Ein wortloser Schrei drang aus Martins Mund. Mit hochgerissener Faust stürzte er auf Lutz zu. Plötzlich hielt er inne und bremste sich ab, sein Körper geriet ins Torkeln. Er versuchte Luft zu holen. Er spürte, wie der Druck stieg, wie es in ihm kochte und brodelte, und der Impuls, nach vorne zu stürzen und diese Beleidigung und Provokation mit Gewalt zu beantworten, fortgesetzt werden wollte. Mit brutaler, hilfloser, ohnmächtiger, verzweifelter Gewalt. Die ganze empfundene Erniedrigung rächen mit Schlägen, Prügel, Tritten - und plötzlich schoss es ihm blitzartig ins Bewusstsein, worauf das hinauslaufen würde. Er erstarrte und stand einfach da, wie eingefroren in der Vorwärtsbewegung und schaute Lutz ins Gesicht. Es kochte in ihm, er wartete auf die nächste Provokation, wusste nicht, wie er sich zu verhalten hatte und sah, was kommen sollte. Holte noch einmal Luft, ließ den Arm sinken. Lutz schaute ihm immer noch kalt und erwartungsvoll entgegen.

„Na, Feigling? Keinen Mut? Angst vor der Wahrheit?“

Martin fühlte sich ausgeliefert. Wenn er jetzt nicht reagierte, sich nicht wehrte, war die Demütigung vollständig und für immer besiegelt. Ein Gefühl von bodenloser Ohnmacht und Scham stieg in ihm auf, verbunden mit dem Stachel der Versuchung, es dem

Verursacher dieses Gefühls heimzuzahlen. Und doch blieb etwas von der blitzartigen Erkenntnis in ihm: Es darf nicht geschehen, ich darf nicht nachgeben. Es wäre falsch. Völlig falsch. Halt dich fest, atme durch, schau zur Seite, bleib stehen. Atmen, atmen. Und nachdenken. Es wurde klarer, was für ein Drama inszeniert werden sollte. Lutz hatte ihn vorgeführt. Mit dem roten Tuch vor den Augen gewedelt und das wütende Tier in ihm provoziert. Allein um seine Rachsucht an sich selbst zu erfüllen. Lutz wollte ihn als Scharfrichter missbrauchen, sich von ihm im Affekt in den Tod stoßen lassen. Nein, diesen Gefallen würde er ihm nicht tun.

Martin atmete noch einmal durch, dann stellte er sich gerade auf. Das Herz schlug, im Kopf war Nebel, der immer noch drängende Druck. Er war immer noch direkt davor, der wütenden Raserei nachzugeben, spürte den Gefühlssturm in sich in drängender Wartestellung, jederzeit bereit wieder loszubrechen. Aber da war auch diese eigenartige Klarheit: Gib nicht nach. Bleib stehen, atme durch, schau ins Leere, warte ab.

Und dann geschah das Unerwartete: Martin drehte sich zur Seite, schaute vom Fjord weg hin in Richtung Wald, und setzte sich auf den Boden. Hockte sich hin, vergrub das Gesicht in den Händen und wiegte mit dem Oberkörper leicht hin und her.

Lutz Gesichtsausdruck wurde starr. Er hatte den Abgrund im Rücken gespürt, den Sog der Tiefe und den nahen Tod, den er ersehnte. Er bildete sich ein, Marianne hinter sich zu spüren, die ihn flüsternd und beschwörend zu sich rief. Die Inszenierung wäre perfekt gewesen. Er hätte sich selbst den gleichen Tod gegeben wie Marianne. Auge um Auge. Irritation kam in ihm hoch, er war erstaunt über den Verlauf. Warum hatte Martin sich beherrschen können? Warum ging sein Plan nicht auf, warum sollte er nicht bekommen, wonach er sich seit zwanzig Jahren sehnte? Eine eigenartige Leere stieg in ihm hoch. Nur ein kleiner Schritt nach hinten, ohne Urteil eines anderen, ohne Fremdeinwirkung, dann wäre es auch geschafft. Aber plötzlich hatte er Angst davor. Er traute sich nicht, den Schritt selbst zu tun. Blieb stehen und wartete.

Nach einer Weile sah er, wie Martin sich aufrichtete. Martin schaute ihn nicht an. Er nahm die umgeworfene Thermosflasche auf, steckte sie ein und ging ein paar Schritte zur Seite in Richtung Wald. Nach einigen Schritten zögerte er, blieb noch einmal stehen, drehte sich um und sah Lutz an. Kein Wort fiel. Martin schüttelte nur leicht den Kopf, hob eine Hand kurz in einer angedeuteten Grußbewegung und wandte sich wieder ab. An der Kante kletterte er den Felsen herunter und war Lutz' Blick entschwunden. Es war schon dämmerig, aber noch hell genug. Er würde es bis zur Hütte an der Strasse schaffen.

Lutz wurde schwindelig. Er spürte den Impuls, Martin nachzugehen. Zu rufen, ihn zu beschimpfen. Er machte einen Schritt nach vorne, die Knie wurden weich und er sank zu Boden. Ihm wurde schwarz vor Augen, alles schien sich zu drehen, ein wirrer Sturm von Empfindungen durchströmte ihn, ohne dass er irgendetwas davon festhalten konnte. Eine lange Zeit lag er regungslos da, ein wenig zusammengekrümmt und von einem kaum wahrnehmbaren Zittern durchzogen. Die Dämmerung nahm zu, ein fahles, kühles Licht schien, eine leichte Feuchtigkeit legte sich auf die Oberfläche.

Schließlich richtete er sich auf, und wankte auf die Kante zu, an der Martin verschwunden war. Mühsam kletterte er den Felsabbruch hinab und ging mit unsicheren Schritten in den Wald hinein, ohne wirklich auf die Markierung zu achten. Irgendwo in seinem Kopf bildete sich ein Kommentar, der sagte „Geh einfach, egal, alles egal, geh, vielleicht verläufst du dich und stirbst doch noch, egal, geh einfach ...". Er stolperte weiter, hielt sich an einen vermeintlichen Pfad, nicht aus Orientierung, sondern wie in einer Art Autopilot-Funktion. Innerlich tobten die Empfindungen, wogten wie Wellen im Sturm hin und her, und er ließ seinen Körper mit diesen Wellen schwanken. Im Vorbeigehen rempelte er gegen einen Baum, zuckte kurz vor Schmerz die Schultern, stolperte weiter. Stieß gegen einen Fels, wieder Schmerz. Etwas in ihm fokussierte sich. Endlich eine Klarheit. Schmerz. Spürbar. Wie ein Blitz im Unwetter, der für einen Moment alles erhellt. Und eine eigenartige Lust. Etwas brandete auf. Schmerz. Fühlen, spüren. In seinen Augen flackerte ein Schein auf. Er sah den nächsten Baum vor sich. Mit kalter Präzision stolperte er darauf zu, wich nicht aus, krachte mit Wucht mit der rechten Seite gegen den Stamm. Er kam aus dem Tritt, schwankte zur Seite, ein dumpfer Schmerz durchzog ihn, für einen kurzen Augenblick blieb ihm der Atem weg. Eine absurde Begeisterung durchflutete ihn. Er fing an schneller zu gehen, hielt den Kopf dabei aufrecht und ließ die Zweige und Äste in sein Gesicht schlagen, ohne ihnen auszuweichen. Wie Peitschenhiebe zogen sie Striemen über seine Stirn und Wangen, es brannte und stach wie Feuer. Eine Welle von zerstörerischer Freude und Wollust an diesem Schmerz. Mehr, mehr, weiter. Er krachte mit der Stirn gegen einen dicken Ast und spürte, wie etwas Warmes von der Stirn herunter lief. Blut. Er wischte es nicht beiseite, ließ es einfach laufen, spürte eine merkwürdige Freude an dem warmen, klebrigen Rinnen im Gesicht. Wieder ein Stein, er stolperte und geriet in starkes Schwanken, fiel gegen einen Stamm, dabei riss er sich die Hose auf. Er genoss die Schmerzen wie eine Rauschdroge, die ihn trug.

Auf einmal fing er an zu lachen. Ein grobes, kehliges, röchelndes Lachen kam aus seiner Kehle, stoßweise, bebend und hässlich. Es hörte nicht mehr auf, es versetzte ihn in einen ähnlichen Zustand wie gerade eben die Schmerzen. Eine grauenhafte Arie von Grunz- und Krächzlauten kam aus seinem Mund, sich immer weiter steigernd und fortsetzend, bis die Kehle vor Rauheit und Schmerz nicht mehr konnte. Er hatte keine Orientierung. Er fing an zu schimpfen und zu fluchen, wüste und unflätige Beschimpfungen in den Wald zu brüllen, so laut er noch konnte. Beschimpfungen gegen sich und gegen alle. Marianne und Martin und Gott und Vater und Mutter. Er griff nach einem Knüppel auf dem Boden und begann, wild um sich zu schlagen. In Sekunden hatte er den Knüppel an einem Stamm zertrümmert, Bruchstücke flogen durch den Wald. Er griff nach dem nächsten, und dem übernächsten. Stellte sich vor, wie er auf sich selbst einprügelt, auf alle, die in seinem Leben eine Rolle gespielt hatten, wahllos und rücksichtslos. Wie ein Fiebertraum rauschte die Gewaltfantasie durch sein Gehirn, er schwitzte und schwankte blutend und zerrissen durchs Gehölz, brüllend und röchelnd. In einem letzten Aufbäumen aller Kraftreserven schlug er einen dicken Ast mit einer solchen Wucht gegen einen Stamm, dass der Ast sofort zerbrach und das abgebrochene Stück von der Kraft des Schwungs angetrieben um den Stamm herum schleuderte. Die Erschütterung des Schlages zerriss ihm schier die Arme. Er sackte zusammen und fiel wie ein gefällter Baum zu Boden.

Eine Welle der Beruhigung und Erleichterung durchflutete ihn. Er schloss die Augen und spürte die feuchte Kühle des Waldbodens im Gesicht und roch den leichten Modergeruch von Moos, Erde und Holz.

Holz. Wer ist aus Holz? Alles aus Holz, blitzte ihm durch den Kopf, alles aus Holz. Mein ganzes Leben. Und als ob dies eine Einleitung gewesen wäre, kroch tief aus seinem Inneren, aus den Gedärmen und Eingeweiden, eine neue Flut nach oben. Ohne zu wissen was mit ihm geschah, durchzog ein anschwellendes Wimmern seinen Körper, wie eine sich zirkulär ausbreitende Welle. Ein Zittern und Wimmern, das sich erst im Bauch und dann im Brustkorb ausbreitete wie spastische Krämpfe, rhythmisch und von sanfter, unaufhaltsamer Gewalt, und dann den Kopf erreichte. Er spürte, wie seine Lippen bebten, noch bevor er irgendeine

Vorstellung davon hatte, was in ihm vorging. Das Beben der Lippen aber erinnerte ihn an etwas, und diese erste Erinnerung brach den Damm. Dieses Beben ist Weinen, ist die tiefe Verzweiflung, ist reine Angst, durchzuckte es ihn.

Und mit dieser Erkenntnis bahnte sich eine neue Kraft aus ihm heraus, die sich wie Lava aus Schmerz und Trauer und Verzweiflung anfühlte. Diese Lava verbrannte ihn schier. Das war ein Schmerz ohne Ort, ohne Dimension, ohne Zeit, so abgrundtief schien er. Ein Schmerz in den er hineingezogen wurde wie in einen Strudel der Unterwelt. Und in diesem gewaltigen Sturz sah er alles vor sich, sein ganzes Leben, alles. Wie in einem riesigen Scherbenhaufen schienen sich alle Fragmente seines Lebens angesammelt zu haben, und er wurde nackt hindurch gezogen, langsam sich drehend und windend. Das musste die Hölle sein. Bis in den Schmerz seiner Geburt hinein sah er sein Leben, die Schläge der Kindheit, die Prügel in der Schule und der Hitlerjugend, die sadistischen Abwertungen, die depressive Leere der Mutter, die unerreichbare, verbrannte Seele des Vaters, alles, alles. Die gefühllosen Nachkriegsjahre. Der Rausch der Hoffnung mit Marianne und das langsame Dahinsiechen dieser Hoffnung. Dann, wie Folterstiche, Brennzangen und glühende Eisen die Bilder seines Wütens an jenem Tag in der Normandie, von Mariannes Sterben und vom Untergang der Solveigh, von den Kindern.

Und plötzlich, als ob Moses in ihm das rote Meer teilte, wurde das Weinen in ihm leise, still und sanft. Das Zittern ebbte ab, das Beben

264

legte sich und wie ein großer Strom flossen ihm die Tränen aus den Augen und eine unendliche Traurigkeit hüllte ihn ein wie in einen warmen Mantel.

Wie sehr er sie geliebt hatte. Er hatte es nicht gewusst, bis heute nicht, dass er sie so sehr geliebt hatte. Dass er sie immer noch liebte.